U0680909

爱 从那个 初夏开始

徐丽娇 著

中国出版集团

现代出版社

图书在版编目（CIP）数据

爱从那个初夏开始/徐丽娇著. --北京：现代出版社，2016.5
ISBN 978-7-5143-4861-3

Ⅰ．①爱… Ⅱ．①徐… Ⅲ．①短篇小说－小说集－中国－当代
Ⅳ．①I247.7

中国版本图书馆CIP数据核字（2016）第081231号

爱从那个初夏开始

作　　者	徐丽娇
责任编辑	李　鹏　陈世忠
出版发行	现代出版社
地　　址	北京市安定门外安华里504号
邮政编码	100011
电　　话	010-64267325　010-64245264（兼传真）
网　　址	www.1980xd.com
电子邮箱	xiandai@vip.sina.com
印　　刷	北京一鑫印务有限责任公司
开　　本	880×1230　1/32
印　　张	8
版　　次	2016年5月第1版　2022年7月第2次印刷
书　　号	ISBN 978-7-5143-4861-3
定　　价	39.80元

目录
CONTENTS

爱从那个初夏开始

　　琳的父亲是一个油漆包工头，在村上还属富有人家，一家人过着幸福的生活。那年村里正好批地基造房子，琳的父母在村口造了一栋小洋房。琳的父亲经常要去工地查看，为了便于交通，买了村上的第一辆摩托车。不知引来多少羡慕的目光，但却不知他们的灾难就在于这辆摩托车。在琳5岁那年的盛夏，琳的父亲照样去十几公里外的小镇去检收工程。那天正好下雷雨，当他的摩托在山道转弯疾驰时，突然转过弯看见两个挑柴的村民，透过雨帘赶紧刹车，但因山路打滑已经来不及了，"砰"的一声，事故发生了。琳的父亲从此不再看妻女一眼，丢下爱妻幼女撒手西去。打柴的山民一个重伤，从此留下残疾挂着拐杖度余生。家里的积蓄所剩不多，又失去了家中的顶梁柱，孤女寡母，只对着空洞洞的房子整天以泪洗面。

　　在琳大姨的帮助下，在小镇上开了一家杂货店，刚开张生意惨淡，琳的母亲体单力薄，经常要去路桥等地去进货，车船下来要一担担挑回货物回来。那重重的担子压得她直不起腰来，对这

爱从那个
初夏开始
Ai cong na ge
chu xia kai shi

个瘦弱的女子是一个生活的大考验，她几次躲在角落里哭得红肿了眼睛。在她杂货店不远处有个修自行车摊，修车师傅是邻镇的老赵，老赵的老婆生儿子难产时死了，老赵一把屎一把尿把儿子拉扯大。老赵的儿子叫赵宇新，比琳大一岁，和琳在同一个小学上课。老赵经常接儿子回家顺便带琳回来，琳坐在自行车后面，小宇新在后面追着跑。等到了店铺里，琳从老赵的手中拿回书包跑进店铺里。琳的母亲则从店铺里拿出一些零食或水果塞进小宇新的口袋里。为此琳几次和妈妈闹脾气，说妈妈不该把大姨送的零食送给别人。妈妈几次劝慰琳，但琳还是生小宇新的气，从不理他。老赵经常帮琳妈妈搬运重的货物，有时候琳妈妈生病，就帮她照看店铺，琳妈妈经常去老赵的店铺提起一大桶的脏衣服。老赵修车，衣服上常有油渍，琳妈总是很认真地搓洗，每次洗好以后总不忘把衣服破损的地方补一补。

　　孩子也渐渐地长大了，琳的大姨和姨夫觉得老赵很老实，不会亏待这娘俩，促成这对苦命人。老赵就成了琳的新爸，琳妈也成小宇新的新妈。宇新大一些很懂事，经常一放学不是帮父亲修车就帮母亲看店铺，但琳看见宇新总是不理他，她总是嫌他的头发乱糟糟臭烘烘，还嫌他吃饭前总不洗手，只要宇新动过筷子的菜碗，琳就不再去夹菜了，宇新很少去夹菜，都是琳妈妈不停地给他夹菜，同时也责怪女儿的不懂事。但老赵总会护着琳，宇新很少说话。他只要有时间就去看书，他的成绩总是年级里最好的。而琳爱打扮，成绩不是很理想，经常受妈妈骂，因此琳又怨恨宇新，说他故意在母亲面前装。

　　两年后，宇新考进重点初中，琳总是一次次找茬和他吵架，一天，他终于吼了一声："有本事，你也考个重点中学看看。你呀，只会耍个小姐脾气，一个花瓶而已。"琳的眼里满含着屈辱的泪水，心里暗暗发誓，非给你颜色瞧瞧，不要小瞧我的智慧。琳换了一个人，她不再爱打扮，也不和同学出去玩，只要放学回家，就钻在阁楼里写作业看书，成绩直线上升，几次班主任给琳妈打电话，问她是怎么教育的，在家长会上还特意表扬琳妈成功的教育方法。一年后，琳也进了重点中学，兄妹俩又成了校友。

琳总不愿意和宇新一起去学校，哪怕东西很重也不愿意和他一道走，让母亲送她到车站然后和同学一道走。但继父总是叮嘱儿子，在后面看着点，宇新总是应允父亲的话，每次总跟着她，想上前帮她，总被她凌厉的目光止住了脚步。

在琳上初二那个初夏，她和同学去书店买书回来，在回校的路上，碰到了几个穿花格子长头发的街头混混，看着琳和同学都长得挺清秀，于是就上前搭讪，琳白了他们一眼，从旁边走过，此时一个手臂上有条青龙文身的高个子就伸手过来，往琳的胸脯横过来，琳双手赶紧护住前胸，但此时后面一个人上来将她从后面抱住。琳低头咬了那双抱她的手，那个人嗷嗷直叫，其他的人都拥上来，嘴里嚷着这个野娘们还有点味道，今晚非要带去玩玩不可。当他们正欲包围上来，这个时候，一声呵斥从后面响起，琳抬眼看见了圈外的宇新，此时他的脸涨得通红，双手抱拳，做一个马步状，众人初一惊，但随即就哈哈大笑："哪来的野小子，难不成是你娘们？"立时，他们都围攻宇新，众人齐上去打宇新，琳哭着说不要打他，害怕得蒙上眼睛。但琳不知道宇新却有一身武功，他一飞腿就倒下一个，他一伸拳又倒下一个。看众人都不是宇新的对手，宇新不想再与他们恋战，只想敌退他们。看众人都被打趴地上，宇新想过来拉琳的手离开。"哥，快躲开！"琳的一声凄厉让宇新一阵愕然，他有些惊梦般听见琳唤他一声哥，但一惊中迟了一步，一飞刀插进宇新的大腿，腿部一阵剧痛。他

爱从那个
Ai cong na ge
chu xia kai shi 初夏开始

终于倒了下来，琳扑了上去，众人都起身溜走，就在这时候，来了一队人，带头是琳的同学，还有一个宇新的同伴，原来他们都去打电话叫来了校方的领导和警察。

虽然刀割伤了他的腿，但幸亏没有插到筋骨，琳妈来到城里照顾俩孩子，因为有同学做证，又是他们亲眼看见这一刀，所以校方非但没有批评兄妹，反而在全校表扬了这对兄妹与恶势力作斗争的英勇气概。琳从此不再轻视这无血缘关系的哥哥，反而人前人后哥哥长哥哥短。宇新的中考只有一个多月了，每天都有同学要来照顾他，但琳妈拒绝，她一定要背着他走进教室，她觉得他可以用命去保护妹妹，她这个当妈的一定要加倍给他温暖。她总是一边背着他，一边流着泪吃力地走进教室。从他出生那天，母爱就远离了他，后来他走进她的家，她总是很小心地关心他，但从未有如此近距离地接近她，背上的他留下一行行的泪，滴进她的颈项里。一家人的关系此后不再是那种隔着膜的关心，都走进了彼此的心，关心都是如此的真心，不再像别的家庭觉得后妈是歹毒的，也不像有些家庭觉得继父得要防着些，这家的幸福让邻居都很羡慕。

后来宇新考进本校的重点高中，第二年琳也走进本校的重点高中部。一晃又是三年，宇新高三进入了紧张的复习之中，他的成绩一直是优异的。老赵和琳妈整天都笑呵呵，他们开始为孩子的上大学的费用做准备。琳妈进的货比以前更多了，开门的时间早了，关门的时间晚了。老赵修车更卖力了，一整天都是油腻腻的，中午也不再午休了。他们都在喜悦中等待着孩子们的佳音。

然后上天往往折磨着苦难的人，一天老赵修车突然晕倒，被琳妈妈送到医院去检查。医生的检验报告让琳妈妈一整天都没有缓过劲来。脑血管瘤，虽然不碍于生命的危险。不能让病人生气、激动，不然会导致生命危险的。琳妈带他回家，劝说他关了修车铺，说他是晕倒症，不再修车。他虽不同意，但琳妈此时的态度非常坚决，老赵觉得歇一阵再说吧，也许是累了，等身体好些再去修。

高考前的一个星期，宇新放假回家复习。一天，他在阁楼上正紧张复习着，他听见大姨和妈妈在小声说着："你以后一个人能供两个大学生吗？老赵的病还要花一些钱，也不知还要花多少医疗费用呢？""别说了，宇新在楼上复习呢。"琳妈小声地压着大姨。爸爸病了？是什么病？宇新再也没有心情学习了。

宇新不愿意再想下去，他趁父亲不注意偷了他的病历单去同学家，同学的姐姐是医生。结果告诉他，父亲得的是血管瘤。此时的宇新惊得说不出一句话，他不知自己是如何回到的家。晚饭时尽管父母有说有笑，他嚼着妈妈给他的鸡腿却如同嚼蜡。父亲说将来等宇新、琳都结婚了去帮谁带孩子呢！宇新听见父亲这句话，他背转身去擦了一下泪还说："爸，你这话笑死人，我们都还没有考上大学呢。"父亲嘿嘿一笑。

宇新高考完毕走了，他给琳妈写了一封信，他说他知道父亲的病情，父亲倒下，他是男子汉该当顶梁柱，要赚钱给父亲治病，还要供琳上大学。如果寄来录取通知书，希望琳妈帮他藏起来。琳妈看到这封信，四处打听宇新的下落，可是世界之大，她去哪里寻找宇新呢？

等大学的录取通知书寄到琳妈手中的时候，琳正在学校里补习功课，她一点都不知家中发生的事。后来琳经常收到哥哥的汇款和信，他说自己上大学了，有奖学金还有补助金，还可以跟同学一起出去做家教，他足可以供妹妹的学费了。

等琳同样也高考结束，琳妈才告诉她事情的真相。琳糊涂了，一年来她收到哥哥的信，信的地址都是北京。琳再次按着地址写

爱从那个
Ai cong na ge
chu xia kai shi 初夏开始

信给哥哥，责问哥哥为什么要骗她，可这次去信再也收不到宇新的信。琳和宇新一样为争气，考出同样的高分，在填写志愿时，她毫不犹豫填写和宇新同样的大学，她要寻着他的足迹去寻找他的下落。

琳一到大学报道后，就按照地址去寻找宇新，却意外碰到了宇新的高中同学邱，邱告诉她，宇新在一家工地打工，信都是由他转交的。琳根据邱提供的信息去寻找那个工地，见到阔别一年的哥哥。他黑黑瘦瘦的，见到她的那一刹那眼眸里有瞬间的闪亮，但一下子就黯然下去。

琳告诉他，如果他不回去复学，她决定也退学，他到哪里她就跟到哪里。如果他去复读，她在课余时间去做家教发传单一定可以帮助他复读。然后还下了杀手锏，如果他不按照这样做，就去告诉老赵，这就是他出息的儿子。琳拿出妈妈给她的存折，宇新一年来寄回家的钱，琳妈都存着。琳还直接去找这家工地的经理，经理深受感动，也对宇新劝说了大学这道门槛不是谁都可以进，当年他也是这样为妹妹放弃学习的机会，可这样做对妹妹是一辈子的愧疚。他让宇新放心回家复读一年回来，等他再回到这所大学，业余还可以来打工。

宇新回家去复读，第二年也考出高分，虽然不是原来的那所大学，但也在同一个城市。课余时间他们一起去打工，去超市打零工，为一些企业发传单，也经常受这家工程的经理邀请，做一些短期的工作。奖学金加上自己的打工，他们不但解决了自己的上学费用，还会把余钱寄回家里。

老赵因一双儿女很有出息，常成为村民教育子女的榜样。加上老赵本来就是个开朗的人，他整天乐呵呵，所以他的病情未见加重。

　　这一家人就在平静中度过每一天，一晃眼琳大学要毕业了，她成绩出色，几家外企都希望她去工作。这次琳的心里却难下决定，她想知道宇新对未来的打算。其实从初二的那个夏天开始，他就在她的心里住下了，只是以前年龄小，她只是一心要跳出农门。如今她是大姑娘，懂得亲情之外还有爱情。她怕自己回滨海城了，如果他明年毕业留在这座城市，那他们就远隔一方。

　　这样的煎熬并非只是琳一人，宇新平静如水的心湖，在琳将毕业的时刻也已是爱涛奔涌，从他父亲经常带她回家开始，他就喜欢上这个妹妹。后来两家合一，他就知道要保护妹妹，尽管琳不懂事，他还是想着去保护她，其实那天他并非偶遇琳遭受屈辱，而是他经常关注琳的外出，他总是在后面小心地跟着。当琳被恶人所欺时，他的血一下子涌上脑门。后来琳和他的隔膜消除了，他们一起上学一起回家，他觉得她就是他的妹妹，是他一辈子要保护的妹妹。后来得知父亲有病，得知琳妈要放弃琳的学业，他甘愿放弃自己的未来，也不愿意她终止学业，因为她在他的心里是那么重要。以前他只知道他们是一家人，从不分开的一家人，可毕竟都要长大，长大就得谈婚论嫁，这个时候他才明白他对她已不是亲情那么简单了，他有种想拥她入怀的渴望。他不知她的心里是否只当他是哥哥？她只要一毕业工作，就会马上有人给她提亲，也许她一回老家就有男朋友，她不再需要他的保护了。想到这里，他的心里很疼痛，他马上就要失去她了。

　　他开始变得自暴自弃，酗酒抽烟，他不再在餐厅等她一起吃饭，他不再约她去图书馆找资料，他不再在校园的荷塘边等她一起静读。每次她看到他都是一双血红的眼睛，不再理人，不再是她那个认识的哥哥了。细心的琳偷出了他的日记，当她看到他内心的挣扎和痛苦，正如自己这颗疼痛的心，原来两心似一心，琳

爱从那个
Ai cong na ge
chu xia kai shi
初夏开始

终于安心了。她在他的日记后面写上一行字："哥哥，我在家里等你，等你回来给我一辈子的许诺，我一辈子都等你！"这短短的一行字，足以表达琳的心迹，把自己的一颗心剖出来夹在日记本里。

当她那颗心似这颗心时，她不再留恋京城的繁华，毅然回到家乡去发展。宇新果真过了一年之后也回到滨海城。一个在银行工作，一个则进了一家事业单位。当两人手牵手回家，双双跪在父母的面前，希望得到二老的祝福，让琳妈和老赵出乎意料，但却又在意料之中，二老是喜上眉梢，两双手扶起下跪之人，嘴上直说："好好过日子……"

爱的世界里只有你

　　"你始终出现我梦里，爱你爱得那么神秘，想你的时候感觉是那么的甜蜜，就像春风掠过，我许下心愿在心里，就这样一直陪伴你，孤单的时候，想起深爱着我的你，就像花儿开在心里……在爱的世界里，你就是我的唯一，一生一世把你珍惜，我许下心愿在心里……"歌声回响在小广场上，很多人都赶过来听，原来这是一个新娘深情地唱着这首歌，她将在这里举行一个简单的婚礼，希望所有认识和不认识的人都是他们婚姻的见证人。语毕，所有在场的人都被感动了，都真诚地为这对新人鼓掌，为他们祈福。这样的婚礼真是别开生面，如此简陋又是如此浪漫。

　　新娘面庞俊俏，白里透红的脸蛋如刚剥壳的鸡蛋，五官非常的精致，却是个身高只有1米25的袖珍女孩，穿着白色的公主裙，胸前佩戴着新娘的胸花，头上戴着一束白色的花环，这花环不是百合玫瑰，而是白色的栀子花。这花香溢满在广场的周围，正如这醉人的婚礼。新郎看起来有1米60，不过细看走路却不是很顺畅，大家猜测可能是脚受伤了。虽然走路不便，但他却很麻利地抱起

爱从那个
Ai cong na ge
chu xia kai shi
初夏开始

新娘给大家发糖。

发完糖，有些观众就觉得好奇了，让他们讲讲爱情故事，让大家一起分享这份甜蜜。小伙子很腼腆，红着脸结结巴巴说了几句，观众的掌声很热烈，还是没有完整说出一句话来。新娘很大方地抢过身边这个男人手中的话筒，声音很甜美地向大家问好，然后说出她的爱情由来。

新娘是个弃儿，至今都不知道亲生父母是谁。她只听养父母说被遗放在一个垃圾箱的旁边。父母都是捡破烂的，二十多年前的一个大清早，发现了这个嘴唇被冻紫的女婴。于是，这对本就贫穷的夫妻捡了这个苦命的孩子，本就清贫的家已有一个儿子，再来一个女孩，生活更拮据了。夫妻俩就是这样捡拾带乞讨地过着生活。孩子转眼间会笑了，会说了，可就是不会走，这个时候夫妻俩明白孩子被遗弃的原因。

夫妻俩跑遍省内几家医院，都是同一个断言：这个孩子活不了多久，就算能活着也是终身不会站立。这样一个断论让夫妻俩一时感到迷茫与绝望，想放弃她。但每次看到孩子清秀的脸庞，听着清灵灵的笑声如山涧清泉，咚咚欢畅；如雾中荷香，幽然清香，最终还是打动了这对善良的夫妻，他们总是把孩子带在身边，轮流背在身上，尽量不让孩子饿着，也不让她冻着。

儿子上小学了，格外疼爱这个可怜的妹妹，一放学就帮父母做事，有时间就帮着抱妹妹，写作业把妹妹放在膝盖上，做饭就把妹妹放在摇篮里，一边做饭一边和妹妹说说话，打开家里一台破旧的收音机，歌声飘荡在这个破旧的房子里。说也奇怪，这个小不点，每次一听到歌声就安静了，总是静静地听着，不注意还真以为是睡着了呢。等做完家务，儿子就会过来逗逗妹妹，笑声弥漫着每个角落，随着那一缕炊烟飘向天空，日子就这样平静地过去了。

女孩在家人的呵护下慢慢地长大了，在五岁那年，一家人都很紧张，生怕突然醒来，这孩子就断气了。在这样的担心中到了六岁，过了六岁依然无恙，并没有像医生说的那样，只能活五年，而是竟活了下来，且很少生病。也并没有像医生的论断，是不能走路，竟然能走了。只是这孩子长到10岁以后，身高就不再长了。永远停留在1米25，永远走路摇摇晃晃的。小学六年，父母送了她六年，初中没有学校接收，她就留在家中，看哥哥的书籍，自己琢磨着，有些看不懂，干脆就不看，打开收音机听听歌声，让歌声来消除心头的苦闷。

随着年龄的增长，身体骨骼的加重，但身高仍然停留在老位置。步行是越来越困难，稍微快速就会摔倒，摔个鼻青脸肿。父母就让她闲着，听听歌解解闷。听着听着，她竟能哼哼呢，等父母一回家，就唱给父母听，每每听着孩子的歌声，夫妻俩愁苦的眉头总算展颜了。

后来一个慈善机构给这个贫困的家庭送来一台彩色电视机，可给这个女孩乐开了花。她经常模仿一些歌星来唱，哥哥说她的嗓音很像邓丽君，听此言，她后来专门学唱邓丽君的歌，每首歌都认真研究，虽不识谱，却能把每个音符都掌握得很准确。

她沉迷在歌声中，就在这歌声中不知不觉到了20岁，20岁的姑娘，看上去还只有八九岁的个子。她对自己的人生开始有了思索，父母越来越老了，哥哥也将会成家，她将来该怎么生活呢？她总不能去拖累哥哥，她觉得自己必须要独立，要有自己生存的本领。可她觉得自己除了唱歌什么都不会，干家务没有力气，干技术活没有技术。既然唱歌还可以，何不就让这歌声作为自己生存的本领呢？想到这里，她把自己的想法告诉父母，希望父母能

爱从那个
Ai cong na ge
chu xia kai shi 初夏开始

支持。父母想想也对，帮她买了一套音响和一些演出的服装。

一个周六的傍晚，夫妻俩带着这个孩子来到市中心的广场边设了个摊，开始她人生中的第一个征程。俗话说，人生难得第一次，迈出第一步就什么都不怕。这一夜她唱错了很多，而且因为紧张，很多旋律都没有对拍，还有这声音时常在颤抖。幸亏，父母在这一带生活了这么多年，但很多人都了解这一家的境况。谁也不会在意她的这些瑕疵，所有人都用慈爱的目光去看这个可怜的女孩。尽管受益不多，但还是有些收获，父母把她的收益另外存起来。

她开始熟悉这种街头演出了，也加入了残疾人演唱会，经常随队外出演出。和几个残疾人组成了一个团队。她在歌声中走过了四个春秋，收益也有些丰厚起来。哥哥大学毕业有自己的工作，父母不再捡垃圾为生，就跟着她东奔西跑，照顾她的生活。

一个栀子花飘香的周末黄昏，她又和朋友在广场上演出，当她唱完这首《爱的世界里只有你》这首歌时，台下跑上一个人，手里拿着一束百合红玫瑰。

广场上掌声四起，那个男孩腼腆地说，这半年每个晚上，他都在她的歌声中度过每个寂寞的黄昏，给他孤寂的心灵带来了一丝安慰。他说深深地爱上了她，希望她能接受自己的情感。这突如其来的表白，让她手足无措。她看着眼前这个五官还算端正的年轻人，可看着自己的身高刚好在人家的腰部。她这样的身体素质又不可能生育，她迟迟未启齿。这时观众就有人说了，答应他的请求吧。她笑着对大家说，也似乎对他说："这花是对我歌声的赞美，我收下了。今日我谢谢大家对我的厚爱，更谢谢这位观众对我的关注，我们会成为好朋友的。"这样的回答让所有人都为她叫好，这是一个聪慧的女孩，在赞美面前不失风度。

此后的每天晨昏都会收到这个男孩的短信或电话，或是祝福，或是生活上的关心，更多的是鼓励，自然还有爱慕。每次她的广场演出都会看到他的身影，还有他热烈的掌声。他们就这样成了朋友，同时她也了解了他也是个可怜人，自小小儿麻痹症致左腿残疾，走路不是很方便。听了他的故事，她也在心里鼓励他好好生活。心也就彼此相吸，但她始终想起医生的话，怕自己突然离开这个人世，怕活着的人会难过。

后来几次他代替了她的父母就当起了她的生活助理。起初她是不同意，可父母却觉得可以试试，父母毕竟要老去，她需要一个知心陪伴的人，可以和他接触，可以彼此了解，如果他品性都端正，可以考虑这个人。

她觉得父母的话有理，但每次想到自己的身高，她觉得这样的感情是可望而不可即的。但转而又想，既然这个男孩对自己这么着迷，不妨接触接触，她不顺心的时候也会向他发脾气，可他总是微笑着，从不生气，反而说心里不痛快就打他几下吧。她反而不好意思，也觉得自己有点过分了。经过几个月的接触，他们正式谈起了恋爱。她甚至很残忍地告诉他，自己的生命是不由自己掌握，老天曾说只给她五年的生命，如今她已经透支了近二十年，但不知道自己哪天就会突然失去。他说他会陪伴她走过生命的每一天，只要她能好好地活着。

这样的语言是令人醉心的，可实际上他能做到吗？她决定来试试他，一天她感冒了，只要她一生病，她是无法独自去医院的，她给他打了个电话。半个小时后，他大汗淋漓地赶来了，送她去医院，然后一步不离地守候着她。

那天晚上她故意留住了他，夜里故意要他端茶递汤，还要他帮她搓揉。此后，就算是正式同居了，他像个丈夫照顾着她，有时候她是故意刁难他的，但他从没有半句怨言，她知道这个男人

爱从那个
A i cong na ge
chu xia kai shi 初夏开始

是真心疼爱自己的，用心在建筑情感小屋的，让她在这屋里温馨而幸福地生活着。她觉得自己不能再把他刁难与拒绝。她也开始用心来对待他，真正把他当做生命中的另一半来看待了。

一晃就过了两年，两年前的今日，他第一次上台送她鲜花，从此这个男人就走进了她的心里，走进了她的生活。今日她选择这个日子在这里办一个简单的婚礼，开始了他们新的人生，一辈子不离不弃，直到生命的尽头。

这样的故事，这样的爱情让所有在场的人都为之动容，所有的人都为他们祝福，祝福他们一生安好，一生幸福。

被风吹落的盟誓

　　寒风料峭的初春凌晨，这边一朵朵白玉兰像一只只洁白无瑕的玉蝴蝶在风中翩舞着，一树树如银似雪点缀在枝头上，那千枝万树的玉兰花晶莹透亮；那边是一团团、一簇簇的紫红色玉兰花，宛若夕阳里锦霞缀满琼枝，婷婷袅袅，风韵犹在，每一朵花瓣上都显得那么恬淡从容。那一朵朵的玉兰花仙子是那般的高贵，是那般的优雅，又是那般的娴静，犹如这树下漫步着的锦湲，只是姑娘的眉宇间多了一丝忧伤。锦湲一路漫无目的地走着，一边伸手接住掉下来的花瓣，紫色红、白色、粉白的，一路纷呈，那每一瓣不都是当年的盟誓吗？可是花朵年年依旧，可那盟誓却早已被风吹落在风尘中。

　　行色匆匆的旅人都好奇地望着锦湲。是呀，这么冷的清晨，这个女孩竟然是这样悠然地闲逛在大街，不像赶路的，为何不在家里多睡一会儿？对呀，没有急事，谁愿意这么早就起来呀，这个时候躲在被窝里该是多么舒心惬意的呀。锦湲也是这样想的，可是年年的今日年年如此，想忘掉今日却是何等的难！

爱从那个
初夏开始
Ai cong na ge
chu xia kai shi

　　那一年今日，锦溪去姑姑家做客，很凑巧的是，那天姑姑家来了很多的客人，姑姑的一大帮朋友，还有那个阿姨的儿子和侄子。她的侄子叫京源，所有的人很好奇，不同字却是同音的名字，他们都说这两个人是有缘分的。到底是不是因为缘分，俩人都有种似曾相识的感情。他们很少搭腔，但是锦溪知道京源的眼睛总是在她身上流连着。席间，锦溪和京源的中间隔着一个小表弟，表弟不小心拿不住饮料瓶倒在桌上，说时迟，那时快，京源赶紧抓了一大把的餐巾纸放在饮料上，锦溪粉色的连衣裙也就免变色之灾。锦溪感激地看了他一眼，而京源是舒了一口气，也会意地看了锦溪一眼。这些细小的举动都看在姑姑的眼里，京源的姑姑顿时说了："锦溪是人见人爱的美女，要是我们家京源能有福气娶她就好了。"锦溪的姑姑此时也搭腔道："那好呀，我们家锦溪可是出了名的好脾气，你们家京源日本留学生可是眼界高着呢。"两个姑姑是你一言我一语地说着，锦溪红着脸几次拉了拉姑姑的衣角，示意不要再说了，可是姑姑好像是有意似的，装作没有听到还是和她们闲聊着。不过锦溪心里明白，每次新上来的菜，总会被京源旋转到她的面前，等她夹过之后才会旋到别的方向，大家都光顾着聊天，没有注意这个细节，但是锦溪的心里却很清楚，她自然也明白这个男孩喜欢上自己。

　　虽然她觉得自己还在上大学，大学里同学们都在恋爱，她的恋爱史仍是一片空白，并不是她不懂情感，这样的年龄早已情窦初开了，经常有玫瑰花悄悄放在她的座位上，但她从来都是很冷静地处理这些单相思。很多同学私下里说锦溪很清高，其实也不是她清高，锦溪觉得大学里的恋爱，有些人就是为了面子，有些人就是让男生来照顾，付出的不一定是真情。锦溪觉得感情不是儿戏，她一定要找一个心仪的白马王子，能牵着她的手走进婚姻的那种恋爱。还有她是江南人，她希望自己毕业之后回到江南去，因为她是家中的长女，她希望自己将来能照顾父母。而大学里的男生都是天各一方的，她不愿意将来毕业承受择业的困惑，还有将来为去谁家安家而争执，或者导致分手而痛苦，既然要承受痛苦就不如不用开始。因而大学快三年，很多人都是在热恋的幸福和失恋的痛苦中纠结着，锦湲却是很安静地把心思放在学业上，对待所有的爱慕者都是冷处理，她这个冷美人也由此得名。更有人猜忌锦湲是没有情感的，甚至有人说锦湲有生理缺陷，不管旁人如何说她，她就是不理会这些闲言碎语，反正她不想在这里找恋爱感觉。

从未有过恋爱的感觉，可今天她觉得自己的心跳有些异常加快了，她不敢去看他一眼，她装作自己毫无知觉。饭后长辈们都在闲聊，晚辈都在客厅看电视或者上网。姑姑家的几台电脑也都被小男孩们霸占了，她悄悄躲到书房里去看书，反正姑父的大书架足够让她过瘾的。她钻在书堆里，与书中的主人公一起悲喜交加，完全忘了整个世界。

《春雪瓶》看过多次，可每次来还是忘不了要看几页，玉娇龙的死，罗小虎铁骨男儿柔水情。锦湲更是哭成泪人儿，可谓是柔肠寸断呀。正当她忘情地沉浸在悲痛中，她突然觉得一张餐巾纸递到她的面前，当她抬头正迎上了一双带着关切的眼神。不知道他是何时进来的，又是怎么进来，怎么她一点都没有觉察到呢？反正他是姑姑家的客人，她也不好恼怒，她很有礼貌地笑笑，从自己的口袋掏出一包餐巾纸来，其实她这是在拒绝他对她的关心，因为她觉得这样的关心怕自己会陷入深渊去的。京源笑了笑，把餐巾纸放在她的书本上，调侃着说给春雪瓶擦眼泪去。她内心一惊，他也看过此书吗？一定是看过的，不然他怎么知道春雪瓶呢？

爱从那个
Ai cong na ge
chu xia kai shi
初夏开始

她收泪含悲看着他，他解释着，就是没有看过，你这书名不就是春雪瓶吗？这显然是女主角的名字，能让读者如此动情之处，女主角也一定在泪眼蒙眬呢。原来是这样的，锦溲不知道为何对他多了一分好感，最起码她不再冷漠对他了。在这个小小的空间里，竟然谈起《红楼梦》，谈起《水浒传》，还有匪我思存的《来不及说我爱你》。原来锦溲以为他是日本留学生，是不喜欢中文的。原来他也是喜欢中文，按个人的意愿是要学中文的，无奈父母说学中文就是写写文章，值多少钱？学了数理化，学高科技才能走遍全天下，再加上父母有钱，一定要送他去日本留学，才断送了自己所喜欢的专业。

去了日本才知道父母的选择也是对的，他慢慢喜欢现在的专业，只是偶尔有时间才会看些文学类的书。又谈及将来的发展，他说决定回到国内来，最好在杭州或者上海工作。锦溲无意中问他是否找个国外的女孩，他看着她沉默了一会儿，然后说他是家中的独生子，父母都希望在家乡找一个，这样各自习俗习惯都差不多，本地话也好沟通，以免将来家庭矛盾难以化解，这样可以更加巩固婚姻与家庭。

吃过晚饭，锦溲说要去商场买些东西来，其实她觉得家里人多太杂，想出去透透气。姑妈说天气太冷让姑父开车送她去，京源姑妈却说，年轻人自己玩去，让京源开车送她去吧。还未等锦溲拒绝，可京源却已站起来穿外套，高声地对着姑妈说："姑妈，放心吧，一定会光荣地完成任务，把锦溲完好无损交还给您！"所有的人都笑了，姑妈笑着说："放心，放心，有你当保镖就等于吃下定心丸了。"

锦溲红着脸，在大家的笑声中走出了家门，京源紧跟身后。锦溲加快脚步一个人走了，京源追上来询问去哪里？等他开车再走。锦溪说，她并不是想去市场，只是想出来一个人安静地走走。于是京源也不再说话，就陪着她走。在一个拐弯处，京源就拉着她的手往东边而去，东边的大街两旁种满了玉兰花，此时正是玉兰花开的时节，满树的花朵如擎着一只只玉碗，又如立着一支支羊脂玉笔。一阵冷风拂过，花瓣纷纷坠落，京源伸出手去接住了几片花瓣，满眼欣喜地说："霓裳片片晚妆新，束素亭亭玉殿春。已向丹霞生浅晕，故将清露作芳尘。"锦溪欣喜地说道："这是明代睦石写的《玉兰》！"京源笑着说："睦石的这首诗写出玉兰花绽放时的美丽。明代江南才子文征明《咏玉兰》诗更是一绝：'绰约新妆玉有辉，素娥千队雪成围。我知姑射真仙子，天遗霓裳试羽衣。影落空阶初月冷，香生别院晚风微。玉环飞燕元相敌，笑比江梅不恨肥。'这首诗用大量的典故描绘了玉兰花俏丽的身形，用唐代最著名的霓裳羽衣舞，来比喻玉兰花摇曳的姿态，同时借古代'四大美女'中杨贵妃和赵飞燕的舞姿、体态、神韵来衬托玉兰花盛开怒放的芳容，给人以美的享受和无限的遐思。"锦溪说："不一定就要用四大美女来比喻的，我眼中的玉兰花洁白如雪，也是很素雅的，就如一位身穿白缎旗袍的女子从悠远而来，柔情万千，有谁与共？这倒是让我想起了'素面粉黛浓，玉盏擎碧空，何须琼浆液，醉倒赏花翁'，这句诗写出玉兰花的素净与雅致，更是写出了玉兰花的神韵。"

　　"我觉得你就像玉兰花，静雅得让人无法去靠近，唯恐玷污了你纯净的天空。"锦溪听着这番话，脸一下子红到耳根处："你真是好比喻，怎么把我也比喻进去了？"锦溪有些微愠，沉默不语地走了，京源紧随而上："对不起，我不是戏谑与你，说的是真心话。我就喜欢你这样娴静的女子，我第一眼看到你就喜欢上了你，可谓是一见钟情吧，可我就怕自己无法接近你。锦溪，你

爱从那个
Ai cong na ge
chu xia kai shi
初夏开始

不要生气，我说的确实是真话。"看着他的一脸焦急，脸也红得像鸡冠花，锦湲扑哧一笑，算是原谅了他。锦湲伸出手接住一片片飘落下来的玉兰花，有些孩子气数着："一片两片三四片，五片六片七八片……"京源说："都出口成诗了！"两个人就这样在玉兰树下畅意地漫步着，说笑着。初春的寒流在春夜里弥漫着，暖暖的情意在心中流淌着。一棵白玉兰树下摆着一个馄饨摊，京源拉着她的手走到摊前，要了两碗馄饨，他说这个寒冷的春夜吃一碗热腾腾的馄饨，可以暖暖身子，同时也要她记住，这是他们第一次的约会记忆，希望她能永远记住。

京源回日本继续学业，锦湲也回到大学里继续她的学生生涯。短短的一次接触，锦湲总觉得这是梦幻般的相遇，她总是刻意想去忘掉这样一个梦幻，不希望陷进这样的一份情感。但京源的想法却不是这样的，他每个星期总会写一封信给锦湲，他说希望实实在在的文字让锦湲感觉他的存在，也让锦湲的同学们都知道她有这么一个在国外的男朋友。每个晚上等他忙完一切，总会准时给她一个短信或者电话。

锦湲面临毕业，忙着毕业论文，忙着实习，忙着投递简历，忙着找工作，她终日忙得顾不上吃饭。京源在国外也忙着边学习边打工的生活，但他总是忘不了给她电话。别忘了饿肚子，别忘了穿衣，别忘了出门时带手机，不然满世界找不到人，别忘了，别忘了……每天总会不停地叮嘱着，在京源的眼里，她就如一个小女孩，虽然她自律很好，但还是愿意他这样叮嘱着。

锦湲在一家上市公司找到了工作，新工作新环境，一切都是新的，再说锦湲刚从学校毕业，社会经验不足，所以她格外努力，也格外谨慎。每天在工作之余也总能接受京源从日本打来的电话，可以絮絮叨叨诉说着工作的烦琐，工作的累。还好，一切有京源的安慰，还有京源的参谋，她觉得自己一切都得心应手。

锦溪在单位工作了一年，工资涨了，职位升了，然后她觉得自己一切都是那么顺其自然。男大当婚，女大当嫁，26岁，她也到了谈婚论嫁的年龄了，天天被家人催促，幸好谁都知道京源的存在，只要京源回国工作，一切都会是顺理成章的。锦溪也自然相信，他们四年的感情，说长不长，但说短也不短了。更何况京源一直都是那么爱她，只要回国都会带她出去旅游一次，每次相处他都不舍得她委屈。只要她开心，他都依着她的意愿来行事，幸亏锦溪是一个通情达理的女孩子。她的心里一直等着一句话："我爱你，我们结婚吧。"等着这句话，她一直扳着指头数着日子，他回国的时间倒计时，等他回国安置好了，就是等着走进红地毯的时刻。

终于等到京源回国的日子，她的心里就如喝下一罐蜜，要有多甜蜜就有多甜蜜。他开始寻找工作，但是因为在国外待过，对工作的要求比较高，高不成低不就，半年下来还是没有找到合适的工作。

但他们的感情也不因工作的问题而减退，锦溪总是不断鼓励他。一次锦溪说起父母养老的问题，京源说了这样一句话，她的父母将来有病痛，女婿是可以出资帮助，但不会出力。这句话对于锦溪来说是难以接受，因为她是家中独生女，父母不靠她这个女儿，还能靠谁？再说爱她的人不爱她的父母，这样的爱又有谁会去接受呢？锦溪的心里很不是滋味，她开始反思京源对她的爱是不是真心的。

她开始冷静地对待这份情，但是京源又说，这些事情现在都没有来临，将来说不定都会改变想法的。锦溪也想，人的思想总是会变的。给他时间，只要他爱她，一定就会爱她的父母的。

很快又到了深冬，锦溪在梦境里都想着走进红地毯的情景。一天她路过一家商场，在商场门口看到一对情侣，因为手挽着手，还有情侣围巾，距离虽远，但一看就知道是一对热恋中的情侣。两人不知道说什么，头挨得很近，锦湲不禁想起了京源，要是他们一起出去，他也会这样挨着她，他们也会这样说着小秘密，说着悄悄话的。正当她回神抬头时，二人正向她这边走来了，她终于看清了来人，看清了这张笑得很灿烂的脸，让她就这么有一刹那的恍惚。她眨了一下眼，再看，还是这张脸，这张她一辈子都无法忘却的脸。她想上去掴他一个响亮的耳光，可理智和涵养告诉她，要冷静。她退到一家服装店的门口，看着这二人说笑着离去。

泪从她的两颊滚滚而落，她不顾路人惊异的目光，就这样恨恨看着二人相依偎远去的身影。她突然有种被这个世界遗弃的感觉，被人突然抽了一耳光般地疼痛。她迈开步子，却发现自己不能移步了，脚就像被钉住了一样，她想打电话，可发现手发抖得很厉害，根本拿不住手机。一个陌生的姑娘突然停步了，问她需要帮忙吗，然后锦湲向她求助，给闺蜜打了个电话。

那个晚上锦湲一夜未合眼，闺蜜一直劝说她，这样的男人扔进垃圾桶都没有人要，干吗为他失眠。可锦湲就是想不明白，昨晚还说和她不离不弃的男人，今天怎么就去和别的女人亲密，这么亲密的关系应该不是第一次认识的，既然和人家早已有意，为何还和自己山盟海誓呢？这四年的感情何以说变就能变的，那就是说所有的盟誓都是假的，所有的感情也都是假的。

后来京源向她解释，这是他新认识的女孩，那个女孩是他回国的时候在飞机上认识，因为是同乡，因为是同在日本留学，就有了共同的话题。回来之后，女孩经常给他电话，开始他以为就是朋友聊聊天，可后来女孩告诉他，很喜欢他，他觉得自己不好意思拒绝人家。然后还有一个原因，那个女孩有个弟弟，父母就不用女婿来承担了，所以他想去接触接触，如果合适，他觉得这是最好的选择。同时又希望锦湲不要放弃他，还说了很多对她思念的话，还说和她要不离不弃，他对她的情感是真的，他还说了一句话，如果那个女孩和他最后走不到一起的话，他一定会娶她。

锦湲啪地一下挂掉了电话，毫不犹豫地删除了他的号码，删除了他的QQ，她想把他从自己的世界里删除掉。然而并不是想删除就能删除的，这感情在她的心里已经生了根，这个痛已经伤到她的骨髓了，刮掉骨髓里的脓包不是件容易的事情。

转眼又是一个春节，多少人在感慨世界的流逝，可唯独在锦湲的心里，却总是觉得时间如沙漏。又是一个初春，曾经的初春，两个身影手牵手来赏花的，看着这满树的白玉兰，她怎能不想起在这玉兰树下的浓情蜜意呢？她怎能不想起这玉兰树下的句句盟誓呢？可如今呢，只剩下瘦弱的她，这形单影只让她更感到孤寂。她不禁想起了手机的短信，曾经每一次来玉兰树下，都会有一条短信进入她的手机，虽然那个不在意，都笑着说浪费人民币，面对面还神经似发信息。"山无棱，江水为竭，冬雷阵阵，夏雨雪，天地合，乃敢与君绝！""死生契阔，与子成说。执子之手，与子偕老。"……这一个个坚如磐石的盟誓，盟誓犹在，人心已变。今日看来确实是天大的笑话，笑她的痴呆，这么多年竟然看不透一个人的心。突然一阵风侵袭而来，呼啦啦吹落了一地的玉兰花，片片花瓣飘落于地，锦湲透过泪眼凝望这些花瓣，也许天公也明白她的痛苦，也许天公也在暗示着锦湲，花瓣开了，也会落的，花瓣落了，明年还会开的。情感聚散也是人之常情，不属于她的又何必这样作践自己呢？善待自己，女人需要自尊、自珍与自爱，她想她一定会碰到一个真心爱她一辈子的人。又一阵寒风拂脸而过，又是片片花瓣坠落，她把手机里的盟誓一条条删去，就如同这飘零的花瓣被风吹落在风尘中。

锦湲抓起地上的一堆花瓣轻轻抛向风中，然后整理一下领口挺起身姿笑着走向寒风中。

爱从那个初夏开始
Ai cong na ge
chu xia kai shi

不会开口的第三者

　　随着科技的迅猛发展，作为高科技的产物——手机，不断更新换代，从20世纪90年代"大哥大"，到如今"掌中宝"，手机成了人们生活中不可或缺的通信工具。但事物都有两面性，一些人控制不住自己，一些生活问题也随之而来，夫妻的感情也为此出现了问题，手机成了当下很多家庭最危险的"第三者"。

　　殷瑾就是其中深受其害的一个，最近夫妻关系闹得不可挽回的地步，没有任何的外在因素，就是这位不会开口的第三者——手机。每次殷瑾说起这个"第三者"，心里都有一丝隐隐的痛。

　　殷瑾和李辉可以说是青梅竹马，从开裆裤就形影不离，李辉一向都充当着大哥哥的形象，绝不允许有人欺负殷瑾，只要有人惹殷瑾哭了，李辉的拳头就不会软。李辉的外婆是殷瑾的邻居，李辉的父母一直在外经商，从李辉能走路说话开始，他就放在外婆家，殷瑾小李辉八个月，小时候二人就一起玩，按辈分，殷瑾还得叫李辉舅舅，小时候就经常有人开玩笑，说小外甥女嫁给小舅舅当新媳妇正好，都省了媒人的钱了，那个时候流着鼻涕的李辉总是斜着眼睛看人一眼，嗤一下鼻涕拉着殷瑾玩去了，你说你的，我玩我的。李辉在外婆家的村上小学，和殷瑾又成了同班同学，小时候经常家长一起接送，谁家有时间就一起带，等大一点的时候，就让他俩一起上学，路上互相照顾，等上了高年级的时候，有人再说这样的话，他就会瞪着人老半天，然后感到不好意思就会自己跑了。后来俩人一起上的初中，高中，虽不是同一个班，但至少都是同一个学校，在学校里只要有人欺辱殷瑾，他会毫不犹豫冲上前去和人家拼命，人家笑话李辉成了保镖，说是保镖也是不为过，李辉给殷瑾当了十二年的保镖。

青春期的李辉和殷瑾虽然有碍于男女有别，但是所谓爱情的情愫却在心中滋长着，李辉懂得怎么去保护，殷瑾懂得怎么去关心。上大学后，二人虽不在同一座城市，但是电话和短信成为二人生活中必不可缺的联络方式，只要一天没有对方的消息，就会发疯似的打电话，如果在双休日，就是杀进对方的那座城市的心都有了，二人商议不允许关机，一定要24小时开机。

上完大学，鉴于二人的感情，再加上两边家长都是知根知底，婚礼自然就提上了日程，人家说好事多磨，而这个词对二人却不搭边。所有认识的人都说这二人的感情肯定是坚如磐石，没有任何力量可以分开他们。

婚后的感情一直恩爱甜蜜，谁下班早谁就去买菜，谁休息就在家里打扫卫生，不会为这些家庭琐碎的事情争吵不休，人家要7年之痒，这痛痒对于他们来说从不存在，李辉总是让着殷瑾，殷瑾也很体贴李辉，只怕是累着李辉，李辉只怕是累着殷瑾，二人相互心痛着对方，这样的爱情佳话成了周围朋友亲戚的赞颂。

一年后有了孩子，李辉对妻子和孩子更是疼爱，他舍不得再让殷瑾去洗碗拖地，一切的家务都独自承包了。然而美好的事情

爱从那个
Ai cong na ge
chu xia kai shi 初夏开始

总不会长久的，李辉因为业绩出色，公司配发了一部手机，而且因为业务的需要，给他下载安装了微信。微信？是刚兴起的一种通信方式，可以发送语音短信、视频、图片和文字，可以群聊，仅耗少量流量，适合大部分智能手机，这比QQ简单多了，也比QQ方便多了。原先李辉老是批评人家整天拿着个手机玩QQ、游戏的，现在李辉也开始和人微信聊天，起初都说是因为业务的需要，殷瑾不好说什么，她也确实看到他和同事在微信聊工作和在微信发图片、修改图纸资料的。

李辉回家做家务的时间不多了，回家往椅上一躺，手机一拿，孩子哭了摔了也不管。一次殷瑾去菜市场买菜，回来发现孩子坐在地上哭，裤子全湿透，而李辉仍然躺在躺椅上玩手机。殷瑾气不打一处来，一个箭步夺过手机扔在地上，踩了一脚，手机已是支离破碎了，殷瑾头也不回就抱起孩子走了，而李辉一时还没有反应过来，等他反应过来时，手机无法拼凑回去了。他一下子愣在那里，不知今日殷瑾犯什么神经病，真是不可理喻，拿起另一部手机走进书房，门砰的一声就反关了，再也不去理会殷瑾了。殷瑾走出卫生间给孩子换上干净的裤子，回到客厅看到客厅仍然是狼藉一片，手机的碎片散了一地，凳子椅子仍然是倒的倒，歪的歪。气一下子冲上了脑门，她洗好了孩子的裤子，收拾好衣服去了乡下母亲家，不愿意再看到这个家和这个家的男人。

回到乡下，谎称李辉出差了，李辉的外婆和殷瑾的妈妈就开始担任起孩子的生活问题，殷瑾专心做起了资料，安静地躲在阁楼上工作。一直等到了第三天下班回家，李辉给她打了很多个电话，她都不愿意去接听，到了母亲家，看到母亲和父亲阴沉着脸，她知道事情再也隐瞒不了。过了一会儿，李辉的外婆带着孩子来了，眼睛盛满了担忧。殷瑾接过孩子，对外婆说声对不起。她一边哭着把当天的事情说给父母还有外婆听，她说自己不够冷静是有错的。外婆说了殷瑾一句，男人总有自己的事情，不可能全心都在家务和孩子上的，有几个男人能这么顾家的呀？有事情也得好好说的，砸东西就是不对的，还有离家出走更是不对的，殷瑾眼眶里含着泪水终于滚滚而落。殷瑾的妈妈本来想说女儿几句，听到李辉的外婆这么几句话，看到女儿泪流满面，心里心疼，话到嘴边硬生生吞了回去，虽说做家务是女人的事情，可是自己的女儿也是要工作的，一样的工作为什么一定要自己的女儿多做事，如果说男人挣钱，女人就在家里做全职太太的话，那当然是家务包了，虽然女儿砸了手机有过错，但对于前因后果，她也就不责怪女儿，抱过外甥女转身就进家门了。殷瑾的父亲打着圆场说，这孩子现在真是不像话了，回家说说她，让老外婆操心不像话。

回家后，父亲批评母亲几句，同时又说了殷瑾几句，夫妻吵架不能动不动就离家出去，这样以后谁都不回家，那家还像家吗？不管李辉有什么错，也得和他讲明白，让他知道错在哪里，砸了手机就是个错，哪有动不动就砸东西的？东西还不是用钱买的吗？这一砸就是几千元都不心疼的吗？钱就这么好挣吗？结婚了就是过日子，李辉是大家看着长大的，这孩子的秉性都是清楚的，他不是那种不讲道理的人，也不是那种偷懒的人，但是男人偶尔偷个懒失个魂都是有的，谁家又没有磕磕碰碰的？李辉从小就是让着你的，如今也让他一回又能割个肉吗？

父亲的话说得合情合理，母亲也就这样附和着，吃过晚饭就叫了个车送娘俩回去。回到家看到的情况确实让人有些心寒，家里一片狼藉，殷瑾妈默默收拾起零散在地上的杂物，看到厨房里的方便面袋，明白这几天一个大男人就吃方便面，一个家没有女人还真是不行的。殷瑾妈也真是心疼女儿，原来李辉很能干，都

爱从那个
Ai cong na ge
chu xia kai shi 初夏开始

抢着多干活，如今有了孩子反倒是变了个人儿，殷瑾妈心里有了个打算，她决定留下来帮着带孩子做家务，好让孩子们腾出时间来工作和生活。

在殷瑾妈的到来之后，李辉才认识到自己的错误，虽然嘴上没有说什么，但心里已经认识自己的错误，也在行动上表明了自己的悔改。

小夫妻又回到从前那般恩爱了，李辉还是这般谦让着殷瑾，殷瑾也总是不让李辉辛苦。公司业务忙，老加班，殷瑾也会送夜宵给他。但是李辉说太辛苦了，不愿意殷瑾这么麻烦，夜里跑来跑去既累人，又不安全。

殷瑾也听从了李辉的话，不再去送夜宵，但每一次都等他回来一起睡。殷瑾睡眠浅，如果睡过一觉，被人惊醒，那这个晚上就会彻夜不眠了，所以都干脆等李辉回来一起安睡。一个晚上两个晚上熬熬还是可以，但是长期下去真是累人，殷瑾的工作是每天早上去的早，在单位里白天是没有休息的时间。殷瑾身体上吃不消，对丈夫就有微词了，而李辉却是不体谅地说："我又没有让你等，是你自己多事。"听这话，殷瑾的心里窝了一肚子火。"那既然你知道我的身体弱，你能不能早点回家？"

一次殷瑾眼睛有些痛去医院看病，碰到一个高中同学，这个同学和李辉是初中同班，同学对她说，看你们的辉哥最近很空闲，天天在微信群聊天，一刻不空闲，常常是深夜了还在聊个不停。说话幽默风趣，和以前都不一样了，毕竟是大公司里工作的人，见过大世面，说话有气魄。大家都说你好福气，你们感情这么多年，这份感情可不是外人所能得到或能比的。殷瑾心里一惊，只是未露于色。

孩子在逐渐地长大，一点都不让人省心的。结了婚，有了家，男人和女人都应该有家的责任与义务，这是每一个成年人都应该有的责任，这是家庭责任也是社会责任。

殷瑾决定要找李辉好好谈谈了。晚饭前，李辉打来电话说单位加班，殷瑾什么话都没有说，只是默默挂掉电话。晚饭后，殷瑾做完一切该做的事情，把孩子哄睡了，她轻悄悄走出家门来到了李辉的单位，这次她没有提前打电话，只是悄悄过来，因为殷瑾来过很多次，保安和单位里的员工也不会阻拦她。

殷瑾径直走进了李辉的办公室，推开门，李辉正倚在沙发上专心玩着手机，脸上微露喜悦之色，桌子上放着一盒方便面，殷瑾坐在李辉的旁边凑近手机看他正忙着和同学聊天呢。殷瑾深深叹了一口气，这声叹气惊醒梦中人，李辉突然脸色唰地一下白了，看着殷瑾一会儿，问道："你怎么来了？"殷瑾深吸一口气，直愣愣看着李辉："你真的不要家了！"李辉有些微怒："老是乱想，谁不要家了？忙完了不就回家了吗？"殷瑾紧追着问，那你忙什么呢？李辉指指桌子上的一堆材料说："你看桌子上的一堆资料了吧？明天都是要上交的。"殷瑾紧盯着说，那既然明天要的东西，还不赶紧做？做完了就可以回家了。怎么还有时间玩手机呢？李辉不好意思说："刚才是因为有些累了，歇一歇，等会儿不就去做了吗？你怎么现在越来越不像话了呢？"殷瑾有些微愠："不像话的人应该是你吧，为什么会变成这样？难道和别人就有那么多的话题吗？和我就这么懒得说吗？"李辉变得有些软了："谁说和你没有话说了呢？只是你自己多想了。"殷瑾很委屈："我多想了吗？我大清早起床，你还呼呼大睡，孩子饿了你不管，孩子哭了你也不管，中午你在单位吃饭，晚上你又老是借口加班，有几个晚上是真正加班你自己心里清楚，我等你半夜总不见你归来，你说你和我怎么说话？你又能和我说什么话？"殷瑾越说越感到委屈伤心，憋在心里的委屈一下子倾泻出来，李辉也顿时语塞，感觉自己对不起殷瑾。过了一会儿，他搂着殷瑾的肩膀说："好了，别哭了，我错了，我错了，行不行？"有人说女人的心是水做了，一句讲好，万事百了。殷瑾扑进李辉的怀里伤心地哭着，李辉轻拍着她的后背，说："别哭了，都是我的错，以后不玩手机，可以不？"殷瑾破涕为笑："我又不是这么霸道的人，不准你玩手机，是有空的时候适当玩玩，而不是整天捧着手机，什么也不管不顾的。"

二人又和好如初了，李辉也按时下班回家，殷瑾每当下班时刻总会给他打一个电话，让他去车库里拿一下洗衣粉、酱油或者老酒之类的杂物，其实她就想证实一下他回不回家。听到他说已经在路上了，或者说正走出公司门口，她的心里就会感到踏实和宁静。

确实一段时间，李辉都是正常上下班，回家后也克制着自己，尽量多和殷瑾交流，多和孩子沟通。家也开始有了笑声，有了暖意。家又给了殷瑾一丝希望，她感到了生活的希望，也感受生活的幸福就是平淡之中的相互关心和照顾。

然而好景不长，过了几个月，李辉开始看着家里的事情都安排好了，又躺在躺椅上玩手机，殷瑾觉得也不再说他，只要在家偶尔玩玩手机也是正常，现在是通信社会，是开放的社会，人要和外界联系，在家偶尔玩玩解个闷，有事情还是能叫应的。这个时候的殷瑾不再是刚结婚时候的小姑娘，似乎对男人的要求也降低了不少，只希望他在家看得见，这样她的心里就不会那么紧张。李辉似乎也已经习惯了，每次一回家吃完饭就躺着玩手机，两部手机不空闲，这部手机没有电赶紧充，另一部手机上岗工作，两部手机轮流着玩。

但是对于忙的时候也叫不动他了，叫了老半天才应了一声，嘴上说来了却是老半天不见人。锅里糊了，没有人来关火；水开了，没有人灌水；下雨，没有人收衣服……

一下班就躺椅上一躺，手机一捧，万事皆抛脑后，一玩就是半夜，殷瑾在房间就是干巴巴等了等，终于等的心都拔凉拔凉的，他还是毫无动静。殷瑾只好睡下，其实说睡下，只是眯着眼睛安静一会，她实在想不通，原来的那个李辉到哪里去了。有时候就在躺椅上睡着了，有时候一两点才拖着脚步进来，抹一把脸，不洗脚不洗澡就想一头钻进来，殷瑾则不让进，还会和他理论几句，他是不情愿也只好去洗了，然后钻进来倒头便是呼呼睡去，有时候则会伸过来，殷瑾厌恶地把手还回去的。她想说几句，可是实在太累了，累是累，还是醒着到天明，她真是不明白自己的婚姻到底正不正常。但有一点，她的心里很清楚，他们之间的爱意已经消逝殆尽了。

一次，李辉上过洗手间忘了关水龙头，直到楼下邻居听到楼上水声不停，邻居打电话问殷瑾，殷瑾记得今天李辉休假一直在家，她知道这家伙竟然闯祸了都不知不觉，这样的日子真的是无法过了。她拨通了李辉的手机号，不停地拨打，最终他慢悠悠接通问她干吗火急火燎的，殷瑾只吼了一句："你赶紧去卫生间看看。"只听得话筒里哦了一声，她就挂断了电话。

急匆匆回到家里，看到卫生间的那一瞬间，她的心寒得如三九寒天。洗衣粉泡在水中，各种脸盆水桶都在水中漂着。

李辉也知道自己错了，可是殷瑾却是说不出一句原谅的话，她只感到内心的疲倦已经漫溢周身。家是两个人的责任，这个男人一而再，再而三地恋着他的手机，不再为她肩挑一半的责任，而今却是给她增加了不少的压力和重担，这么大的人却像个小孩子一样不务正业，整天就捧着手机和手机作伴，仿佛周围的一切

爱从那个
Ai cong na ge
chu xia kai shi 初夏开始

都与他无关。有句话说得很好，世界上最远的距离，就是我在你面前，而你却在玩手机。小小的屏幕本应是我们去了解外面世界，人与人之间彼此交流的一扇窗口，而不该是横亘在最亲近的人之间的一堵墙。可眼下的李辉手中的手机已经成为这个家现实生活中的"第三者"。横亘在李辉与殷瑾之间的小小手机，隔出了他们心理上最遥远的距离。

殷瑾就是想不通，她的婚姻在外人看来是如此的美满，却是毁在一个不会说话的手机上。手机已经成为他们家庭生活中的一种障碍，成为他们心间的一堵坚不可摧的心墙。而且长时间使用手机，会导致眼部结膜血管充血，甚至出现刺痛、流泪、畏光等症状，而长期低头看手机还会引起颈椎问题，半个小时到一个小时的低头就可引起颈部的疲劳，时间长久会引起椎间盘退型性病变、骨质增生，进而压迫血管和神经。此外，长期玩手机还会引起失眠、听力下降、手指肌腱炎等健康问题。种种有害于身体健康的手机，不仅害他一个人，也会害了全家人的未来。殷瑾很耐心把这些道理说与李辉听，李辉总是点点头，却还是舍不得放下手机。婚姻再也没有回头了，她只希望李辉能从中醒悟，能从手机中走出来，如若能彻底戒彻，她愿意等他两年，用两年的时光去等候一个男人的回头。

对于成家的男人、女人而言，对孩子有责任、对家庭有责任、对自己有责任，在有限的时间内我们应该做更多有益的事，远离手机，就能逐步让我们有更多的时间进行人生思考，去做更多对这个家庭、社会或者国家有利的事情。殷瑾更希望自己的婚姻能给更多的人启示，不让这位不说话的第三者毁了一个幸福的家庭。

不是冤家不聚首

　　正是午饭时候，餐厅里来了很多的顾客，一个身穿粉色套裙的服务员穿梭在餐桌中。一个女孩面带微笑手托着一个餐盘向门口的那张餐桌走去，突然哐当一声，手中的托盘掉在地上了，那个女孩脸色煞白地站在那里，一个孩子"哇"的一声哭了。领班忙过来先安慰孩子，然后狠狠地白了女孩一眼，一位先生大嚷起来："这可怎么办？这可怎么办？"

　　原来是女孩托着餐盘正走向门口的那张餐桌时，在经过2号桌的时候，一个孩子突然从餐桌上窜出来上厕所，冷不丁撞着了这个女孩，女孩的手一晃，托盘掉地，汤水四溅，烫痛了孩子的手臂，同时这汤水也溅湿了正在埋头整理资料的张先生，张先生正坐在2号桌埋头整理资料，在空歇的时候把手中合同再仔细看一遍，却不料全被这汤水溅湿，这可是今天重要的东西。如果这份合同不成，这个损失可就赔大了。

　　被烫的小男孩父母是连连道歉，说孩子的不是，领班也就不骂女孩，但是不管领班如何说，这个张先生可就不依不饶了，他

爱从那个
初夏开始
Ai cong na ge
chu xia kai shi

说回公司已经来不及，这份合同可是一笔大买卖，这样湿淋淋、油腻腻的合同，他怎能和人家签订合同呢？这损失该算谁的呢？

正在大家僵持不下的时候，一个声音打破了尴尬："咿呀，琬雪，怎么了？"女孩透过泪眼哭得更伤心了。这个张先生眼睛一亮问来者："李总认识她？"来者笑着说："这是我女儿的同学。"领班把经过一说，这个李总什么话都没有说，拿起合同看了一遍，笑着说："没关系，这份合同重新打印一份，明天来我办公室吧。"李老板对领班说，别为难人家小姑娘了，她大学还没有毕业能自己挣钱很不容易，更何况不是她的错嘛！领班忙点头连连说是。女孩子擦干泪水感激地对李总说："李叔叔，谢谢您！"李总说："有时间多去我家走走，让盈盈好好跟你学学，她只会耍脾气。"

一场风波就这样过去了，张先生也因祸得福，本来经理说他这次要是拿不下这个项目，就卷铺盖回家，没想到竟不费任何口舌，这份合同就生效了，而且还是大项目了。

张先生叫明辉，是一家广告公司的职员，这几年广告公司竞争激烈，接一个大单子都要花很多的精力，这次能这么顺利拿下大单子，经理马上加了他的工资。张明辉还真想好好去谢谢这个女孩，没有她的祸还真没有他的福，他突然觉得这个女孩是他的福星。过了几天再去餐厅找那个女孩的时候，领班告诉他，女孩只是个暑期工，已经回去上学了。

这个女孩名叫上官琬雪，家中还有个姐姐，姐姐在十岁那年不幸车祸，成了生活不能自理的残疾人，母亲终日守着姐姐，给姐姐翻身擦身或者推着车带姐姐出去晒晒太阳，基本上没有经济收入。父母老实憨厚，到处打工，哪里工资高些就去哪里，自然也都是常人不敢挑起的重活。但这样的劳累还是满足不了这个贫困的家庭，琬雪的学费经常是东拼西错，每到开学，父母总是东家进西家出，紧皱的眉头已经告诉这个懂事的孩子，学费成了难题了。父母一夜不眠，她也是一夜睡不着。自从初中开始，她就偷偷在外面打零工，假期去帮人卖服装，或者是冷饮店买冷饮，为自己的学费也是想尽了办法，尽管她把成打的时间都用在打工了，懂事的琬雪还会用边边角角的时间用来读书，因为她懂得自己的辛劳就是为了这份学费，能上学了，她似乎就看到了希望的曙光。也许因为她的朴实，也许因为她的勤劳，待过的地方，老板都很喜欢她，每到暑假都会主动约她上班的。这家餐厅的老板就是原来的小冷饮店的老板，不管大小假期，只要琬雪愿意来，老板都愿意按日计算给她工资。

琬雪总算是毕业了，她正准备简历，准备找工作了。一天，她正和几个同学一起去参加人才招聘会，投递了几份简历，和几家公司的招聘主管谈了一下，都不是很理想。在回家的路上，突然接到了李盈盈的电话，李盈盈说他父亲让她带一份简历去公司。李盈盈曾经说过，让琬雪毕业之后去她家的公司，琬雪还是有些犹豫，但是此时说她父亲找，又不好推脱，更何况今天的几家公司也是不合意的，先过去看看吧。她急匆匆整理了一份资料赶往李家的公司。

李盈盈和琬雪是初中的同学，还是三年的同窗，成了无话不说的闺蜜。李盈盈的父亲开了一家上市公司，家境优越，自小被娇生惯养，因为家境的优越感导致了她性格上的偏差，趾高气扬、目中无人，经常和同学为一点小事吵架。自然也看不起坐在旁边的琬雪，土里巴唧的，一双布鞋磨破了还舍不得扔掉。但不能小瞧的是，这个土里巴唧的家伙，每次成绩都是全班第一。而李盈盈每天衣服穿得像公主，每次揭晓成绩的时候，不用说都是最后一名。这一桌经常成了同学们口中的笑话，也经常成了任课老师

爱从那个初夏开始
A i cong na ge
chu xia kai shi

口中的谈资。李盈盈是一名买读生，用一大叠的人民币买进这所重点学校。其实李盈盈很聪明，她只是没有心思在学习上，终日想着怎么去打扮，反正她觉得不用读书都有用不完的人民币，用她自己的话说，你们将来考了博士生还不是为我们这样的人打工吗？她将来是父亲公司的继承人，不知道有多少的博士生、硕士生看她的眼色行事呢。这种优越感使得李盈盈有足够的理由不愿在学业上花时间了。偏偏在初二的时候来了一个只要成绩却是不信邪的数学老师。每次考试后都要把李盈盈留下来狠狠批评一顿，而且非要她独自把考题重做一遍。在同学们都觉得看好戏的时候，琬雪却不这么认为，她就偷偷留下来故意做作业，在同桌咬着笔头的时候，琬雪就会耐心去教她解题方法，或者提示一些思路，这样一来，这个懒散的家伙，数学成绩不断地提高。李盈盈自然也感激这个土里巴唧的家伙，两人成了好朋友了。后来李盈盈了解到同桌家庭情况，就央求父母给她找个家教，她要找的家教老师就是这个土里巴唧的同桌，父母开始不同意，但是禁不住女儿的再三纠缠，同意琬雪教宝贝女儿，说是教，其实就是一起做作业，不会的请教琬雪。一个学期过去，期末考试时，这个永居最后的"老一"跃到了班上中等的成绩，李家父母这才不敢小瞧这个看似瘦弱的孩子了。于是琬雪在李家父母的心中也成了一个贵人，这个骄横无礼的女儿也懂得尊敬长辈，也知道生活的艰难，最可贵的能懂得去关心别人了。

"哐当"一声惊醒了梦游中的琬雪。琬雪手中的资料全散在地上，对方手中的资料也全抖落在地上。琬雪带着歉意连连道歉，对方怒目相横。琬雪赶紧拾起自己的资料，对方也蹲下来捡拾东西，她看到了一地的纸片中还有一个玻璃制品，是一款女士手表，尽管琬雪不知道这表的价值，但一定很贵重，不由得她的心中有些揪紧，万一对方要她赔，她拿什么来赔给对方呢？想着想着，就忘了收拾自己的资料。"你的东西拿去吧！"她抬头看着对方正把一叠整理的资料递到她的面前，虽然还是怒气未消，但眼眸透露出关切的眼神。这个眼神似乎在哪里见过，是的，一定在哪里见过。在她站起来的一瞬间，对方的眼眸里似乎多了一丝喜悦，他伸出的手又缩了回去，仔细地看了一下她的资料。"你就是原来在餐厅打工的上官琬雪吗？"对方询问着。琬雪点点头，她终于想起了，面前这个人不就是被托盘里的汤水溅湿衣服的张先生吗？她有些愧疚，想起自己的不小心弄脏了人家的资料，还弄脏了人家的名牌西装。她弱弱地说道："张先生，对不起，我老是给您添乱。"张明辉笑着说："我们还真是一对冤家，每次碰面都要发生这样不堪目睹的事情来。你怎么老是走神，以后走路可不许开小差，小心被人撞飞了。"琬雪有些羞涩地笑了："你的表给我吧，等我赚够了钱就还你。"张明辉笑着说："你还真是我的冤家，又一次搅了我的好事。今天是我女朋友的生日，这是我送给她的生日礼物，这个样子送不出去了。你现在就是要赔也来不及了，这款是朋友从国外带过来的。"这样一听，琬雪更是愧色浮上脸庞。张明辉问她："你来公司找董事长？"琬雪说："他让我过来的。"张明辉让她赶紧进去，说等一下董事长有会议的。

说是好消息吧，琬雪的工作就这么解决了。李盈盈的父亲说给她一个管理层，琬雪说要从底层开始，她要用自己的实力来说话。李董更加赏识这个瘦弱的女孩，他觉得自己没有看错，这个姑娘将来一定是个栋梁，这是实话，她在以后的工作中，确实为这个公司创下了几个奇迹，但这是后话。

说是不巧也是巧，道是无缘却因缘，正因为琬雪的那一碗汤

爱从那个
初夏开始
Al cong na ge
chu xia kai shi

让张明辉因祸得福，本需要竞标的一个项目就这样轻易地拿到了，而且还因为这次合作的出色，竟然被李董看中了，进了李氏公司成了人人羡慕的总监，这次琬雪进来正好安排在张明辉的手下。

正因为两人有两次的欢喜冤家的接触，少了一分生疏，不明就里的人都以为是张明辉安排进来的。他们也不分辨，张明辉住的地方和琬雪的家同一个方向，琬雪没有车，张明辉就经常一起带着琬雪上班回家，夜里加完班，一起吃完夜宵一起回家，琬雪完全把张明辉当做哥哥一样。

一天，张明辉和往常一样来接琬雪，然而一整天始终没有说过一句话，不管琬雪如何去逗他都没有成功。后来琬雪知道，张明辉失恋了，而且这失恋还和琬雪有关，正因为那天摔了生日礼物——手表。不断地吵架，不断地升级，最终女朋友还是离开了张明辉。琬雪的心里很不是滋味，为了弥补自己的过失，凑足这款表的钱，希望张明辉去重新买一块。而张明辉却说就算表买回来了，但是感情是买不回来，再说不容人的人又有何足惜。琬雪的心里更是过意不去，双休日抽出时间来陪着张明辉爬山、打球或者骑着自行车去野外。日子就这样一天天地过去了，琬雪似乎习惯了有明辉的陪伴，明辉似乎也习惯了琬雪的陪伴，常常在他想着她的时候，也正好接到她的信息或电话。而且往往他给她买礼物的时候，同时也收到她的礼物，心似乎就是一点通。尽管都想着对方，但是谁也没有挑明，张明辉怕琬雪拒绝，而琬雪怕自己配不上他，都只是把这份喜欢深深埋进心里。

公司安排张明辉去杭州竞标一个项目，张明辉带了琬雪一起去。工作结束，他们一起去玩了杭州西湖、太子湾、灵隐寺等地。夜游西湖，灯光璀璨，给多情的西湖更是添上了一层神秘，多情的人心里掀起了情感的潮涌，张明辉拉起琬雪的手一起朝前奔去，琬雪有一秒钟的惊愕，随即笑着跟着他跑了。手牵手儿奔跑在成行的柳荫下，心儿仿佛是要跳出胸膛了，张明辉一把拉着琬雪揽进自己的怀里，琬雪一愣神借着灯光看到一双含情的双眸。她有些羞涩地垂下双睫。他托住她的下巴直勾勾看着她："雪儿，我爱你！嫁给我吧。"这句话还真是吓着了琬雪，她没有想到张明辉会这样突然向她求婚，她的心里是窃喜，可是又觉得不妥，这婚姻大事非是儿戏，就算是俩人都喜欢，但是还有双方的父母呢？自己家境贫穷，不知道张家的父母会不会同意这门亲事。张明辉没有看懂她的迟疑，以为她对他没有感情的。有些落寞了，托着下巴的手也无力放下了。琬雪伸出手去握住他的手："等等吧，婚姻不是儿戏，不能一时的冲动就成了终生的悔恨，给我一年的时间，如果你还依然说爱我，我就会嫁给你。"张明辉的眼眸里多了惊喜："那你能否先答应我，做我的女朋友吗？"琬雪点点头扑进了他的怀里，张明辉抚摸着她飘逸的秀发。

从杭州回来，他们关系就不再是单纯的同事，但是琬雪的心里还是疑虑重重，家庭负担这么重，就怕他不会真正去接受。

琬雪的姐姐突然走了，至于为何会突然摔下来，猜测很多，有人说轮椅没有停好，滑轮下来摔死了，有人说姐姐曾经多次说自己连累了父母及妹妹，是故意摔下去。不管真相如何，琬雪和父母都是心痛刀绞。父母为此倒下来，琬雪成了家中的顶梁柱，张明辉出现在这个家里，帮助琬雪料理姐姐的后事，然后一起照顾病中的父母。

琬雪的父母过度悲伤，这病时好时坏，张明辉知道这不是身体的病，而是心病。张明辉利用休息天带着她和她的父母一起在周边的旅游景点赏玩，每次总要逗二老开心，琬雪也会更加开心的。张明辉用自己的真诚和真心对待她和她的家人，琬雪是看在

爱从那个
Ai cong na ge
chu xia kai shi
初夏开始

心里，也记在心里。对这个重情义的男人，心中不免多了感激。

琬雪的父母从悲痛中慢慢走出来，对这个男孩子喜欢在心间。不言情都是情，端午节，琬雪父母请张明辉第一次去他家过节，张明辉直夸这红烧肉好吃，琬雪的母亲接着就说了一句话："你们结婚了，妈天天做给你吃。"张明辉一愣随即搭口道："妈，你可要说到做到的，我可是盼着的了。"琬雪一听，用脚踩了他一脚，他看了琬雪一眼，坏坏地说："妈，你看雪儿不好好吃饭，饭粒都掉了一桌了。"琬雪妈其实都明白了，笑着说："掉了捡回来让她晚上看着我们吃，馋死她。"琬雪大声嚷起来："妈，你还是我亲妈吗？"笑声回荡在这个小小的三居室里。

张明辉和琬雪终于手牵着手走进了红地毯，李董参加他们的婚礼，在婚礼上看着当伴娘的女儿对琬雪的父母笑着说："这个小张原本是我看中的，准备做我李家的女婿。后来说他有对象了，就只叹自己晚了一步，却不料被琬雪这个小丫头抢走了，羡慕你们的福气。"虽说李董只是一句玩笑话，却是真话，张明辉第一次接任李董的项目，李董就喜欢上了，他特意出高薪放在自己的身边，就是希望能成为自己的女婿，却不料和琬雪成了一对，今日女儿不能成主角只是配角，李董笑着说，一切都是上天的旨意，一切都逃不过一个缘字，不过琬雪能得此佳婿，他也真诚祝福。

是呀，所有的人都祝福他们，都说他们是一对金童玉女，而琬雪却说，这个缘分叫作不是冤家不聚首。要不是她的两次不小心，还不一定有今日的婚礼。哈哈，只要有缘分，就算是冤家也会相守一生的。

擦出来的姻缘

　　今天是琬儿喜结良缘的日子，我成为她的伴娘。在婚礼进行曲中，琬儿披着洁白的镶钻婚纱，踩着红地毯在父亲的护送下缓缓而来。红艳欲滴的玫瑰花瓣不停地撒向美丽的新娘，她笑颜如花，我们衷心祝愿他们的生活如这嫣红的花瓣过得红红火火，美满幸福。琬儿的父亲郑重把她的手放在新郎的手心里，当婚礼的主持人问他们是怎么认识的，我们这一桌都笑得合不拢嘴了。说起他们的相识，我开始相信缘分是冥冥之中注定的。

　　琬儿是独生女，父母都是小学老师，她一直都是父母的掌上明珠。大学四年有三年是学生会主席，有两次获得一等奖学金，本校希望她留校工作，她也很想留在她奋斗了四年的地方，还有这个城市，与其说为了工作还不如说为了一个人。在她大二那年就和一个师哥相恋，他留在那座城市的一个上市公司工作，经过两年的努力，他已是公司的管理人员，他说已经帮她在他们公司留了一个位置，只要去报到就行。如果不愿去他们公司，只要留在那座城市也行。他们一起看中了一套景观房并交了首付，等她

爱从那个
Ai cong na ge
chu xia kai shi 初夏开始

毕业就可以结婚了。毕业后，她被校方留校了，他特意买了一条带有她生肖吊坠的白金项链送她，也为他们的将来庆祝。

可这个消息对她的父母来说却是晴天霹雳，父母希望她回家乡工作，并希望她考公务员。特别是她的母亲强烈地反对，她母亲只要一坐上车就晕车进医院，她不希望将来一年到头看不到女儿的面，她就这么一个宝贝女儿。她希望女儿在身边工作，等她结婚后帮她带带孩子，享受天伦之乐。听说女儿也想留校并在那里找了一个男朋友，母亲是一天十几个电话，有时一说就泪水涟涟。最后琬儿答应妈妈回家乡考公务员，她和男朋友商量先稳住妈妈再说。

等揭晓的那天，琬儿的名字赫然在名单的第一个，母亲开心得合不拢嘴，琬儿却如霜打的茄子——蔫了。当她把这个消息告诉男友，他只是简单说了几句话。琬儿挤进了公务员的行列，开始在政府单位工作，工作刚开始一切都重新开始，她在大学里所学的，基本上与她的工作是毫无相干的。他不再主动给她电话，有时她问他，他就说处理紧要事件，有时陪客户吃饭或者去竞标了。再过了一段时间，他很少接听她的电话，短信也很少回。

一个周末她去看他，竟然在他们一起看中的房子楼下看到他和另一个女子在手牵手散步。她很想冲上去责问，但显然没这个必要了，已经变质的蔬菜怎样做还是一锅坏菜，一个变心的人骂他一顿又如何。更何况是她妈妈逼她回去，而他又不愿意离开这座他奋斗了几年的城市。她静立几分钟后理解他的选择，尊重他的选择，人生的十字路口有很多是无奈的选择，她终于相信他们的感情是如此的浅薄。

她不知道自己是如何回家的，她回家后三天没有吃一口东西，一下子瘦了一大圈。在她生日的那天，父母送她一辆新车，她一大早开着车去了一趟海边，一个人却大哭了一场。她决定哭过这一回，就再也不想他了。因为他已经不属于她，他们的故事就像这海浪，激起时绚烂无比，但沉下去就隐没在大海中融合在大海中又重新去组合伙伴。对着大海吼过之后，她觉得自己舒畅多了，把淤积在心头多日的闷气都吐了出去，重新整理了一下衣服和心情，决定一切重新开始。

她开着车去单位上班，在一个路口等候绿灯，她瞟见了副座上他送给她的钥匙扣，她记得他一共买了两个，他说一人一个套住这份情，他们就永远不再分开的。她想起这些，她觉得有些苍凉，不愿意再看到这个钥匙扣，决定把这个扣扔出去。后面的喇叭不停地响着，她一看早已是绿灯了。她开过十字路口想靠边停车，急着把这个东西扔掉。就在她想靠边的时候，右车道一辆大奔疾驰而过，咔嚓一声吓出一身冷汗，她右边的反光镜破了。她惊魂未定停在路中央，大奔下来两个人，过来敲敲她的车窗。一个年轻的人问她："吓着了吧，对不起。"另一个年龄大些的责问她："姑奶奶，你换车道不打转向灯的吗？把我们都吓出一身汗来。"年轻的则碰了一下年龄大的："不用责备人家，你看她已经吓着了，也许她是刚学的呢。姑娘，你没事吧？下来看一下，我们怎么赔？"这个时候她才醒悟过来，下了车看着除了反光镜还有右边的车身都被擦出一条杠杠来。看着这刚买的新车，她的心一阵疼痛。第一次碰到这样的事情，她也不知道该怎么处理。那个年轻人看看表说："姑娘，我有个重要的会议，时间马上就到了，等保险公司是来不及了，我先给你3000元，如果不够你给我打电话。"年轻人留下电话号码后开车走了，琬儿开车去了修理公司。

在存那个人给的手机号时，因忘问他的名字。她觉得擦了她的新车挺讨厌的，就写上了讨厌鬼。等会儿才发现她把储存电话

爱从那个
Ai cong na ge
chu xia kai shi 初夏开始

按着发送信息给了对方。过一会对方也发来信息："对不起，擦了你的新车，耽误你的时间，我确实挺讨厌的，其实我也很讨厌这样的事情发生。"当琬儿把这信息给朋友看时，大家都笑疯了，人家还以为你打情骂俏，喜欢上他呢。琬儿为了消除误会给对方发送一个信息，向对方解释："对不起，我发错信息了。"对方又发来信息："我本来就是讨厌鬼，真的对不起，给您添麻烦。"其实她后来想想，如果按照交通事故，最大的责任还是她，再说他的大奔也"受伤"，这该赔的应该是她。

过了两天，她的车修好了，也看不出擦过的痕迹。他打来电话询问她修车的情况，她说钱多了五百，想还给他。其实她想把钱还给她，觉得他的车不用她修就已经对不起人家的车了，自己的责任该自己来承担。

那个雅静的茶室里，他们面对面地坐着，琬儿第一次端详着面前这个年轻人。五官端正，红润的双唇一启露出一口白牙，浓浓的剑眉下有一双澄澈的眼睛，似乎洞穿世上的庸俗，高而挺的鼻梁把这个年轻人的帅气推到了极致。琬儿看着这么帅气的人儿，简直比刘恺威、钟汉良、林志颖还要帅气几分。就这样愣愣地看着这个生活中的明星脸，不由得有些神思恍惚。"你不舒服？"一声轻唤拉回琬儿的神游。琬儿为自己的走神有些难堪，脸一下子红到耳根去了。她不敢再去看他了，端起手中的茶杯掩盖自己的失态，她轻声说："大概昨晚睡得太晚，有些头晕。"她为自己的走神找了一个失态的理由。他看着她端起的茶杯，青花瓷的茶杯，嫩白的修长的手指一个握着茶杯，一手托着底部，红润的脸颊上有个浅浅的梨涡，粉白的颈项上有一串珍珠项链，低垂着头，那种娇羞柔弱的神情不由让人有种生怜的情感来。

当琬儿抢着买单时，遭到他的反对，他说下次请客再由她来买单吧。在这次约请中，她知道他的名字叫李琦，是一家外企的高层管理人员，上次他们要去竞标一个项目，因有些变故要在竞标前开个短会，所以车速有些快，不想琬儿没有打转向灯就换到右车道了。这样碰擦了她的新车，他觉得实在是不好意思，今天特意当面来向她道歉。琬儿也向他道歉，告诉他当时自己极差的心情，忘了打灯导致事故的发生，她负有极大的责任。耽误他的时间和精力，她真诚地道歉，起身向他一鞠躬。他也立起身来伸出右手，握住她的左手，这一握手，也算是他们友情的开始。

再后来，双休日他经常请她出去吃饭、喝茶、游泳、爬山，有时候骑自行车一起去乡下郊游，他喜欢钓鱼，她则坐在一旁静静地看书。看着他满头汗水，她会悄悄帮他擦掉；她很会动情，看到伤情处，为书中的主人公泪落如珠，他则马上放下钓鱼竿为她拭去泪水，把她揽进自己的胸怀让她整理一下心情。

他们的友情在悄悄地变化着，爱之波在他们的胸膛里涌动着，澎湃着。这层窗户纸被捅破原始于李琦的一次重感冒住进医院。琬儿日夜守候着，一直等李琦康复出院。李琦的父母对这个姑娘非常满意，李琦对琬儿也爱深几分，他决定用自己一生来保护她的一生。就这样，他们开始公开恋情，然后走上人生的归程，结婚生子，携手到来。

人生一切皆因缘，姻缘自在冥冥之中被牵线，谁也没有想到一次交通事故竟然成就一段美好的姻缘。今天的婚礼是他们幸福生活的开始，他们在所有来宾的祝福声中走进人生的另一个章程。

爱从那个
Ai cong na ge
chu xia kai shi
初夏开始

此恨绵绵无绝期

琪芬点击着相册，看着相册上一个个如花的笑脸，在溪畔上眨眼的萌样子，在桃林里大嚼红桃的馋相，在竹林里挖竹笋翘屁股埋头挖笋的样子……看看这一个个萌样子，往日肯定会笑成打滚，可今日唯有泪相伴。从孩子出生到7岁所有被捕捉到的画面都在这个相册里，琪芬把视频制作成一个微电影，本来想等孩子出嫁时当礼物送给孩子，却不曾想送给自己当做一份念想。唇角有咸涩的液体流进咽喉，泪终于倾泻而下，"哇"的一声大哭终于在这个坐落于繁华地带的房子里传出去，但很快淹没在喧哗中，谁也不在意这个近乎绝望的女人。

初夏的山林很寂静，谁也不愿意出来晒太阳流汗，一条蜿蜒的山道上，一个女人满脸是水，不知是汗水还是泪水，她始终都没有去擦一下，只顾疾步往前走去，到了一个墓区，在一陵园的边上找到墓，把手里的一大捧栀子花放在两个墓前的空地上，孩子很喜欢这种山野上的栀子花，这几年的初夏，她都带着孩子到边上的山坡上采一大把栀子花，孩子总喜欢自己把花儿放进盛有清水的玻璃瓶里，然后做出一副很成功的样子，孩子开心地笑，她也会开心笑，孩子的笑就成了她生活下去的信念和希望。可上天对她就这么刻薄，连孩子的笑也只能留在记忆里，一个月之间孩子就和她阴阳相隔，任凭她怎么呼喊，孩子再也听不到她的呼唤声；任凭她怎么伤心，孩子再也不会摇着小手来抹去她的泪水。

她的手指一遍遍摸着墓碑的铭文，一次次摸着墓碑孩子与母亲的照片，却摸到自己撕裂的心肺。她把头埋进孩子的小脸上，低声对孩子说着悄悄话。她把身子靠着母亲，希望母亲给她一些力量。耸动的肩膀不停地啜泣着，哭声在寂静的深林里回荡着。过了良久，她终于站了起来，整理了一下乱发，擦干脸上的泪水，戴上一副墨镜走出了墓园。在墓园的尽头还是忍不住回首一望，泪眼里仿佛孩子正飞奔过来，喊着："妈妈，等等我。"可等她张开双臂，却什么也没有。

泪又一次奔流突框，她恍若在梦境里，往事一遍遍袭上心头。

琪芬的父母在她还在上中学的时候就离异了，父亲和单位的同事好上之后，就搬离这个家，再也不管母女俩。母亲勤恳工作，节衣缩食供养琪芬读书，琪芬也很争气，从不让母亲操心，从初中到高中都是一路绿灯如愿考上自己喜欢的学校。母亲一路的辛劳，琪芬都看在眼里，她也发誓一定要靠自己的努力让母亲过上幸福的日子。屋漏偏逢连夜雨，琪芬的母亲得了乳腺癌，幸亏是早期，但母亲不能再劳累地干活。家里因此也欠下沉重的债务，这一切都落在琪芬柔弱的肩头。

琪芬远离家乡到北方的一个城市上大学，一边上学一边勤工俭学，每逢双休日出去做家教，超市发传单，饭店打零工，甚至是医院做过陪夜工，只要能挣钱，她都利用课余时间去挣钱，自从上大学之后，打工加上自己的奖学金不仅能养活自己；还能还

爱从那个
Ai cong na ge
chu xia kai shi 初夏开始

掉一部分的债务。

一个星期一的凌晨，正当她拖着疲惫的双腿急匆匆走进校门口，看见地上有一个皮包，打开一看里面有银行卡还有几千元现金，琪芬抽出身份证一看，她认识这个包的主人，和她来自同一个省份的同级不同系的老乡，她急匆匆赶去课堂，记得今天的第一节公共课是和他在同一个大教室上课，她决定早先赶去等候他，免得他焦急。不过她在心里不禁埋怨起这个丢三落四的人，怎么这么一个重要的皮包都会丢了呢？她想如果是昨晚丢的，这么个显眼的地方早被他捡取去了，难道他也是凌晨刚回来的吗？

琪芬走进大课堂，只有三两个同学，也没有人注意她，她就在门口的边上找一个座位，时刻注意着进来的人。同学们陆陆续续进来了，老师也进来了，但是没有看见这个皮包的主人，难道他去找包了？绝对有可能，不过他应该不会落课吧？

其实琪芬猜对了，这个粗心的家伙确实去找包了。昨晚拉了一个晚上的肚子，一大早出去买药，急匆匆回来竟然丢了钱包，一路找寻失望归来，钱包掉地上还有望回来吗？不要说一个，就是十个也回不来了。他又去垃圾堆里看看，他想也许有人拿走钱后，随手丢弃各种证件，他只愿能找回各种证件就可以了。找遍几个垃圾桶也没有，最后拖着沉重的双腿推开大教室的门。黑压压坐满了人，他只能在门口边上找个座位坐下来，突然发现边上坐着一个女同学，正笑盈盈看着他，问他可否有东西丢了，这一句可是三伏天里的一支雪糕，他的眸子里顿时来了一丝亮色，忙吐出两个字："钱包！"再急着补充一句："莫非美女捡取？"女孩子含羞一笑问道，请报上姓名和你包里的东西。然后男孩子迅速地在本子上写着："现金具体记不住，但在2000以上，有身份证，本人名字叫吴庆，来自浙江杭州，包里还有中国银行卡、工商银行卡。如果不信，你再翻看，包里还有我前几天拍的照片，看一下是否对得上。"琪芬看着这一行行字，被他逗笑了，她拿出桌底下的皮包还给他，并小声说："原包奉上，请检查一下。"他是万分感谢，并笑着说："这还用得着检查吗？"两个同乡人也就在这一个钱包上开始记住了对方的名字。

吴庆为了感谢琪芬捡包这份情，想请她一起吃顿饭，只是琪芬总是抽不出时间来应约。开始吴庆以为她很矫情，不愿意接受他的邀请，对她也有看法，就是几次在路上碰到也是避而远之。

一次他去超市买东西，在门口意外碰到了正在向路人发传单的琪芬，他愕然地站在那里。看着微笑着不厌其烦地向路人介绍着什么，他的心里莫名地一震。他走上前去要了一张，原来是超市的化妆品系列与服装类大促销活动。他什么也没有说，和她一起做起了工作人员，很快就把手中的宣传单发完了，然后跟着琪芬去超市经理办公室结算工资。

这个时候他明白她不是矫情，而是真的没有时间来应约了。她是这家超市的业余促销员，每个双休日都过来帮忙打零工。结算完工资，琪芬没有打算回学校，还要去个地方，吴庆也没有打算回学校，而是心里充满好奇心，也许人的心理都是一样，他觉得她还有什么事情没有做完，想探究一下这个老乡的业余生活。不管琪芬如何说，他就是愿意跟着她，不愿意被甩掉，后来琪芬也不管他，径直骑着一辆自行车，任由他坐着一辆人力车跟着。到了一个高档小区，她直接走进了一栋楼，他还是尾随而来，看着她按下门铃，这时琪芬倒是说，你想知道就赶紧跟来。于是他们一起走进这户陈姓人家，这户人家有个智力低下的孩子，在学校里一直受同学和老师的排挤，夫妻俩忙着工作一直管不了孩子的生活和学习，于是就托人请一个家教，琪芬就是经过老师的推

爱从那个
Ai cong na ge
chu xia kai shi
初夏开始

荐来这家做孩子的家教老师，她确实需要这份工作，虽然教学很艰难，但是工资比别的地方要多上一倍，再说这户人家都很和善。琪芬是每个周六都要来陈家做家教，这家孩子也很黏她，只要她来了，就会很开心，姐姐长姐姐短的。孩子的反应能力特别慢，要把问题说透彻，而且一定要让她真正领悟了，她才会记得住或者能解开题目，所以琪芬都是尽量说得很慢很详细，把两天里学校的课程都详细说一遍，孩子也就掌握了这两天里学校所学的内容。他们合同里定的家教时间是两个小时，但琪芬往往用了三到四个小时，琪芬和这一家人从开始的工作关系慢慢演变为朋友关系，琪芬慢慢把这份工作当做自己的一份责任。孩子的父母很感激琪芬的用心来对待这个被老师和同学嫌弃的孩子，这个孩子逐渐变得开朗和大方，琪芬从教学完就走人到成为这家的一分子，主人留琪芬在家里吃饭，而吴庆就觉得自己有些不好意思了。他没有想到琪芬还有这样的一份工作，也没有想到琪芬还有一份慈母心怀。原来他只觉得她捡拾钱包还给他只是怕学校的监控器，就算是不还他，最后也会被学校查找出来。如今认识了琪芬的勤俭与善良，他突然觉得这就是他生命中要找的女人。原来只把她当一个同乡来关心，但此后不同了，他觉得一定要好好照顾，还要照顾她一辈子，这样的女人可不是随意找得到的。

　　吴庆就像个牛皮糖一样黏着琪芬，琪芬想甩都甩不掉。不过他也不妨碍她做事，她发东西，他一起发，倒是节省了不少时间，她分给他报酬，他是分文不要的，他说她只是她的贴身保镖，就怕她一个女孩子奔来奔去不安全。琪芬有了一个贴身保镖，一下子两个班的同学都知道，戏语与其说是保镖，还不如说是监护人。琪芬也生气过，但是吴庆就是这样不气不恼，反而更是尽职。琪芬想你愿意免费服务你就跟着吧。但是琪芬的心里总是对他保持着一定的距离，她知道自己的家境不允许过早谈恋爱，就算他们相爱，他的家人也未必能接受她和她的母亲。

琪芬很小心翼翼地处理这样的关系，吴庆似乎明白了琪芬的心意，不但没有退缩，反而更大胆去追求这个多难且又坚强的女孩子，他愿意给她坚实的肩膀让她歇一歇。尽管琪芬总是拒绝他的诚心诚意，但是吴庆装作不明白，还是那样自顾自地关心和爱护她。隔三岔五送她一些生活用品，怕她拒绝，还收买了她同寝室的女同学，这些女同学虽然不怎么明白琪芬的家境，但总有些知道琪芬难以启齿的家境，看着她这么辛劳，知道她很要强，不愿意随意接受他人的资助，如今有这么一个名正言顺的人疼爱她，她们自然都愿意去帮助她。

琪芬恼也无法恼，这些礼物就这样安静地躺在她的桌子上，谁也不承认自己接拿过来，同学们好像都约好了似的，吴庆在她们这个宿舍里是个很受欢迎的角色，同学们有意无意在琪芬的面前提起他，并为他说了一大堆的好话。其实琪芬并不是不知道她们的好意，经过一年多的接触，她在心里早就接受并爱上这个男孩子，只是她觉得两家的地位悬殊，只有开花却不会结果，到时候痛苦的还是自己，只怕开了头就难以收尾了。

同学们轮番当说客，终于还是让琪芬敞开了心扉接纳了吴庆，他们终于在学校里牵手走过每一条的树荫小道。在琪芬生日那天，吴庆送来一大束红玫瑰到琪芬的宿舍，一向节约的琪芬说这是多么浪费，但她的心里确实那样的欣喜，这是她第一次收到这样红若似火的玫瑰花。琪芬是个很敏感且多情的女孩子，因为家境的清贫，她不敢去爱，却又渴望被爱或者去爱，她特别渴望有个宽厚的肩膀让她在疲惫的时候靠一靠，她特别渴望有双手能拉着她蹚过一条条的人生之河，如今她渴望的东西就梦境般来到她的面前，她几次掐自己的胳膊，但这人就是这么真实地站在她的面前。她再也不管不顾与生俱来的矜持，大胆走上前去扑进这个男孩子

爱从那个
Ai cong na ge
chu xia kai shi
初夏开始

的怀抱，任由他抚摸着自己的长发。

"在天愿作比翼鸟，在地愿为连理枝。"这是吴庆送给琪芬的生日祝词。因为有了爱情，时间过得特别快，一晃到毕业的季节，他们忙着实习，忙着找工作。琪芬和吴庆都回到杭州，在一家企业找到自己合适的工作。琪芬接母亲过去，但是不会说普通话的母亲在杭州待了半年不愿意留在杭城，因为她找不到一个说话的人，她觉得在乡下可以随意找个人聊聊天。母亲回到乡下再也不愿去杭城了，这可是给琪芬下了一道难题，琪芬工作一半是为了给母亲一个安逸的晚年生活。

琪芬怀孕了，因为曾经有过两次流产的记录，所以这次必须要小心翼翼，吴庆让琪芬在家静养保胎，琪芬想着母亲了，吴庆借了朋友的车送她回乡下母亲家。

十月怀胎，一朝分娩，琪芬生了一个可爱的千金，粉嫩嫩的小脸蛋活脱脱像极了琪芬，眼睛和酒窝都继承了父亲的优点。孩子的体质很弱，琪芬一个人忙不过来，需要母亲搭把手，琪芬请了一年的产假干脆就留在乡下。

吴庆在孩子满月的那天买了一辆车，说送给琪芬当奖励，但是琪芬没有驾照，也没有时间考驾照了，暂时由吴庆开着，每逢周五，吴庆就会驾着他的宝车来乡下，星期一早上起个大早回去上班。琪芬很是心痛，有时候说隔一个星期来吧，但是吴庆说，一个星期都见不到娘儿俩已经是虐待他了，还有隔着两个星期看她俩，这还能受得了吗？琪芬也只好随着他，琪芬的朋友和同学都羡慕琪芬的命好，碰到这么好的一个男人。说女人呀，嫁得好就是人生一半的成就。琪芬的心里也是很知足的，她觉得自己是这个世界上最幸福的女人。

人生就是很多磨难的组成，如果没有磨难，这个人生似乎意义少了一半，在琪芬还漾在幸福的海浪中，磨难也就悄悄来临了，琪芬母亲的身体越来越差，三天两头要往医院跑，家在农村跑趟医院往往要转好几趟车，带着不满周岁的孩子，大人和孩子都是很累的。吴庆和琪芬商量在市中心买套房子，房子不大，两室一厅，就算是给琪芬母亲的养老居所，琪芬卖掉老家的房子东拼西凑借了一些债。吴庆说自己最近和朋友接了一些业务，很能赚钱，说是很快就会还掉这些债务的。

周末，吴庆和朋友做二手车的生意，而且是全国各地去收购，自然也是全国各地去奔忙。琪芬很感激老公，为了她和她的母亲，这么辛苦这么打拼。吴庆很难来看望母女俩了，但是每天都会打电话报个平安或者问一下孩子的生活情况。琪芬能理解吴庆的辛苦，上班时必须要把手里的活干完，一到星期五就走私接私活，两天的时间里马不停蹄地和朋友去看车购车然后找买家脱销。虽然很辛苦，但忙碌也得了一笔丰厚的外快，夫妻俩聊天的语气都轻松欢快起来。

房款还完了，琪芬让吴庆收手，还和原来一样双休日全家团聚，或者琪芬带孩子去杭城聚会，但是吴庆说，还想为孩子赚一笔学费，将来可以让孩子上高等学校或者出国，趁现在年轻能挣多少是多少。琪芬觉得他说的有理，也就不再阻挠。但是琪芬敏感地发现，吴庆来的电话少了，如果不是琪芬给他打电话，他很少主动打过来。当琪芬问起，吴庆说琪芬想多了，因为事情多，有时候累了就忘了打，琪芬觉得说的也有道理，身在江湖身不由己。一个男人打天下哪有不付出全部的精力，她觉得自己真的想多了，他们这么多年的风风雨雨都过来了，难道现在的生活好起来了，还要去乱猜疑或者去怀疑他对自己的感情吗？他们可是四年的同学，到目前为止都已经过了七年之痒，不说新婚宴尔，早已经是老夫老妻，爱情早已经转化为亲情了。琪芬自嘲地笑了笑，真是没事情做，就知道乱瞎猜。

爱从那个
Ai cong na ge
chu xia kai shi 初夏开始

转眼间，孩子满周岁，吴庆说在生日的那天一定赶过来给孩子过周岁，结果那天等到天黑，客人都散尽了，孩子的父亲还是不见踪影，手机早已经不在服务区内。琪芬看着孩子熟睡的小模样，泪落纷纷。那一个晚上，她一夜未睡，等了他一个晚上，也打了他一个晚上手机，始终是无法接通。

直到第三天他终于打了个电话过来，说那天本想早点过来，把那笔生意拿下，因为心急却不料喝醉了酒，而手机断电关机了。琪芬听着他在外面打拼的艰辛，没有半句不高兴，只是嘱咐以后要注意身体。

一晃又是过了半年，腊月里的鞭炮噼噼啪啪地响个不停，大街上挂满了红灯笼，年味是越来越浓了。吴庆的手机很难打通，经常是处于不在服务区的状态。琪芬给他留了个短信，如果他真的很忙，要不她带孩子过去一起去爷爷奶奶家过年，可这个信息发送出去就如石沉大海，始终不得回音。过了很长才看到他的短信，说单位最近有些忙，脱不开身来，说几桩生意等着他去做。她在心里又是一阵心疼，男人挣钱也是不容易的。这样的借口总是一个接着一个，琪芬的心也是这样一寸寸地冷了下去。

他终于从她的世界里消失了，他的手机始终不在服务区内，再后来就是空号了。问夫家的亲戚，他们都缄口莫言说不清楚他的近况，也不知道他新的手机号。

她就是想不明白，如果说他已经不要这个家，她完全可以给他自由，如果说他对她的爱已经消逝了，她完全可以放手，为何就这样牵着挂着却又不出现呢？

如果说遇到什么不可告人的难处，她是他的妻子，也应该与她诉说，一起来承担，现在的日子不是好多了吗？可为何就这样毫无音信了呢？琪芬开始这几年都在焦躁等着他的音讯，后来不断有消息传进她的耳朵，说他如今收购高档二手车，生意做得蛮大的，在不同的地方有不同的女人作伴，就是和大学老同学聚会，也带有女人在身边。有同学为琪芬打抱不平，甚至有同学为这事在酒席上和他吵起来。

如果说之前的种种猜测，琪芬以为他遇到什么难处而难以面对她，她的心里始终为他担心着，如今她知道他的背叛，再也无须去惦记这样一个负心的男人。再后来有人告诉琪芬，他在外面有了儿子，送给儿子的满月礼物——在南京繁华地段一套房子。

苍天总是不长眼，琪芬五岁的女儿被查出白血病，需要骨髓移植，琪芬与女儿的血型不配，这个时候想到孩子亲生的父亲，她疯了似的寻找这个负心的男人，从朋友处要来的电话号码，不是没有人接听就是打通了没有人说话，同学帮她转交这个信息，得来的却是无情的回复，说忙着来不了。孩子的病情越来越恶化，但是这个与孩子有血缘关系的男人始终不出现。吴庆难道就是这样无情？是呀，是绝对的无情之人。

一年后，被病魔折磨的孩子终于走了，带着遗恨走进那个纯洁的世界，父亲只是个模糊的印象，尽管孩子对这个不负责任的父亲有诸多的渴望，但还是没能在离开这个世界之前能见他一面的愿望。

望着一块白布慢慢地把女儿盖住，琪芬的心犹如撕裂了般的疼痛。母亲孱弱的身体终于抵挡不住失亲的打击，终于永远地闭上双目。一下子失去最亲的两个人，琪芬一下子被打垮了，她不言不语，不吃不喝就这样在医院靠着点滴维持生命。

手机的铃声不断响起，她再也不愿意去接听这尘世的声音。她最相信的人最终的背叛，她至亲的人最终离她而去，她一下子觉得自己活着就是多余的。几次拔掉针头，几次被护士救起。所以医院里的人都为这个苦命的女人担心着，护士长几次来看望，试图与她心灵对话，无奈她听不进所有人的话。

有人走进了病房，有人走到她的床前，她依然不愿意睁开眼睛看这个浊世。一只手为她拭去了泪水，一只手按在她的额头上，是那么轻柔、温暖。"姐姐，我和爸妈来看你了。"一声轻柔的姐姐融化了她拒绝这个世界的勇气，她终于睁开了不愿睁开的双眸。尽管多年未见，但孩子的模样还在，不，已经长成大姑娘了，但那份纯真依然在脸上显露着。陈家夫妻一脸灿烂，这是给她力量与勇气的笑容。一双手握着她这双冰冷的手，对方传递给她一份温暖，这暖流直抵她的内心深处。她终于坐了起来，尽管虚弱，但还能硬撑着，人家一家人千里之遥专程赶来看望她，她没有理由不好好招待客人。

客人自远方来，琪芬只得掩藏万般的苦痛去招待人家，人家说想来看看东海是什么样子，琪芬带着他们去海边玩，古城有千年文化古城，自然也去爬爬。一路上，陈家夫妇总会从一些事物中截取一些人生的大道理，虽不是明说，但对于琪芬这样的聪明人自然是知道陈家夫妇的用意与用心。陈家的女儿不黏父母，就爱黏着这个她曾经的老师。

这个世界每天都在变化，有多少人遭受不测，又有多少人坚强地挺立着，只要历经风雨之后就能见到虹彩的美丽。陈家人走了，琪芬也从死亡边缘走出来，她决定重新开始生活。尽管陈家一再表示让她北上，愿意帮她找一份工作，但是她还是拒绝了，她还是希望自己来安排自己的生活。

她卖掉了房子，不愿意再想起所有的往事。她决定要去西部山区当一名老师，她还可以拥有更多的孩子。她决定在临走之前看一下她生命中最亲的两个人，也许以后再也不能来了。凄凉的风伴随着几声鸟鸣寂寞地低吟着，仿佛唱着那首古老的童谣，带着凄厉诉着苍凉。曾经的"在天愿作比翼鸟，在地愿为连理枝"，如今只剩下此恨绵绵无绝期。

感谢一路有你

今天是我二十周年的结婚纪念日，同时又是女儿收到大学录取通知书的日子，在双喜临门的日子里，我发自内心想说的一句话："亲爱的，谢谢你，你的敦厚朴实，温暖了我的一世薄凉。我的一生风雨，感谢一路有你遮挡。"说完这句话的时候，我是啜泣不止，所有的亲戚都来劝说，可我却对他们说："今天是个高兴的日子，我的内心一直是深藏愧疚，这是唯一能对他表白的言语，也是高兴的泪水，就让我痛畅淋漓地发泄一下积淀在我内心二十多年的情绪吧。"

那一年我十八岁，正是人生最美的花季，我从中专毕业进了一家医院工作，工作几年与一个同事相恋了，那个时候特别幸福，帆是医院的一个主治医生，那个时候本科毕业的医生不多，帆本科刚毕业就得到院方的重视，年轻帅气有为，这样的人是众多女孩子心中的白马王子。医院里本来就护士多，又都是漂亮姑娘。很多护士都是有事无事都会找他聊天，有时候看见他的抽屉里满是小纸条。我是个普通得不能再普通的女孩，知道自己是个丑小

爱从那个
Ai cong na ge
chu xia kai shi 初夏开始

鸭，不敢去奢望美天鹅的幸福。每次经过他的办公室门口，我都会加快脚步。有时候工作上的事情找他，我也会很有礼貌说完就走。而每次帆都会盯着我看一会儿然后再问我工作上的事情，我每次都觉得在我转身离开的时候，他在盯着我的后背看，我总会加快脚步匆忙离去。

后来我听说帆和院长的一个亲戚去相亲了，听说院长要给他升职了，我觉得是情理之中，这样一个杰出的年轻人，在那个年代本来就不多，和院长的亲戚接亲了，也就是院长的亲戚，院长照顾他也本在理应之中的。没有什么好奇怪，我觉得一切都很正常，但很多姑娘却很失落，开始对他有偏见了，说他是想高攀领导，也是巴结领导的主。我却在想不一定是他巴结领导，而是领导看中他的也未尝不可呢，反正谁看上谁都和我无关的。

我依然过着我不惊不澜的日子，后来我也经人介绍认识玮。玮在银行上班，父母都是银行的领导，听说银行的工资要比一般的单位高出几倍，而且这个男的也长得挺帅的，是一个退伍军人，回来就被安排进了银行工作。我们在父母的催促下见过几次面，一起吃过几次饭，就在双方父母的商定下定了亲。一切都是那么顺理成章，一切都是那么顺其自然。没有经过我多少思量，我就成了玮的新娘。我成了别人的新娘，可帆却一直未婚。

在外人看来，我这个归宿是很幸福的，当时的我也是这么认为，公婆都有工作，至少不给我们后顾之忧，而且玮又是一个很有上进心的人，虽然他退伍回来，但他很努力，在行政这一块很有能力，所以在我们结婚不久后，他就当上了一个经理。随着升职，他的应酬越来越多，开始还会和我打个招呼，但逐渐回家的时间晚了，说话沟通也不再有了。不问则已，一问就是吵架。如果我坚持要想知道他究竟在忙些什么，他就会指着我的鼻子大骂："刘可颖，你算哪根葱？我还能轮到你来管吗？老子不是个妻管严。"
然后就会摔门而去一夜不归，有时候甚至是几夜不归。家就成了
一个空壳，望着这黑洞洞的房子，我终于忍无可忍，我也回娘家
去住，不愿意一个人面对这样一个伤心的地方来折磨自己。可过
了几天他又会在父母的劝说下，接我回家，并信誓旦旦说以后再
也不会了。回去的第一个星期确实也不错，他也会尽量克制自己
的情绪，也会尽量来和我谈天，但每次都不超过一个星期，他又
会故伎重演，又会露出他的真面目，甚至越演越烈，后来几次差
点死在他的魔掌之下。我再也无法忍受这样的折磨和这份人人看
好的婚姻。有一天我提出了离婚，我要挣脱这个牢笼，换一个属
于自己自由的天地。然后他不同意，他说："要想离婚，也是我
和你离婚，而不是你来和我离婚。刘可颖，你别把自己当成公主，
其实你什么也不是。"这个时候我已经不再是痛苦，我所有的眼
泪都已经流完了，为这样一个人流泪太不值得了。我决定起诉，
虽然他们家的门路很多，虽然多次法庭来调和，但最后还是拿到
了这本自由的离婚证。

　　二十年前的离婚确是一件不光彩的事情，父亲整天生气，母
亲整天唉声叹气。我也很伤悲，可我觉得自己没有任何的过错，
只是上天对我不公而已，谁让我遇上这样的一个人，而且这门婚
事还是父母亲定下的呢，要是说我婚前接触不多，可那个时代的
人都是这样走进婚姻，为何偏偏是我中枪了呢？我唯有用工作来
排遣我心中的伤痛，也唯用学习来让我忘却这样的不公。那一年
医院有个名额要去援疆一年，很多人都怕自己被中，离家这么远，
那边生活这么艰苦，江南的生活是那么安逸，谁愿意去呀？而我
却不是这么想，正好可以让我暂时离开这个伤心地，让我离开这
里，慢慢疗伤，说不定异乡的天空能让我脱胎换骨呢？我主动找

爱从那个
Ai cong na ge
chu xia kai shi 初夏开始

到院领导，要求去援疆。院领导马上答应我的援疆条件，回来后升职。我不在乎升职，我只想换一个地方好好疗伤，让自己重新振作起来。

在我离开单位的那一天，很多同事来送我，其中也有帆，帆送我一件礼物，是一艘帆船，船中夹着一封信，帆小声对我说："等到了地方再看信。"我点点头答应着，随手放进自己的包里。在汽车启动的那一刻，帆突然大声说："刘可颖，你可要坚强呀，在那边不许哭鼻子。"听着这句话，泪水不争气地就滴落下来。

到了目的地，我整理行装后，待一切就绪，才想起这封信。信中字字句句都在表明着一个人的心迹，他说自己从第一次看见我就喜欢上我，只是那个时候我太高傲，从不和他多说一句话，从不看他一眼。

那天听到我结婚的消息，他简直是疯了，在我的婚礼上，看着我穿着大红裙走进了红地毯，他突然有种发疯想把我拉回来的冲动，可理智告诉他，真爱我，就该祝福我幸福快乐，不能因为他的自私让我遭人唾弃。他说一直默默地凝望着我的后背，看着我幸福那就是他最幸福的事，可是他突然发现憔悴时刻在我的脸上展现着，他知道我过得并不幸福，多次看着我走出医院的大门，他多次想拉住我问个明白，可是他不敢来问，怕给我添上麻烦，让我受委屈，问我是否知道他的心有多煎熬吗？如今我自由了，他已经错过一次，如今他不想再失去，他有权利去追求我，希望我不要拒绝他这份感情，不要把他的心拒于千里之外。看着这封信，我的心里如海潮汹涌，当初自己也是如此爱他，就是因为自卑不敢向他表白，错过了这个缘分，可如今沧海桑田，伤痕累累，自己还能去爱他吗？

今日远离故土就为了疗伤，只想安静地度过每一天，我没有去理会帆的那封信，每天忙着工作，空闲时就看看边疆的云卷云舒，看着夕阳撒在辽阔的大地上，我的心里有种说不出的孤独。余晖洒在我的身上，寂寞顿时袭上我孤寂的心灵，此时我想到了家乡的帆，几次铺纸提笔写信，每次写了又被我撕碎扔进垃圾桶。

我的心里对婚姻还是有恐惧症，当初和玮结婚时不也是充满着幸福吗？可最后呢？还不是伤痕累累，这颗心还不是伤得千疮百孔吗？如今还能去相信一个男人的话吗？更何况我已经不是当初如花初绽时的那般美丽，如今已是风霜之后凋零的残花，还有什么资格去接受他的爱意呢？

一个残阳如血的傍晚，我正在院里和一个病人聊天，突然听到一个同事说有男朋友找我。真是意外，这个陌生的边疆，怎么会有人自称是我的男朋友呢？不管我内心有多少的惊澜，还是起身往门外走去，当我拐过住院部的拐角时，看到一个熟悉的背影，那不是帆吗？他怎么会来这里呢？一连串的问题让我不得不上前去接待这位家乡的同事。帆看到我的那一眼，眼眸中充满了喜悦，他有些惊喜地望着我，一跨步上前抓住我的手，嘴里喃喃地说着："终于找到你了！"

我忙抽出手来，把他领进我的办公室，帆一进门就紧紧抱住我，说着："你为何不给我一点儿音讯呢？难道我信里写得还不够明白吗？难道你还不够明白我对你的真心吗？颖，我怎么做你才能给我机会呢？我已经失去一次，这次无论如何我都不会再放手了。"帆对我的一番表白足够让我感动。但我的内心还是没有表露出来，我还没有足够的信心让自己走出这个阴影。我把帆安排一个男同事的寝室里。此次帆的心意我完全明白了，我更是感谢帆对我的爱。可我还是希望他给我足够的时间和空间，我也给他足够的时间和空间去想清楚事情的后果。

爱从那个
Ai cong na ge
chu xia kai shi 初夏开始

　　因为帆的到来，成了那个边疆小医院的集体客人，大家都对他很热情，还有一部分的原因是把他当成我的男朋友了，不管我怎么解释，他们都不会听我的了。帆也毫不客气接受大家对他的称呼"姐夫"。被人称作姐夫的帆和院里的同事都打成一片，在假期期间也在院里坐诊了几天，都被大家称为医神。我们一起上班下班，有时候在食堂吃，有时候自己做。但帆从不让我下厨，每次都说给我一个惊喜，每次都会变着花样做家乡的小菜，虽然都是家常小菜，却是不一样的风味，不一样的搭配，让我吃出不一样的心情。他给了我家的温暖和感觉，我对他似乎也越来越依赖了。

　　很快一个月就过去了，他的假期也已经到了，在他临走的前一天晚上，说为了给他践行酒，医院里所有的同事都参加了。所有的人都对他敬酒，其实他是不太会喝酒，可这又是高兴的酒，我的心里竟有种疼痛的感觉。我像个女汉子为他挡了很多酒，其实我也不会喝酒，因为他明天要坐长途车，我不能让他晕乎乎回家。那一晚到底喝了多少酒，我自己也不知道，我只知道自己喝醉了。在半夜里醒来的时候，竟然发现帆坐在我的床前，握着我的手不放，我还看见他的眼眸中有泪光闪闪。那一刻，我什么都不想，什么也不顾忌了。我一下子扑倒在帆的怀里痛哭起来，这么多年的委屈和痛苦统统在此刻得到了宣泄。帆紧紧抱着我，轻轻地拍着我的后背说："嫁给我吧，我不会再让你受委屈的。"他未等我说愿意与否，捧起我的下巴，亲吻住我的双唇。我的心已经是塞满了幸福，我不再是被动了。爱之火在我的胸腔燃烧着，沸腾着。爱火在我心头燃烧了多年，今日我不能再让她熄灭了，我是个女人，我想做一回真正的女人。

　　粗重的喘息声把我拉回到现实，我一下子清醒，我用手抚摸着帆的脸颊，我流泪看着他。我轻柔地对他说："给我时间吧，等我回到小城，你如果还能对我如此的深情，我们就结婚吧。"帆明白了我的意思，他紧紧握着我的手说："我一定等你回家的那一天，那一天就是我们喜结良缘的那一天。"

一年很快就过去了，我踏上了归程，阔别一年的家乡已经日新月异了，我的内心也已经不是去时的那般伤心，变得坚不可摧了。当我踏进原单位的大门，老院长早就等候着，抬头看着横幅上写着："欢迎刘可颖援疆归来！"我看到原科室的同事们都手捧着鲜花笑脸相迎，更看到了帆的手里一大捧的红玫瑰，我看到同事们的眼睛都看向了帆，我明白大家都明白帆的心意了。难为帆对我的一片痴心，他等了我这么多年，我不能再辜负他对我的真心。我径直走向了帆，在众人的祝福声中，我接过帆手中的红玫瑰。

我和帆就在同事们的祝福声中简单地办起了婚礼，婚后我们一起工作一起生活，就如他自己说的，他从来都不让我委屈。我就在他的宠爱中生女，抚养女儿成人。

时间过得真快，不知不觉，我们携手走过了二十个春秋，今日迎来了我们二十周年的结婚纪念日。我想对帆说一声谢谢，感谢你在我最落寞的时候给我一双手，感谢你给了我一个童话般唯美的爱情故事，感谢你陪我一路走来。

这二十年，让我常常忆起我们相携于乡野山涧，一起漫步于村野田头。我们相拥着走过岁月，走过风雨，走过经年的烦琐。感谢他给了我一个温馨、幸福的家庭。我千言万语只汇成一句话："亲爱的帆，感谢一路有你！让我感受到家有真爱。"

爱从那个
初夏开始
Ai cong na ge
chu xia kai shi

古街情缘

　　往日静寂的古街，今日却是一片沸腾。狭长的古街两旁一溜儿两层楼老房子，家家户户的门口都贴着红红的对联，廊檐下大红灯笼高高挂，街道上铺着鲜红的地毯。人来人往，忙忙碌碌，这家出那家进，走李家串赵家。一身身复古风的新衣裙，左胸前别着一朵鲜红的玫瑰，中老年妇女大都是红色系列的唐装，年轻姑娘们大都是民国风的衣裙，特别是引人注目的旗袍。每个人的两腮都绽放着粉红玫红的月季花，每个人的心头都有一道暖暖的春阳，无论你是谁，看到这样的笑容没有不被感染的。

　　音乐响起，古街的那一头缓缓走来一队人，一对穿着白羽边大红袄的花童一路撒着红色的玫瑰花瓣，花童后面一行人拥簇着一个穿着红旗袍的新娘，穿着红色的绣花缎鞋，鬓发间别着一朵红玫瑰。这样的新娘，这样的古街，让人恍若一下子穿越了时光，让人穿越到那个遥远的年代里。

　　新郎站在街的这一头，静静地等待着新娘，近了，近了，还有三步之距，新郎还是耐不住性子迈出步去牵起他的新娘，这是他心爱的女人。这五指缠绕，十指相扣，双眸对望，这瞳眸里藏着多少的情与爱，水雾漫上了双眸。

十里古街，阁楼上淡妆描眉的少妇，水洋糕、吹糕、麦芽糖、卖豆腐、各种买卖的吆喝声千种韵律此起彼伏，一群小孩拿着牙膏壳追在小贩的后面跑⋯⋯

古街的小孩有十多个，最有名的是铭潇，只要一说这个名字，这一带无人不晓。一家铁铺门口整齐摆放着砍柴刀、割稻刀、锄头。铭潇是铁匠李的儿子，看着父亲被炭火烤得黝黑的脸庞，坚定而又有力地挥动手中的铁锤，铭潇也用力地帮忙拉风箱，小脸蛋被火映照得红扑扑的，倒真是两个红苹果，冬天因为火炉边干燥，冷风一吹很容易裂皮，小铭潇的脸总是红扑扑的。五岁的瑜芬经常会偷偷塞给他一盒百雀羚，瑜芬的母亲就是打铁铺对面的杂货店老板娘。铭潇与瑜芬同年同月生，铭潇母亲没有奶水，和瑜芬是一奶喂大的呢。也许是一奶同养，二人之间至小就是感情深厚，铭潇性子暴躁，不由人欺侮，小小年纪经常和人争吵，由此经常挨父亲的板子，说来奇怪，对瑜芬唯言是听，得了任何好东西从不吝啬，偷偷就送来给瑜芬。若有人欺侮瑜芬，他就会和谁急，邻居们都和他开玩笑，说将来瑜芬嫁给别人，看你还能怎么办？

大人这些威胁对铭潇毫不影响，古街的理发店、炒麻糍店、麦虾面店、钉秤店、酒坊、铅皮桶店都成为他们捉迷藏的好地方。这条古街上，哪家喜事都少不了让瑜芬去当个小伴娘，铭潇总如个保镖似地随跟着。

转眼间到了上学的年龄，学校就在附近，二人又是同一个班级，铭潇父母怕儿子不听话惹祸，瑜芬可以监督着回来告诉大人，若是捣蛋忘了作业，瑜芬还可以教他作业。

一放学，铭潇就钻在瑜芬家写作业，一做完作业，瑜芬就当

爱从那个
Ai cong na ge
chu xia kai shi 初夏开始

起杂货店的小老板。百雀羚、缝纫线、宽紧带、纽扣等价格如数家珍，瑜芬自小就是妈妈的小帮手，这孩子透着一股灵活劲，却又实诚，顾客都很喜欢来她家买杂货，一些乡下的小店也喜欢来她家批发点回去，赶集的日子是最忙的，瑜芬也忙得顾不上吃饭，铭潇就会偷偷塞给她一块洋糕或者一团吹饭饱肚子。铭潇一做完作业就去帮父亲拉风箱，或者帮母亲提水，在古街的北端有一口古井，这井常年清冽甘甜，古街两旁的生活饮用水都是来自这口井。也许是铁匠的儿子，常年帮父亲拉风箱，这力气可以和大人相比，一桶满满的水对他来说小菜一碟。铭潇也常常帮母亲提满了水缸，又去帮瑜芬家也提满水缸。

不过好玩斗胜是男孩子的天性，当瑜芬成了老师的掌上明珠时，铭潇却是老师最头痛的人物，学校里任何的"坏事"都有他的一分子，但只要瑜芬对他一扔白眼，他就会溜之大吉，晚上回家一告诉大人，他就是挨训。但到了第二天又是恶习不改，一直到了三年级，那个夏天，铭潇一辈子记得的夏天，和同学们在水沟里捉到一条小蛇，准备吓吓老师，一直期盼着那个年轻的女教师惊恐万状的花容失色的一刻，想再说看你以后还敢不敢罚站我们。结果却事与愿违，老师临时有事，让瑜芬去帮她拿讲台上的书本。正当瑜芬捧起书籍，铭潇一紧张想阻拦已经来不及，蛇猛地窜出头来，瑜芬一惊吓扔了课本，地面本就不平，一打滑，头碰在讲台上的桌角上，顿时鲜血直流。教室里顿时乱了起来，老师赶来直接送瑜芬上医院。

这下可闯祸了，瑜芬妈看着女儿缠着纱布的头，自是心疼不说，女儿这么聪明，万一变傻或者落下疤痕怎么办？从此不让女儿和铭潇玩了，这下两家的关系也有了一些微妙的变化。铭潇妈自然又是向人家道歉，又是打骂儿子，骂儿子的不争气。看着瑜芬的样子，铭潇也是心里一震动，万一瑜芬有后遗症，自己是一辈子不会原谅的，自此铭潇如换了一个人。不爱说话，做事总是那么小心翼翼，生怕又做错了事情。

瑜芬虽然听妈妈的话，但是在学习上仍然一如既往帮助铭潇。铭潇学习成绩逐步提高，原来两人的成绩是南北两极分化，如今也是并列而行，几次参加市里比赛，二人不相上下了。

转眼间二人小学毕业，瑜芬妈妈又生了弟弟妹妹，母亲需要帮手，就让瑜芬辍学了，再说这条街上的女孩子大都辍学在家，有些人去厂里上工，有些人学绣花，瑜芬就成了她家杂货店的小老板，偶尔妈妈也会带弟弟妹妹过来帮忙，但弟妹太小，来了也是帮倒忙。

铭潇继续读初中，一放学就会来到瑜芬的杂货店教瑜芬做数学题、物理、化学，瑜芬有空也会自己趴在凳子上做题，有不懂的问题就等铭潇放学来问。铭潇上课更是认真，因为他如今的学习不是一个人，而是两个人，如果万一听漏了要点，回家就不能教瑜芬了。也许是因为这股拼劲头，铭潇考上县重点高中，铭潇半个月回家一次，回家也有很多事情要做，要帮母亲下地干活，要帮父亲一起打铁，家里的经济就指望这家铁铺。

铭潇和瑜芬见面的次数少了，有时候一个月甚至几个月都见不上一面。铭潇忙着学业，瑜芬忙着经营店，两人似乎也是两个世界，大家都在各自的轨道中行程着自己的人生旅程。

月有阴晴圆缺，人有旦夕祸福，在铭潇卯足了劲准备迎接高考时，铭潇的父亲突然横遭不测，因为积劳成疾病逝了，突然家中的顶梁柱倒下了，铭潇的母亲觉得天都塌陷了。铭潇成为这个家的天，悄悄辍学让妹妹上学。他回家子承父业，在父亲的基础上有些创新，除了父亲的农用工具之外，他还经营起新农具。

爱从那个
Ai cong na ge
chu xia kai shi 初夏开始

　　改革开放的大潮冲击着这个滨海小镇，更多的人开始往外跑去，小镇的眼镜开始走销全国，从原先的拿手走街串巷到开店经营，小镇上的眼镜市场也逐渐扩大规模，来进货的人员从本地扩散到周边的几个镇，眼镜产业在这个小镇是声名鹊起。眼镜产业也冲击着其他的行业，进厂上班的人多了，务农的人逐年锐减，农用器具终于无人问津了。看着冷寂的铁铺，铭潇的心开始动摇。他转了几圈眼镜市场，还有几个比较要好的发小，都开始发家致富，他也有些蠢蠢欲动了。

　　铭潇踱着步子来到瑜芬的杂货店，昔日忙碌的杂货店也有些冷清，新街的开辟，对这条古街的生意明显冲击不少，当铭潇把自己的想法和瑜芬一说，二人一拍即合。

　　二人商定先跟发小阿牛出去南下闯荡，沸腾的血液在二人的体内不停翻腾着。二人来到广东开始了艰难的创业，先是拿着眼镜走家挨户叫卖。瑜芬的脚经常走出血泡，她在街头一角固定点摆个小摊位。身在异乡的街头，听不懂当地的方言，有几次瑜芬受一些地痞的欺侮，要不是还有几个台州人一起结伴他乡，恐怕亏就吃大了。每当想起这些事，都会让瑜芬打个冷战。

　　经过一年多的打拼，二人的收入不说是腰缠万贯，但也算是光荣归来，见过世面的二人很多想法都不拘于小镇上的保守思想。瑜芬不愿意再去他乡了，铭潇妈妈的身体越来越衰弱，铭潇也觉得再不能离家太远了，他开始与朋友合股经营一家镜片小厂，瑜芬就成了这个厂的管家婆。万事开头难，铭潇和瑜芬天天是披星戴月往外跑，瑜芬管着招工，守着厂，铭潇在外跑找业务。经常是夜里来货，瑜芬瘦弱的肩头也会扛起一袋袋沉重的货，一点都看不出她娇弱，倒有些像个女汉子，红肿的肩头痛得她夜不成寐，但第二天会照常起来干活。饿了，就吃个馒头，困了就趴在桌子上睡一觉。铭潇从外地带来一瓶活络油，给她敷药的时候，看着瑜芬痛得直流泪，他却痛在心里。家里家外，厂里外销，二人配合得十分默契，俨然是一对小夫妻，虽不是真正的夫妻，但自小青梅竹马，加上几年的打拼合作，不知不觉中产生了感情，在员工的眼里，这是老板和老板娘，在合作伙伴的眼里，他们就是一对最爱的夫妻。经过几年打拼，厂子上了一定规模。

　　厂子走上一定规模，铭潇和瑜芬也到了谈婚论嫁的年龄，双方的父母对于二人的感情不再怀疑，在父母的催促下，办了个简单的婚礼，二人走进了婚姻的殿堂。

　　婚后的瑜芬依然管理着厂子，铭潇仍然是外跑业务。企业不断壮大，业务也走向全国各地，铭潇由当初一个拿手小贩到厂长、经理，最后成为公司的董事长，各个管理层都有了专业的人员。从当初单一的镜片到镜框，从老花镜到太阳镜、偏光镜，企业从家庭式到一个资金雄厚的上市公司，产品从国内走向世界。

　　瑜芬也逐渐从事业转型为家庭，从总经理的果断到一个家庭主妇的琐碎。父母与婆婆的老迈，三个老人像是商量好了，不是这个病刚好，就是这个身体出状况。女儿的学习成长不让瑜芬操心，但儿子的叛逆让瑜芬真是心力交瘁呀。铭潇常年不在家，家里的一切都在瑜芬的肩头，这条古街没有一个人不夸瑜芬。虽然多处置下家业，孩子在城里上学，不愿意回老家，但双方的老人不愿意离开这里，这条古街是他们一辈子生活的场景，叶落归根是每个人的夙愿，老人不愿临老了还离开这里，老人不愿意走，那瑜芬的心就永远在这里。再说瑜芬对这条古街有着深深的感情，这是她出生成长的地方，这里有着太多她和铭潇的幸福记忆。

　　瑜芬就这样在城区与小镇之间跑，和铭潇几个月见不到一面是正常的，很多种声音传入瑜芬的耳朵里，铭潇正当男人四十一

爱从那个
Ai cong na ge
chu xia kai shi 初夏开始

枝花呀，四十的男人又是事业有成，这是怎样的一朵花，多少女人的眼睛盯着这朵花，多少的鼻子嗅着这朵花。有人说看见铭潇和一个姑娘一起吃饭，有人说看见铭潇和一个妖女进了一家宾馆，有人说看见铭潇和一个女人在商场里买高档饰品。而瑜芬守着老人和子女，终日与家务打交道，熬得人老珠黄。不管来自怎样的声音，瑜芬都很淡定，她觉得他们自小是青梅竹马，他是不会抛开这个家移情别恋的。

　　女儿马上就要高考了，瑜芬给老家的老人安排了一个保姆，决定好好当几个月的陪读妈妈。一个夜里，她做了一碗莲子羹，女儿还没有回来，她走出家门准备去迎接晚学归来的学子。走出家门，璀璨的霓虹灯像一条项链镶嵌着这个城市，街头的女人都是那般神情怡然地踱着步子，有些女人依着丈夫满足地挽着男人的臂弯，那嘴角微翘透着幸福。她突然觉得自己是那样的形单影只，想起在南下打工时生活艰辛倒也是抽个空挽着铭潇的手去吃个夜宵，在小镇创业时凌晨还会挽着他的手走回家的路，可这些记忆却是那般的遥远。如今想起来，一起吃饭的时候，除了传统的节日外又有多少个夜晚在一起？这样聚少离多的日子，突然觉得他是那样的陌生。泪不自觉滚落下来，酸涩翻上心头。当初的贫穷心心相吸，可如今的财富呢？却犹感隔着万里之遥。

　　她不由己拨通了那个熟记于心的号码，电话通了，她听到了电话那头说着："我很忙，正在陪沈董吃饭呢！"还没有等她说完一句话，电话的那端就传来嘟嘟的声音。再打，电话就在关机中。你忙就忙吧，何必关机呢？我也不是闲着的，家里一大堆的事情等着做呢。我为你做好后盾，这么多年来总不会让你操心，难道不感谢我吗？瑜芬这样想着，心里又舒服多了，走着走着，就来到一个湖边，这是女儿回家必经的路。一辆白色的大奔在柳荫下格外醒目，那车灯上还有一条红带子，瑜芬不禁笑了，自己的白色奔驰也是这样的一条带子，瑜芬说红色醒目，容易让人注意，这样在阴雨天气让人一目就注意了，可以保安全。而且红色喜庆，这样可以产生心理安慰。原来这样红色的带子还有人和她想的一样，她走近一看，看到这个车牌号，不禁呆住了。不可能车牌号都是一样的，答案只有一个，那就是铭潇在说谎，他就在家的附近。为何说陪沈董吃饭呢？难道真有隐情了？

她就在不远处的柳荫下站住，一动不动盯着这辆车。三三两两的男男女女从她面前经过，诧异写满路人的脸上，盯着她上下搜索着，仿佛从她的身上找出答案。她不在意别人的目光，她只在意那辆车。

初春料峭，一阵阵寒风扑面而来，瑜芬打了个寒战，心里却结下了三尺冰冻。不说打小青梅竹马，就说南下打工到回乡创业，一路风雨一路携手，她从未说过一个苦字，因为她觉得他一直是她最可靠的肩膀，他说过就算是天塌下来也有他顶着。创业成功，他们终年是聚少离多，多少人说他心已变，可她从不当一回事，她觉得他们的心都是透明的，何以去怀疑呢？可是今天他的说谎又作何解释呢？瑜芬不再想了，她觉得一定要等到车主的出现，她才能给自己一个确切的答案。

手机响了，女儿说到家了，问她在哪里？她想撤退回家陪女儿，儿女是她最大的希望。可是她觉得既然碰上了，又非要知道真相不可。她说在外办点事，让她吃完夜宵赶紧睡觉。

终于看见车灯亮了一下，遥控器的声音在这个静寂的夜里特别的刺耳。瑜芬终于看见一对人儿出来，那个在她生命里扎根的人，那一身颀长的身影是她的生命之河里的掌舵人。可今日她亲眼目睹看见了他的背叛，他的臂腕里同样有一只手臂，那是一个

爱从那个
初夏开始
Ai cong na ge
chu xia kai shi

比女儿大不了多少的女孩，那一张含笑的脸上写着满足。他们何曾知道树荫下的人儿心碎了一地。看着他为她打开车门，看着他钻进车里，瑜芬的心痛得如刀绞，这是一种怎么样的形容，此时只觉得自己一身惊颤，冷，冷，如同掉进了冰窖。

手机的声音响了，她冷冷地不去理她，往日里只要手机一响，她就会马上接起，家里老人的，孩子的，找她的都是急事。今日她什么也不想了，她觉得自己好失败。挪动沉重的双腿，她来到湖边只想一跃而起。电话铃声还是不停地响着，她想就接个电话，也算是告别。电话的那头想起他的声音："你在哪里呀？丫头打你电话都不接，这么晚了还不回家呀。"她咬着嘴唇未答言。一股咸涩的液体流进她的嘴里，泪滚滚而落，他这算是关心她吗？"你怎么了？怎么不言语？这么晚不回家，有什么事情吗？"她还是未出声，她能说什么呢？问他在哪里？还是问他和谁在一起？他会和她说真话吗？心是一阵刺痛，一针针刺着她的心哪。她关掉了手机，平生第一次关掉了电话，关掉他的电话。她不想再听到他的声音了，这个她曾经迷恋的声音，这个她以为伴她一辈子的声音，这个原以为只属于她一个人的声音，可此时觉得这声音是多么的刺耳和恶心。

她正准备关机，看到了女儿的手机号亮了，泪如倾泻一般滚落着，这个世界不属于她，但是女儿不是她的全部吗？"妈妈，你在哪里呀？妈妈，你今晚怎么了？"她擦干泪水终于开言了："我在外面办点事，没有什么，只是手机关了静音了，你赶紧睡吧。""妈妈，我等你回来再睡觉，你赶紧回来吧。"女儿挂掉电话，手机又是响了，电话的那头是母亲的声音："芬，你怎么还不回家？""我办点事，马上就回去了。""芬，你心里一定是有事，妈知道，你不管心里想着什么，妈都知道。孩子，有些事并不是你眼睛看到的就是事实，你耳朵里听到的也是事实，生活要学会宽容，要学会懂得经营，婚姻也一样。但如果你不珍惜自己，就不会有人珍惜着你。赶紧回家吧，孩子等着呢！"母亲说完就挂掉了，瑜芬终于哇的一声放声大哭，这一声在这个空寂的湖边特别的凄厉，她要把心头的苦闷宣泄出来。

瑜芬推门进去，看见女儿正站在门口看着她，笑着迎上来挽着她的手："妈妈，你晚上吓着我了，这么晚不回家还不接我电话。"她没有抬头一边换鞋一边说："你明天还要上课赶紧去睡吧。"女儿答应着回自己的房间去了，她洗刷完毕回自己的房间里，静默着。原来都不在意这么寂寞，今日才倍感苍凉。

她突然听到开门的声音，赶紧关掉电灯躺着。房门轻轻开启着，有人走近了，走近床前，一股烟草味凑近她，手在她的脸颊上抚摩着。她很想一把推开，可还是忍住装作熟睡。她听见卫生间的门开了，她听见水声哗哗地流着，她听见他手机的声音响了，她不由自己找寻着，手机就在他的裤兜里，她看到同时进来两个信息，同一个号码同样的信息，是重复了，她大胆打开："我感谢上天的垂爱，让我认识你，感谢你这十年对我的资助和帮助。如果有来生，你不只是我的仰望者，我希望能成为你的追随者，追随你一生去天涯。我感谢你对我的一番肺腑之言，今生虽不能爱你，但我会永远记住你的恩情，希望来生还你一生的恩情。就如你说的，你永远只属于你的芬，我永远祝福你们幸福。只要你记住有一个人永远默默关注着你，只要你的一席之位空出，我就会乘机而入哟，所以你一定要幸福。"

瑜芬看完这个信息，不着痕迹地删除了那个信息，重新躺回到床上。原来他们认识十年了，这十年的感情应该是非同一般，可为何说不能爱你，来生还他一生的恩情？她有些不懂，但从字

爱从那个
Ai cong na ge
chu xia kai shi
初夏开始

面上看，他们是不会在一起的，她没有拆散这个家的意思。那么
究竟是什么关系呢？管她什么关系，只要不拆散这个家，瑜芬就
是感激她的。水声停止了，"啪"的一声电灯关掉了。踢踢哒哒，
拖鞋的声音近前了。她闭上双目，这回她真是困了。他掀开被角
钻进被窝里，突然又掀开被角出去了，从口袋里窸窸窣窣拿来手
机，然后重新上床。瑜芬的心里很不是滋味，好几个月都没有见
过他了，而今日她的身边，他一点都不激动，而是去看他的手机，
她知道他手机里的内容，她知道他急着看手机的短信，他还是关
心着手机里的这个人。对她却毫无感情，此时又完全没有刚才时
的释然与洒脱了。泪又是不争气地流了下来，她翻个身侧身往里，
她不愿意面对着这个对她毫不在意的男人，尽管她用自己的半辈
子爱着这个男人。为这个男人，为这个家，她耗尽了青春，耗尽
了自己的半生最好的年华。突然她恸哭起来，她不想发出声音来，
却还是发出声音来了。

　　一只手搭在她的肩上，一个轻柔的声音传来："你今天怎么
了？"她不做声。他用力扳过她的身子，还不如说他把她抱在怀里：
"你今天到底怎么了？你有心事。我们这么多年的夫妻，你不是
那种凄凄切切的人，你今天一定有心事。"不是凄凄切切的人？
哪个女人不娇柔，只是她平时所有的精力都在家中上有老下有小
的身上，她何曾给过自己空间，何曾给过自己的小女人态呢？她
凄婉一笑说着："没什么，只是有点心情不好。""心情不好总
有缘由，为何好好的，心情不好呢？难道和我还不能说吗？"和
你不能说？那你的事情都和我说了吗？和人家认识了十年，可曾
告诉我一声呢？她还是凄然一笑，意味深长地看着他手中的手机。
他好像是明白，迟疑了一下说："今晚是我请沈董吃饭，感谢他
安排了一个孩子的工作。这孩子是我资助了十年的一个大学生，

父母双亡，靠奶奶养大，上中学的时候，奶奶病了准备辍学，我们公司得知这个消息之后就资助了这个孩子，因为这个孩子品学兼优。你也知道我们公司每年都要捐助希望工程的，但是这个孩子非常感恩，每年都会给公司来一封信汇报自己的成绩，因为这个孩子相当刻苦，所以我对她也是格外关照了些，她的专业正好与沈董公司饰品相符合，所以就给她介绍。这孩子初来乍到非要我带她转一圈。"虽然她没有论辩，按着短信的内容听着他的解释，觉得这个解释应该是合情的。也许人家姑娘把感恩化为情感，真是动情了，这也是情理之中。这下她没有解开的问题都有了答案，小姑娘要实习了，他陪着人家去买饰品，他帮她安排宾馆，这一切的一切都是因为他资助了她这么多年，他希望她的未来是明媚的。

既然事情的真相并不是她想的那样，还要怎么样去闹呢？她没有辩解什么，她只是觉得自己的一闹也明白了很多，夫妻之间确实是需要沟通，婚姻是需要经营的。她不愿意等到真正不可收拾的地步还要去挣扎。她不再说话，伸出手环抱着他。夫妻之间很多东西无须太多的语言，只需一个小小的动作就能让彼此的心贴得更近。铭潇一直都在事业上打拼，确实忽略了夫妻情感，他觉得老夫老妻不需要浓情蜜意，但今晚瑜芬的情绪让他意识到夫妻情是生命中最不可缺失。当初创业只是为了改善一家人的生活，创业之后只想称霸一方，如今一切都如他所愿了，蓦然感悟家人更是他生命中的一部分。这个与他同甘共苦的女人，在他一无所有的时候与他并肩作战，在他事业走上轨道时，她退隐家庭，病歪歪的母亲，年幼的儿女，莫不是她倾心照顾，他何能这样安心创业呢？可这些年，他只顾工作也忽略了对她的关心。泪水漫上他的眼眶，他紧紧抱住这个与他半辈子同甘共苦的女人。他与她十指相扣，粗糙的掌心让他有些心颤，岁月不饶人，无情的岁月夺走了她俏丽的容颜。他是她一辈子的常青藤，他不好好保护她，谁来疼爱她呢？

身贴近，心也更贴近了。铭潇回家的次数多了，回家时总不忘带些礼物来，老家父母高价请来保姆，城里的家也请钟点工打扫，瑜芬从家务中脱身出来。铭潇参加宴席尽量都带着瑜芬一同出席，铭潇如关照一个小女生一样关照着与他的生活有些脱节的妻子，他也会抽空带她出去健身、旅游。

幸福的时光让人感觉一晃而过，女儿大学毕业了，儿子也走进了大学的大门。瞬息万变的生活里，有喜事必有哀事，卧床的婆婆走了。瑜芬的父母还在古街生活着，瑜芬和铭潇每个周末总会带着孩子一起来古街看望父母。老街上住着的都是老人，一辈子都没有离开过老街的邻居们，每次看到这对夫妻回家都会过来拉拉家常，老陈叔的打铁铺依然开张着，虽然门庭冷清，但还是经营着。看着老陈叔有力地挥动手中的铁锤，"嘚嘚"铁锤落铁的声音发出无奈和叹息，仿佛诉说着它们曾经的辉煌。

一个老妪一把秤杆，一头白发埋头钻秤杆。一面镜子，一把转椅，几把电铲，几把刮胡刀……或许受不了古街的安静，想要闯出一片天的年轻人都已经落居在新城区，逢年过节时这里还是一片热闹沸腾，古街已渗入古街人的血液与骨髓里。铭潇对于这些场景太熟了，他突然留恋起在这里曾经的生活，这样安静地走在古街上，与古街的老邻居们打着招呼，拉起瑜芬的手，就这样如初恋情人手牵着手走在老街上。半辈子闯荡世界，创出自己的眼镜品牌，在外面也算是风光无限，但他觉得无论走到天涯海角，这里都是他生命深处最惦念的地方。他有种冲动，他要在这里办一场婚礼。对，他和瑜芬出生在这里，和瑜芬一同闯天下，结婚

25年，办一个与众不同的银婚纪念日，来弥补当年仓促而简单的婚礼。

这样的想法一说出口，就得到了家人的支持。铭潇的弟弟和瑜芬的弟妹们都积极响应，一同操办这个银婚纪念日。瑜芬虽然嘴里说着一大把年纪了，惹人笑话，其实心里却是心花怒放的。

和年轻人的婚礼一样，拍结婚照、做婚纱、买钻戒、找婚庆公司……所有的古街老邻居都成为他们的宾客。瑜芬的女儿成了婚礼的策划人，经过一段时间的精心策划，一个复古式的婚礼在古街上进行着。铭潇牵起瑜芬的手走在红地毯上，慢慢地走着，铭潇看着身边的新娘，瑜芬脸红若锦霞。含着笑意小鸟依人一般靠着他，她抓紧他的手，生怕一放手就会失去他。铭潇懂得她的心意，拍拍她的手背深情地说着："一辈子牵着你的手，直到生命的尽头。"

爱从那个
Ai cong na ge
chu xia kai shi 初夏开始

荷为爱情

　　碧翠的荷叶挨挨挤挤，荷叶连田田，青绿之上一朵朵粉的、白的、红的荷花如刚出浴的新娘，亭亭玉立地摇晃着嫩蕊娇羞百媚。一朵朵花儿清新脱俗，竞相绽放。缕缕清风过处，送来缕缕荷香。

　　曲曲折折的荷塘岸边站满了人，各有各的姿态，惊呼着荷的雅，一个孩子用伞柄勾着荷叶柄，粉荷伸手可摘。欢笑声，惊呼声，一下子戛然而止。所有的声音都在这一瞬间凝滞了，所有的目光都在这一瞬间归于一处，只见一个发丝垂落，白裙如纱的姑娘立于船头，小船轻轻摇晃马上归于平静，任轻风卷起齐肩的长发，静静地交织在荷塘上零碎的光影中。那一身白色轻悠悠穿梭在绿荷之中，白影落在一双双的眼眸中，船橹声在荷塘上回荡着。

　　"真漂亮，是天女下凡吗？""怎么会有这么俊俏的姑娘？这是谁家的姑娘呀？""这是拍戏还是拍电视剧呀？"话音未落，荷塘里歌声响起，这歌声如天籁之音。

　　近了，近了，船近了，白影更加清晰，船头的姑娘，一袭白裙随风飘动，一头长发如瀑布一般倾泻而下，随着风儿飘起来，姑娘用手捋捋。小船儿在空旷处掉了个头，姑娘的背面换了个正面，清眸如水、黛眉如烟，宛在水中央。白净素面的姑娘五官精致到无可描述，手里拿着一个莲蓬，含笑望着岸上的人群，戛然停止了歌声，有些害羞得低下了头，不由人想起徐志摩的那句诗："最是那一低头的温柔，像一朵水莲花不胜凉风的娇羞。"用在这时觉得特别恰如其分。

在荷塘的一角有个人支起一个画架，画面上出现了一池的荷，荷韵在他的画架上凸显出来。蓦然被这低头的温柔所惊呆，一愣神之后马上拿起笔来，一个娇羞无比的女孩就在他的画笔中诞生了。那份柔情融入到荷韵中就更加妩媚动人了，荷塘中人儿美如画，画中的人儿美若天仙。船儿一划而过，河岸上仍然是随着船儿静默不语。船儿远了，人儿也逐渐小了，直至白影儿隐没在绿荷之中。画家看着那个白点消失在荷塘的青绿之中，惆怅在心中不断升腾。人生就是这样，际遇的东西太多，出其不意在你的生命里出现，却又出其不意从你的眼前消失。画家释然一笑，人生何处不相逢，人生又何处无离别呢？

画家来自一个院校的美术教师，母亲的故乡在这片土地上，画家小时候经常随母亲来这里，只是小时候嫌弃这里脏乱，不愿意跟随表兄弟来乡野玩耍。自从学画后倒是喜欢乡野村庄，这些乡野之处倒是给了他不少的灵感，成就了他不少的作品。眼下学院放暑假正值荷花盛放时，他慕名乡野十里荷塘，背上画架来寻找荷仙子的绝美风姿，却不曾想遇见这清荷一样出污泥而不俗的女子。美人远兮，倩影神韵留在这画面上，也留在这位年轻画家的心里了。

夏日的正午酷阳如一个大火炉，游人也随着暑气升腾逐渐散

爱从那个
A I cong na ge
chu xia kai shi 初夏开始

去，刚才拥拥挤挤的荷塘岸边逐渐静寂下来。画家的额头上汗水滴滴，但他仍然专心致志地挥动着手中的画笔，一幅幅荷韵从画家的笔下勾勒出来，各种姿态的荷各有风韵，白的纯净，粉的娇俏，红的妩媚。

"画家，喝口水！"画家蓦然从荷韵中走出来，回转头望着一丈之外的白色女子，这不是自己画中的姑娘吗？不曾想从画中走出了，他一时呆立在那里凝神。姑娘叮铃铃地笑开了："怎么了？我从天外来吗？"他不由地被她逗笑了。

他告诉她名叫蔡银伟，从小喜欢画画，长大后当了一名大学的美术教师。特别喜欢荷花，这次专程来画这一池荷花的。她告诉他名为东方荷，因为母亲一家都喜欢荷花，这十里荷塘是外祖父家的私有花园。从外祖父到舅舅，然后再到现在表哥接班，几代人把这十里荷塘精心培育着。因为母亲的世界里一直有荷，采荷、采莲蓬是她经常做的事情，尽管母亲后来到了城里工作，但荷一直根植在她的心里，于是母亲就把荷当作送她人生的第一件礼物——东方荷。她自小喜欢跳舞，五岁开始学跳舞，十岁进入市少年舞蹈队，一直是市少年舞蹈队的台柱子。后来考进自己理想中的大学，学的专业就是舞蹈专业，九月省里有台晚会，她班里要排舞蹈，一个舞蹈名为"荷韵"，正好她外祖父家就有这样的十里荷塘，于是她就来了，每天跟随表哥来荷塘转一圈。

中午大太阳火辣辣，表哥说她禁不住晒，不让她出来，她趁家人都午睡了，偷偷跑出来到荷塘转一圈。没想到这个呆子竟然还在荷塘边聚精会神画着这一池荷花，她已经注意他一阵子，竟然毫无察觉。看着汗水从他的脸颊滚滚而坠，她不由走上前去送他水。

都是从都市里走进乡野的年轻人，对未来有着共同的向往，萍水相逢的两个人竟然不知不觉聊了一个下午。人生无巧不成书，他的母亲和她的母亲都是从小在这块土地上长大，因为到了城里工作，嫁给了城里的老爸就成了一个城里人，他们对这片土地有着特殊的感情。

荷的表哥来了，急匆匆叫走了荷，说晚上大舅家有家宴，大舅的儿子和女儿都从城里回来，急着见荷。荷跟着表哥匆匆地走了，直至消失在荷塘的尽头，画家才想起忘了要联系方式。有人说聚散皆是缘，莫非他们的缘分是如此的浅薄？

又是惆怅满怀，望着荷塘深深叹息。看着画中的女子，他甚至有种冲动，想拥她入怀的感觉。夕阳如血染红了西天，西天的云霞似锦，给空旷的乡野更增添了一份迷人的景致。画家收拾起画架，拖起长长的影子回去了。

画家每天都在荷塘边画画，却再也不见舞蹈家的踪影，一连半个月，天天翘首盼望，可是她真的如蒸发了一样，再也不见她曼妙的身姿。

经过一年多的准备，又是一个中秋节，画家在市体育馆办了一个以"荷韵"为主题的个人画展。这一天，画家西装革履，好友调侃他像个新郎官。画家微笑着迎接各方来客，有当地官方人员，也有当地的著名画家，更有来自画家学院学画画的学生。

"蔡老师！恭喜您了！"门口进来一对年轻漂亮的女学生，其中一个是他刚毕业的女学生，出于礼貌对女学生的朋友微笑以礼，四目相对，一阵惊愕。好一会儿才恍惚回神："好久不见，你还好吗？"他伸出手去，对方也伸出手来，轻轻一握，他感觉到她的手心出汗。他真没想到会在自己的画展遇见画展中的主人公。

自从荷塘一别，却再也不见她的影子，有几次他去商场或者

爱从那个
I cong na ge 初夏开始
chu xia kai shi

书店溜达，就只想再遇见她，警告自己再遇就一定要个联系方式，可是上天再也不给他这个机会。她喜欢荷，他几次又去荷塘等候她，都没有等到。去的次数多了，画的荷也自然多了，经过多方面的筹集，终于画展成功，荷就成了他画展的主题。思念的人儿在画中，画中的人不知在何方。也许是感动了上帝，在"荷韵"中遇见了他的荷。

那天她被表哥拉走之后，外祖母家里热闹非凡，近处的表哥表姐都来一起祝贺外祖母80岁的寿诞。一连几天的热闹，这个表姐拉她去买衣服，那个表嫂拉去家里玩，很快一个星期就过去。一天晚上父母说要回去，趁表哥回城搭车方便，容不得她想就拉着她一起走了。

闺蜜是邻居加同学，自从穿开裆裤开始就腻腻歪歪在一起，长大后一个学音乐，一个学画画，今年两人大学刚毕业，闺蜜考进一个中学当起了中学美术教师。荷毕业后成了少年宫的一名舞蹈老师。今日经不住闺蜜再三请求，一定要来观赏她恩师的画作。与其说是来观赏画展，还不如说来观赏男神，闺蜜说这位老师堪称是画院里女同学的男神，长得英俊，说话幽默，不管是专业课还是文化知识课，他那带有磁性的声音特别有吸引力，除了有时候爆发出一阵阵爽朗的笑声之外，大都是很安静听着他的课。听说他的父母是本地很有名的房产商，家里为他准备了婚房，这么一个多金男，不知道是多少人心中的梦想，闺蜜说，班里就有好几个女生对这个多金男痴情，扬言说只要他一天不结婚，她们就不找对象。

听闺蜜说，画家曾经有个青梅竹马，两家的父母都是至交，二人曾经定过娃娃亲，虽没有人当真，但是二人的感情非他人能比，在两家人的心中，他们早已经是一家人。青梅竹马又是同学，感情自然非同一般。后来，画家考上了中央美院，而青梅竹马却去了国外，后来，女方提出分手，说在国外找到了她的白马王子。之后不管有多少人帮他牵线，却始终没有人走进他的心里，有人说他的心伤得很厉害，有人说没有人可比他的青梅竹马漂亮，也有人说正因为他不解风情才会失去青梅竹马。

至于种种的传说，荷都觉得可笑，学生学习哪里有那么多时间去关心老师的私生活？她笑话闺蜜和她的同学们真是吃饱了撑着，不好好学专业，光是打听这些花边新闻，也禁不住闺蜜地再三请求，算是陪她观赏画展，却没有想到这男神竟是他呀。又是一个意外的相逢，心里莫名有些激动，惊得手心里都出汗了。

刚才听闺蜜的叙述，权当作听故事，可是安在他的身上，倒是来了兴趣，她用一种研究的眼神打量这位闺蜜口中的男神，却也没有觉得他有多高大，他只当他是邻家的大哥哥。

闺蜜惊得口呆目瞪："原来你们认识呀？"两人哈哈一笑，世界真是小，一兜圈就都认识了。更让闺蜜惊呆的事情，一抬头看见了画中的女子，看了看荷："这画中的人不都是你吗？你什么时候都跑进了蔡老师的画里了？好家伙，保密工作做得真够细致。"荷红着脸望着画家，希望他出面解释。他却是微微一笑，没有做出任何的解释，只是说着对她说："请你多指正。"

她在他的画中有各种神韵，从背面的披肩长发随风扬起，到正面的顾盼流转，还有侧面的凝眺远方，眼神中都有那么一丝的忧伤，一种不易觉察的忧伤，都一一收在他的笔下。她很感动，仿佛他看穿她的内心深处的话语，仿佛他们不只是一面之缘的陌生人。

他递给她一张名片，用探寻的目光望着她，她自然明白是问她要联系方式。她按着名片上的电话号码拨了出去，电话铃声在

爱从那个
初夏开始
Ai cong na ge
chu xia kai shi

他的手中响起，她笑笑就摁掉了。

她不懂画，但是今日却很认真地看着这些荷，闺蜜小声问她："喜欢这画，还是喜欢画画的人。"她笑声回道："死妮子，我看着画中的自己，竟然在荷中的自己能有那么一份神韵。"二人的对白虽轻却都被他听进了耳朵，他笑笑。

嘻嘻哈哈来了一群人，一进来就直呼画家的名号。其中一个人大声笑着："老同学，办得不错呀，你看我们的大美女从国外都回来给你恭贺呀！"一个女人的眼睛不由得瞟向他。他没有直接回答，只是笑着说："多谢你们来捧场。"荷看了那位女人一眼，她明白这就是他传说中的青梅竹马，那种高高在上的样子却似乎凌驾于他之上，他只是很有礼貌平和地和她打招呼。

她觉得这样一种氛围应该离开了，于是和闺蜜向他告辞，她看到他的眼睛里流露出一丝不舍。当她走出门外，听见屋子里有人说着："刚出去的小妮不就是你画中的女子吗？老蔡，她是你专业的模特，还是你的女朋友？"她不由得停下了脚步，又听到："别瞎说，人家可是舞蹈老师。"听闻此言，荷的心里有些失落，她到底只是他一个路遇的陌生人。

闺蜜问她："说实话，你是否喜欢上我们的男神？这可是抵挡不了的诱惑。看样子男神对你也有意的呀。可要好好抓住，这可是我们很多女生心中梦寐以求的愿望。"她没有说话，仿佛在凝神思考，过了一会儿才被闺蜜推醒。她清楚这个世界不可能有那么多意外，他们没有任何交集，也许这一次意外，等下一次意外的时候说不定都已经沧海桑田了，更何况他的青梅竹马回来，看样子青梅竹马还爱着他，不然怎会为一个画展就漂洋过海回来为他庆祝呢？青梅竹马的感情谁都无法去抗衡的，他们只是两面之缘，没有任何心语的交流，怎敌得过他们几十年的情感，她不愿意再往深处想。

吃过晚饭，她早早上床，她坐在床头正看着书，手机短信的提示音响个不停。"睡了吗？不好意思，只是想向你道歉，没有经过你的同意就展出你的画。我只是觉得这荷没有你就成不了韵，请原谅我。明天晚上请你吃饭，就算是道歉赔罪吧！可否？"她想拒绝但是手指敲打出来的文字却是一个"好"字再送上一个笑脸。他送上一个抱拳，外加一行文字："多谢了，美丽的荷仙子，这不是我给你取的，而是那些岸上的游客说的。"再外加一个无辜的表情。荷给了两个笑脸，表示自己不在意。

电话铃声不断响起，荷一看是他的电话，电话的那头传来画家的声音："忙着吗？"她说在看书呢。那一晚，荷倒是失眠了，她承认他的身上对自己有着某种吸引力，从第一次看到他，他就在她的心湖荡漾过，只是一个很小的涟漪，那个时候，年龄小，很容易说服自己不去想这些，本已淡出她的心湖，可今日的重逢就如在她的心湖投下一枚小石子，看到他的青梅竹马时，她又一次劝说自己放弃这样的想法，可晚上他约她吃饭，她不想再去深入地想象自己在他心上的位置。

离约定的时间还有两个小时，直接打的过去也只用半个小时，可是荷早早打扮停当，穿了一条粉色的雪纺大摆裙，荷叶领，荷叶袖口，镜子里的自己仿佛就是一朵含羞的粉荷。长发盘起插了一枚粉色的簪子，簪子的顶端有一个粉色的吊坠，走起路来一步一晃荡，还真是一个凌波微步的荷仙子。还有一个小时，她决定先去饭厅等候。可是当她走出小区的时候，却看到他就站在车旁盯着她一步一步走过去。她有些惊慌，却一下子镇定下来："你怎么知道我住这里？"他笑笑："我会算，荷仙子应该住湖边的小区。"他为她打开车门，等她坐定关上车门，不忘把她的裙子

爱从那个 ☀
chu xia kai shi 初夏开始
Ai cong na ge

整理一下，怕夹在车门外。这一个小小的动作在她的内心起个小小的微漾。

　　他点的每一道菜都是她最喜欢的，这是他喜欢的菜，还是他真懂得她，这些都不重要，重要的是他已经在她的心里住下了，她似乎喜欢看着他微笑时翘起的嘴角，也喜欢看他沉思时皱起的眉头，更喜欢听他说话。"唷，好有情调呀！我们一大群里约你都约不动，原来在这里浪漫呀！"她抬头看到他的青梅竹马，突然她有种刺痛的感觉，一种针扎的痛。她突然间觉得自己成了人家口中唾弃的小三，她想站起，却被他按住。"人家成就我画中的作品，请人家吃顿饭还不应该吗？"他对她有种咄咄逼人的感觉。空气多了一丝枪药的味道，这种感觉被他的一个男同学化解了。于是餐桌上多了五个人，有个人说："老蔡，人家漂洋过海祝贺你，请人家吃顿饭也是应该的吧？"他笑笑说："我一个小画展不值得这样兴师动众吧。既然老同学这样关心，今日我敬一杯薄酒表示感谢。""老同学"这三个字说的特别地响亮，仿佛怕众人没有听到似的。说完他碰了一下对方的杯子，就径自喝光杯中酒。他又倒下一杯酒，对着众人道一声歉意："对不起，没有应约，只是这几天确实比较忙。荷姑娘是我画中的人物，对我这次画展的成功举行是功不可没，总得好好请，对吧，各位都是老同学，怠慢了各位，请大家原谅。"他不愠不怒，大家自然也是一笑而过了。席间，他总是彬彬有礼对待他的青梅竹马，让她没有机会可以生气，但是他也不会冷落他请来的贵宾。同一座城里长大，年龄差不了几岁，自然很快就会融入一种氛围之中。虽有些火药味，但也不至于很尴尬，笑声是化解尴尬的最好良药。席间她对漂洋过来的女人有些侧面的了解，从身世上比，她没有人家的优越感。只要他的心中存有前情，她是不会有机会去靠近他的，她真不敢多想了。

饭后，漂洋过来的女人非要他送回家，他的眼睛只盯着她看，她低头看着自己的鞋。漂洋的女人说："难道你就不能原谅我吗？我们二十年的感情还抵不上你们这短短的情缘？"这句话显然有些激怒了，但瞬间就平静了："那当初你想过二十年的情感就抵不上你短短的几个月？真情是不会摧倒，既然摧倒了就不是真情，那说明我们之间除了同学之情没有任何的交集了。希望你以后能正视我们的同学情谊，我不希望我女朋友有误会。"说完这句话的时候，他上前揽过她的腰，她有些惊愕看着他，她看到他眼中的痛楚，她没有反抗，却多了一丝心痛，含笑着伸出手来抱住他的腰，把头埋进他的胸前，希望给他多一分力量。

漂洋的女人在众人的劝说下走了，她接过他手中车钥匙，把他推进副驾驶座，她开车启动问他去哪里，他说去一下江边吧！

江边，他和她说了很多，也许是借着酒意吧，关于他和青梅竹马的传说，就如好闺蜜说的那样，他们是青梅竹马，是父母认定的好姻缘，但是在她出国的半年后就把他的梦打破了，而且败得不留余地，她说她希望自己定居在国外，不愿意回到小城，国外的男朋友可以实现她想要得到的一切东西。他从梦境中醒悟过来的时候，他也反思过，他们俩一起长大，他一直对她很宠溺，对于她的话从来都是言听计从，不然就会哭哭闹闹，两边的父母都会责怪于他，他也觉得自己累了。他要从梦境中醒来，重新规划自己的人生，希望遇见一个清如水的女人陪他度过这一生，他希望能过上平静的生活，工作之余和爱人孩子一起散散步，爬爬山，过一种人间烟火的生活。在看到她的第一眼就喜欢上她的清纯，和荷一样的出污泥而不染。这个时候的他不是画家，不是讲台上的老师，而是一个受委屈的大男孩，她看着他眼中的忧郁，

爱从那个
初夏开始
Ai cong na ge
chu xia kai shi

同时也有着对生活的渴望。她不说一句话，只把头靠近他的肩头，仿佛把自身的力量都传递给他。

之后他们之间的距离缩短了，每天都能收到他的短信，秋凉多加件衣服，感冒多喝开水，等等，她的生活似乎离不开他了。每逢双休日会去附近的野外或者山林转转，有时候他带着画架，她带着竹箫，二人就这么快乐地过上一天，她累了就靠在他的身上眯一会儿。他累了则躺在地上眯上一会儿，她会在一旁安静地看着他睡，她会给他捶捶腿或者按摩一下。快乐的日子总是很容易过去，一晃眼就过了大半年。她给他很多快乐和鼓励，他给了她很多的包容和呵护。他喜欢和她一起静看落花流水，她喜欢和他一起闲看落霞和飞燕。相处的日子竟然从未有过争执，她觉得他事事让着她，没有理由和他吵架。他觉得她事事都想着自己，任何事情都以他为先，他觉得自己没有理由不好好爱着她，没有理由不宠着她，时间在一天天消逝，不论时光如何老去，她永远都是他心中一朵不败的清荷。

离春节只有一个多月的时间，少年宫要编排一台晚会，她接到领导通知要编排两个舞蹈，一个小朋友的舞蹈，由她来排练，还有一个独舞，由她自己演出。加紧加鼓地训练，一遍遍地教，一遍遍地练，30多个孩子总有人不听指挥，跟不上节奏。孩子的训练结束，她再来练习自己的舞蹈。每次都很认真地对待，每一次都累得筋疲力尽。他总是很心疼地看着她累倒在舞蹈垫上，给她按摩揉肩捏腿。

舞台上闪着绿色的灯光，一道道柔和的光影如同一池接天的莲叶，一朵荷蓓蕾从绿影中探出头来，轻轻绽放，绽放出污泥而不染的白荷。这荷是他的荷，是他心中最纯洁的荷。他的眼睛湿润了，这是上帝给他最美的荷，他仿佛成了连连的荷叶，要拼自己的一生好好去保护她，不让受委屈。荷花一片片落下，落进荷塘等待来年的开放，全场爆发出一阵阵热烈的掌声。他跨步上台把手中的花送进她的手中，一个大大的拥抱把她纤柔的身子揽进怀里。她落泪了，泪水滴在花束中，花束中有一张祝福卡，卡上写着："我美丽的荷仙子，嫁给我吧，我会用心爱你一生，等你白发满头的时候，我依然愿意牵着你的手走过老城的每一条小巷。"

又是一池荷花绽放的暑假，十里荷塘边挤满了人，一条小船慢悠悠从远而近，船头站着一个白裙女子，风吹裙裾飘飘欲仙，岸上的人群屏住了呼吸。船儿近了，近到眼前，女人一抹羞涩的红晕漾在脸上，女子的明眸掠过人群，含笑望着岸上她心爱的男人。女子的旁边多了一个穿粉裙的小姑娘，小姑娘扬起粉嫩的手朝着岸边挥手奶声奶气地喊着："爸爸，爸爸，我在这里。"稚嫩的童音如一首醉人的歌谣，岸上的男人无比宠溺地望着荷塘里的两个女人，扬起画笔迅速勾勒出这两个他这一生最爱的女人，还有这一池月老——荷花。

爱从那个
初夏开始
Ai cong na ge
chu xia kai shi

红尘有约

　　同学们都在小声地议论着外文老师的帅气和爱好。教了三年的当代文学的李教授突然生病了，需要一段时间的静养，学院决定让李教授门下一个刚毕业的研究生留校来接任这个系的当代文学的教程。从系主任宣布这个消息之日开始，同学们就在不断收集这个年轻研究生老师的第一手资料。女生们很有兴趣地谈论他的帅气、家庭背景以及他的恋爱史。

　　有几个女生甚至激动得手舞足蹈，正当大家热烈时，只见一个女生很安静坐在第一排低头看着书，一身紫红色的运动服，高高地扎着一条马尾，带着一副紫红色的半框眼镜，眼镜的后面有一双大眼睛，忽闪忽闪特别有神，她就是班长澜铮。澜铮不喜欢八卦，她觉得系里既然安排这个人担任外语系的外文老师，那他一定能胜任。她觉得一个学生只要当好学生学好知识就够了，关于老师的外貌、家庭背景和恋爱史则是与她无关的。

　　片刻之间教室里鸦雀无声，澜铮抬头一看，迎上一双有些羞涩的眼眸，她突然觉得他不是老师，而是邻家一个腼腆的大男孩。

澜铮不由得冲他微微一笑，他也是浅浅一笑，露出一口白牙。随即对着同学们一笑，这一笑就定格在所有女同学的心海里，更是深深地烙印在澜铮的心里。

如果说刚才同学们对老师的八卦，澜铮是一点都不感兴趣的，那么此时对这个年轻大哥哥开始关注起来。一头短发一寸长，根根竖起来，特别有精神，黑眸里放出黑而亮的光有股摄人心魂的感觉，恰好他一般不看人，他的眼睛总是掠过大家的头顶往后看，或者就盯着自己的脚尖看。皮肤白皙，如果说是女性还会怀疑是否涂上化妆品，但对于这个帅哥是无须怀疑的，真可谓用凝如白脂来形容。就看看这手指，根根如白玉。讲课的声音不似别的老师那般激动和严厉。这声音很有磁性，说温柔吧，且有着师尊的威严。说威严吧，听上去又是那样的轻柔，这样的上课还真是不一样的感觉。澜铮很快整理好心态，认真听着每一句每一个字，认真做好笔记，她永远都是那个最认真学习的好姑娘。

下课了，女同学马上就围着新老师问这问那，有些女同学是借问题目的机遇来接近老师，有些同学很大胆就直接问老师的联系方式。新老师被这群辣妹们围个水泄不通，层层包围难突重围了。澜铮紧蹙眉头，却又笑了，她看到新老师是满脸酡红像喝醉了酒。她本不想多事，却还是站起来高声嚷道："姑娘们，上交作业了。"在辣妹们一愣神中，新老师走了。辣妹们纷纷责怪澜铮了，放走了新老师。澜铮笑着说："你们这群丫头片子，追着一个单身老师不肯放，像一头饿狼似的，丢不丢人，小心以后都嫁不出去。"姑娘们也笑了，才发觉自己的失态。

后来几次，当新老师被围攻危急之时，澜铮总是不着痕迹地解围。这群辣妹们总是像无头苍蝇一般盯着新老师，可是他却想方设法躲着她们，倒是这个澜铮总是安静像个瓷娃娃。上课的时

爱从那个
Ai cong na ge
chu xia kai shi
初夏开始

候那么安静地听课，认真地做着听课笔记，生怕漏掉了一个字。偶尔一抬头正迎上老师那双清澈的眼睛，这双眼睛里满含笑意，带着欣赏地看着这个安静的女学生。这种欣赏并不复杂，任何老师都喜欢认真学习的学生。澜铮不往深处想，她想也许是老师为了感谢她的解围。她也是梨窝浅笑，浅露一口白牙，然后又是低头继续做她的笔记。

　　一个学期很快过去了，澜铮收拾行装急着见半年未见的父母，她拉着拉杆箱急匆匆赶往火车站。火车站里人来人往，摩肩接踵，澜铮好不容易提着沉重的拉杆箱挤进车厢寻找座位，任凭嚣杂纷乱，但对于内心安静的人来说是不碍事，心静一切都静，澜铮拿出英文版的《静静的顿河》埋头读着，她全然不知道身边进来一个人，她全然不知道身旁的人盯着她笑。火车启动了，警务员来检票，澜铮还是未知未觉。旁边的人碰了碰她的胳膊，她警觉地抬眸一看，突然眼眸里放出一束惊异的光芒，对方指指警务员，澜铮这才知道是检票，她歉意地对警务员笑了笑。

　　旁边的人就是新老师，看着她手里的书，就从这本书开始聊起，这本书的内容与结构，还有这本书的作者以及作者的背景。说是师生，其实他只比她大五岁，五岁的年龄划不上代沟。新老师原名黄潇，竟然和澜铮同住一座城市，初中和高中还是同一个学校的，一个住城西，一个住城东，同住一个城市在远离家乡千里之外又同在一个学校，一个身份是老师，一个身份是学生，人生就是这样戏剧化，有人会说怎么像是拍电影，那么电影不就是从生活中提取出来的吗？

　　虽然当了他半年的学生，但从未有过言语的交流，此时说起文学，两个人就有说不完的话题，不知不觉中夜悄然钻进车厢里，旅客们开始打盹睡觉，什么样的姿态都有。澜铮和黄潇正如《红楼梦》中林黛玉和贾宝玉共读西厢，他们两个正并着头在读《静静的顿河》，澜铮偶尔也会抿着嘴浅浅一笑，黄潇也会笑出声来。

夜已深沉，车厢里呼噜声此起彼伏。澜铮趴在桌上睡了，黄潇放下手中的书，从旅行包拿出一件羽绒服轻轻盖在澜铮的身上，他很专注看着这个清秀的学生，从第一次她帮他解围开始，虽然她没有任何想给他单独说话的机会，但是他一直关注这个学生。关注她的学习成绩，关注她的生活，几次她外出购物，其实他都在不远处，他几次想上前说声谢谢，但始终没有说出口，不是因为他木讷，其实他实在说不出口，他怕她误会而受惊。他没有料到俩人竟是同乡，上天给他这样一个单独相处的机会。

澜铮醒了，被痛醒的，因为手被压麻了，手臂酸痛，手心就如有千万个蚂蚁在撕咬，她就这样直直伸着手，不敢动。黄潇抚摸着她的手臂，过了一会儿不痛了，澜铮拉起身上这件羽绒服，浅然一笑说谢谢。澜铮仰靠着椅子睡了，头一点点偏歪下来，最后就倒在黄潇的肩头靠上了，他是不敢乱动，生怕惊醒了她，他静静地看着书，尽管肩头有点沉，但还是尽量保持着原来的姿势。

澜铮睁开眼睛时，拉开车窗帘，一缕晨曦钻进来。她一歪头却发现自己一直枕着人家的肩膀睡，脸一下子倏地红到耳根，幸好人家还沉沉地睡着呢。她第一次认真地看着这个如邻家大男孩的老师，端正的五官，浓黑的剑眉，笔挺的鼻梁，这真是一张有致的脸型，再看这一米七八的个子，一站就这么有型的身姿，在脑海里搜索，却没有一个影星歌星能超过他的。

黄潇揉揉惺忪的眼，正迎上澜铮凝神注目着他，他摸摸脸，笑着说："你一定在我睡着的时候，在我脸上画了一朵花。"随即俩人都笑了，这一笑就化解了一份尴尬。

这么近距离的接触，完全消除了师生之间的距离感。一路上，看书、听歌、聊天，一起吃零食，一起说笑着。时间也就在这快乐的笑声中溜走了，他们出了火车站进了客运东站。坐车腿都麻了，黄潇让澜铮学着自己拍打大腿部以促进血液的循环。接触越多发现惊奇也多，澜铮也不拘束，似乎也没有把他当老师，黄潇似乎也只把她当个朋友，说话不像在课堂上那样严肃板正，倒是幽默风趣着呢。

半年之多没有回过家了，澜铮还没有放下行李就被一群姑娘们包围了，姨家、舅家、姑家的表姊妹，还有叔家、伯家的堂姊妹，这些姐妹中就数澜铮学习最好，从小就数澜铮最受长辈欢迎的，她一直是姐妹中的榜样。

姐妹们对她最关心的就是她的爱情，按她这样的年龄，身边的人大都找对象了，澜铮笑着说："我要考研天天埋在书堆里，哪有时间找对象呀，再说找对象也不是一个人的事情，要有心仪的人，也要对方喜欢我才行吧？"姐妹们纷纷说了："我们家澜铮大美女还没有男生追求吗？""对，你们班的男生眼睛都长在额头上还是脚底心的呀？""要是男生都不喜欢，再看看哪个未婚的老师，抓一个过路也是不错。"澜铮听到这句话，脸一下子就红了，笑着说："你们这群家伙，说什么呢？等考研之后再考虑个人问题。""等你考研之后，好男人被抢光了。""谁愿意把好货留给你，学习恋爱两手抓，女人呀，拼得好还不如嫁得好呢。赶紧找个乘龙快婿，把自己给嫁了，找个高官大款说不定你这个研究生都不用读了。"澜铮笑着："看你们这群整天想着男人的主，怪不得读不好书，小心我爷爷骂你们。"这话正好被爷爷听到了，爷爷踱着方步进来，笑着说："这回爷爷不骂人，你也老大不小了，该找个人，看看有合适的就抓住。明年就毕业了，毕业之后该有家，你看看人家比你小几岁都有孩子了。"姐妹们扑哧都笑了，窘得澜铮急红了脸。

　　夜一点点地逼近，澜铮静坐在窗前，她很喜欢自己的这间小屋，窗外是城市的一条中心街，坐在窗前看着络绎不绝的人群，也会让人感到一种生命的不息。人类的生生不息，这是人类的自然规律，出生、成长、结婚、生子都是每个人该有的过程。虽说她还没有毕业，但是谁能说一毕业就能找到对象，没有谁在等着谁了，有心仪的是该抓住的。可是回顾这么些年，她从高中的时候就有男生追求了，小纸条，在校门口堵截都是常有的事情，那时的目标是大学。大学几年也有不少同学追她，但她是家中独生女，她不愿远嫁他乡，她想回到本地工作，让父母享受天伦之乐，看着她结婚生子，和别的老人一样可以想见就能见着自己的孙子。所以对她来说，这也是一项大工程，但又是不能急的。想到这里，澜铮扑哧一笑："不急，该来的总会来的。"

　　新华书店人头攒动，澜铮来到外国文学专区，她踮起脚尖从书架上想取下一本书来，一只手帮她取下了。她凝神一看，满眸惊喜，原来是黄潇。她说家里的书都看过了，想趁这个假期买几本新书。黄潇询问她喜欢看什么书，说不定家里有，他读过的书都带回了家。果真，澜铮要的书，黄潇都说有。都因为在外求学多年，对于这座城市有很多的事物值得怀念，两人就奔出书店去了古城看梅园，去了古街吃小吃。这个时候甩开师生的身份，天南海北地神侃着。黄潇带着数码相机，这个时候数码照相机在小城里还是新鲜事，澜铮摆着各种优雅的动作，一个个迷人的微笑就在一个个瞬间定格在这个小小的相机里。澜铮是穿着一双高跟鞋出来的，在学校里永远都是一双运动鞋的定模，回家可以偶尔穿一下这双母亲送她22岁的生日礼物，今日特意配了浅蓝色的长裙。走在城头中，有几处确实很难走，黄潇就搀扶着她过去，还

爱从那个
Ai cong na ge
chu xia kai shi 初夏开始

有一段下坡梯，澜铮吓得不敢走，任凭黄潇怎么说，她就是迈不开步。最后还是黄潇背着她下了坡梯。她闭上眼睛紧紧抱住他的脖子说："小心，小心。"黄潇笑着说："遵命，放松，别抓紧我的脖子，我有些喘不过气了。"这一说，澜铮扑哧一笑倒是放松多了。

当你过得愉悦时，就会觉得时间老人特别捉弄你，一晃就过了一天。清晨出门，一晃眼，红日坠落天色将晚。玩了一整天，初次穿高跟鞋的澜铮确实微感脚的疼痛。黄潇不放心送她到家门口走了，约定第二天中午出来等他送书来。

黄潇如约而来送一大袋澜铮想要的书。今日黄潇没有坐车来，而是骑着一辆自行车。穿着一身雪白的运动服，戴着一副墨镜，一改往日的儒雅，澜铮先是一愣，继而笑得前俯后仰。黄潇摘下墨镜做个鬼脸："有这么好笑吗？"澜铮本来停住笑声，被他一逗笑得更厉害，可以说是花容不顾了。澜铮一直都是文静娴雅，今日却是这般的野性，倒是让黄潇意外，不过这本真的野性却是最纯净的小女人态，不留意，澜铮差点摔倒了，黄潇本能地伸出手去扶住，澜铮一个踉跄倒进了他的怀里，笑戛然而止，抬眸迎上的是一双含情脉脉的眼睛。她的脸烫得如碳，小心房扑通扑通跳得快，同时也听到他的心跳声。她一下子挣脱他的怀抱，说声对不起。他也红着脸说对不起。

为了打破尴尬，澜铮问："今天安排什么节目？"黄潇突然想起今天的行程，做了一个出发的手势："什么都别问，找人贩子把你卖了再说。"澜铮又是一阵脆泠泠的笑声坐上自行车的后座走了。

寒假一晃而过，在回校前几天，澜铮接到黄潇打来的电话，他已经定好了车票和火车票，让她提前半个小时在车站大厅等候

AI CONG NA GE CHU XIA KAI SHI

就行。

他们又登上了回程，黄潇帮澜铮放好行李，帮她系好安全带。澜铮拿出书来，说在家里没有看完，还有好多地方做了记好请教于老师的。黄潇却不同意她看书，汽车不同于火车，颠簸厉害，看书容易损坏眼睛。澜铮执意说剩余部分让她牵肠挂肚的，于是黄潇说余下部分让他说给她听了，澜铮这才同意。

到了学校又转为师生的角色，一个在讲台上讲着课，一个在座位上认真记着笔记。一个忙着工作，一个忙着考研，两个多月未曾说过一句话。似乎都忘了他们是同乡，也忘了曾经的单独相处时的快乐。其实真相却不是这样看似表面的风平浪静，黄潇特别喜欢上澜铮班上的课，至少在进门的那一刹那就看见了她那笑盈盈的眼睛。所以每节课他做了充分的准备，课间他总会有意无意去观察她的神情。澜铮也不像她表面上那么死水微澜，那么不在乎他。每次他的课，当他踏进教室门口时，她的心里总会扑通扑通地跳个不停，但是她总是尽量平静自己的心情，他是老师，她不能去影响他的生活和工作，她心里有他，只要能天天看到他，她就觉得自己很满足了。人生路一步错，步步皆错，一不克制，一不小心就会毁了两个人的前程。她就是在这样的安心与煎熬中度过她最后的半年，如愿以偿地考上研究生。在他的引导与帮助下，和他是同一个导师。

同学们毕业后大都工作了，工作后的同学都赶起了新潮，舍得花上两个月的工资买上一个叫作手机的通信工具。澜铮妈也买了手机，作为女儿考上研究生的奖赏。短信就成了她们的交流平台，女孩儿本来就八卦，八卦的东西从来不靠谱。一个女同学告诉澜铮，听说黄潇找了个女同学，因为一个女同学大胆给黄潇发过短信，黄潇说自己心中早有了心爱之人，那个女同学哭了一场，

爱从那个
Ai cong na ge
chu xia kai shi 初夏开始

病了一场，心中很多女孩子都伤心着呢。澜铮嬉笑着说自作多情是自作孽不可活。其实说这句话的同时也是在说着自己，难道自己不就是不作孽不可活吗？前两天他来看望导师，他们还一起吃了一顿饭。这个周末是导师银婚纪念日，还邀请他们去家里吃饭，黄潇还说来接她一起去的。怪不得导师说给他说媒，他却是缄口莫言，原来他心里早就有心仪的人了。她觉得自己是傻傻的，还暗暗地喜欢着他。

周末她早早就去了导师家帮师母一起洗菜做菜，还和师妹一起招待客人。黄潇一进门就去找澜铮，看他那满头大汗的样子一定是跑着进来的，导师家要穿过一条小巷，这条小巷得步行进来。黄潇问她，为何不等他，让他一阵好担心。澜铮只说自己忘了，然后就别过头去干活不再理他了。

几次黄潇想找个机会和她说话，她都是故意装作没有听见，或者装作和师妹说话。吃饭的时候导师说让黄潇和澜铮还有师妹一桌，但是澜铮偏要拦着师妹往一桌刚好有两个空位的桌子挤。黄潇紧蹙眉头，不知道是哪里得罪了她。这一天他的心情很糟糕，导师几次叫他，他都是沉默着。

宾客散尽，导师看着这两个爱徒，问黄潇今天怎么心事重重的，黄潇只是笑笑。导师说，你们年轻人的心思猜不透，你们是老乡，要多帮忙，让黄潇负责澜铮的安全送她回去。导师意味深长地看着这一对爱徒，然后目送他们远去的背影。

澜铮走出小巷自己拦辆出租车就钻进去，黄潇紧跟其后拉住车门也钻了进去。一路上还是一言不发，黄潇几次看她，她的头就是看往窗外不理人。下了车，黄潇终于拉住澜铮的手问，为何要这样对他？他说你知道我的心里在流泪吗？澜铮一惊，她说她不愿意去打扰他的生活和工作，更不愿意他的女朋友误会。这个时候黄潇明白了，他盯着她问："你知道我一直爱着的人是谁吗？从你第一次帮我解围开始，我就注意你了，从第一次在回老家的火车上，我就开始喜欢上你了。你在我的心中一住就是两年，如今你让我如何拔走你的身影？"澜铮听着他的一词一句，久久未说一个字来。她明白了，泪水从她的脸颊滚滚而落，一下子扑进他的怀里，多年的思恋，多年的煎熬终于在此刻画上了句号，只听她幽幽吐出一句话来："你可知道从第一次看见你，我就爱上你了。"

久酿的酒是香醇的，每天清晨，黄潇都会给澜铮打来一个电话催她起床，每当夜幕降临，他就会骑车带她在大街小巷中穿行，看着她歪着头吃各种小吃，看着她吃得满嘴满脸都是，他觉得都是幸福。带着她走遍这座城市的名胜古迹，她说他们前世一定是夫妻，前生有缘，今生红尘有约再牵手。他说一定是她前世人生路上的一棵菩提树，今生结下这份缘。

澜铮毕业后回到家乡，她觉得对养育一辈子的父母尽孝就是能时常在跟前。黄潇也是家中唯一的男丁，也随着她南下回乡。两人在本地的一所普通大学里就职。结婚生子，工作生活，一切都是那么安然，一切都是那么幸福。

暮春的梅园如浸染在青绿的染料里，一抖就成了一件绿斗篷盖在梅园里。阳光如淘气的孩子在梅树下撒下一大把一大把的金豆子。一个十五六岁的小姑娘在梅树下开心地捕捉阳光，脆灵灵的笑声响彻在这一片绿荫中，她不停地呼唤着父母，不远处一对中年夫妇手挽手着走在小径上，妻子走不动了，丈夫停下来擦去她额头上的汗水。"咔嚓"，"澜铮，我帮你们拍下了这暖心的一幕。"邻居张教授高举着手中的照相机和家人一起笑着走了，黄潇和澜铮挥挥手表示谢意。

爱从那个
Ai cong na ge
chu xia kai shi 初夏开始

经营婚姻是责任

　　婚姻是什么，有人说婚姻是一道围墙，进了围墙再想出来就难。有人说婚姻是一艘船，百年才能修得同船渡。有人说婚姻是一张床，千年才能修得共枕眠。有人说婚姻就是一纸合同，随时可以解除的合同，又是终生幸福的合同。这纸合同需要双方的信任、忠诚、宽容、责任。其实婚姻并不是一本结婚证这么简单，没有结婚证的叫恋爱，有了这红本就成婚姻，婚姻是需要双方共同去经营，有了这个红本，你就有责任和义务去经营，为你的婚姻赢来幸福。

　　恋爱时花前月下，卿卿我我，不管女方是对是错，只是一心想让她开心，一味去迁就，任由她任性，甚至还觉得她这是撒娇，这是小可爱。总是嘿嘿一笑，拥抱她一下，任何的吵架此时都消停了。不管男方有多少的坏习惯，都觉得他是个男子汉，男子汉总有那么骄人的一面，不会啼的公鸡还叫公鸡吗？没有血性的男人还叫男人吗？再说男人也不会对她动真格的，对她吼几声之后，又会把她轻拥入怀，对她仍然是百般迁就。

AI CONG NA GE CHU XIA KAI SHI

　　但当进入婚姻的殿堂，却一切都变了，真实的生活需要柴米油盐酱醋茶，亲眷叔伯人情往来，每天大团结一张张，必须去挣钱养家，如果男人拼死挣钱，回家后女人温饭热茶，笑脸相迎，男人的心里也是甜滋滋的。或者女人在外拼命挣钱，回家后男人一起帮忙打理家务，身虽劳苦，心却甜蜜，这样的婚姻都是坚不可摧的，不会随着狂风暴雨而倾盆倒瓦。

　　但不然，婚姻只要有一丝风动就倒塌了。我认识了这样的一对夫妻，夫妻在外打拼多年，生意做得红红火火，积攒了浑厚的资金，开了一个商场，当起了大老板，按理说苦尽甘来，接下去就是好日子了，然而男子却觉得妻子不再年轻，经常唠唠叨叨的，有些厌烦了。每次外出进货的时候就会找一些年轻水嫩的姑娘。每次带去进货的钱就会打水漂，货倒是进了，但都是赊账，也会拆东墙补西墙，几年下来，外面私账是越滚越多，等合伙人盘账时发现外债还有几百万，终于是庐山露出真面目，被结发妻知晓，大吵一场闹离婚，如果男方能知错就改，其妻觉得儿女成双不想影响家庭，也想忍气吞声，但财务要一把抓。但男子确实花心不改，而且对其妻的一把抓很不满意，打架就在这个家庭天天上演。最后一个外人羡慕的幸福家庭就这样土崩瓦解了，儿女双方各一个，财产也没有剩多少，女人还需要重新开始拼命供养一对儿女上学的费用。

　　一个深夜，睡意正浓，却被一个电话惊醒，电话里传来一声哭腔："我不想活了，我该何去何从？亲戚们都说你是大先生见识广，给我指点指点吧。"听闻此言我是一头雾水，后来才知是我一个远方亲戚，好多年没有联系了，但对她的事，偶尔有所闻。我是这样回答："每个人的生活方式不同，思想观念不同，想法自然不同，谁都无法决定谁的人生方向，你也人到中年，应该能

爱从那个
初夏开始
Ai cong na ge
chu xia kai shi

决定自己的人生方向，你是个母亲，你的孩子正值叛逆期，你的孩子谁去照管，你不想活了，那你孩子怎么办？你怎么去尽一个母亲的任务？这些问题你可想过？"她停了一下说："那我认命！"我对她说："命运靠自己去抗争的，女人也是一棵顶天的树，如果你把自己的树培植好了，就不会感觉天要塌了。这个世界没有人会帮你，真正帮你的人就是你自己。"她沉默了几秒钟，然后说了一声谢谢就挂了电话。第二天清晨，我收到她的信息："谢谢你，我昨晚想了一个晚上，真正想明白了，我该知道怎么做了。"我不知道她是否真想明白，是否真能脱胎换骨，但她有今日是必然的结果。

　　我对她早有耳闻，她和我同岁，比我早十年结婚，她老公比她大8岁，当年她母亲为这事还气得住院。父母都是单位领导，上有一个哥哥自己经营一家公司，一家人从小对她溺爱，总给吃最好的，穿最好的。对她是百般宠爱，也给她养了她一身的坏毛病。她不管父母反对就住男方家里了，因为老夫少妻，家穷如洗的他娶上这个小娇妻，开始自然是百般迁就。男的开始跟人去外省学做生意，她就在家里，闲着无事就找人打麻将，逛街，她是除了玩什么都不会的主。不久就欠下一身的债务，男人回来虽不满但还是帮她还清债务。后来有了孩子，孩子小她得带着，也占用了她大量的时间，所以这几年夫妻感情还好，家里经济也有了好转。父母也承认了这段婚姻，经常接外甥女来家里。孩子上学了，她又开始空虚，有了手机也方便，天天找人打麻将，而且是越打越大，债务也越来越多，只要她认识的人都借过钱，只借不还，邻居们见了她都避而远之，亲戚朋友只要一看到她的电话都不愿去接听。老公也不再帮她还钱，也不再经常回家，最近听说有外遇准备和她离婚。而她坚决不离，但却毫无办法。于是深夜给我来这样的一个电话寻求安慰，她这样的结果不是她一手造成的吗？婚姻需要双方去努力，谁愿意家里养一个懒妻败妻？

　　在茫茫人海之中组成一个婚姻不容易，成了婚姻组成家庭更是缘分，有了这个缘分需要双方用心去经营；有了这个缘分，你就多了一份责任，把这个责任牢记在心里，不让自己在人生路上走岔路，你的婚姻就完美，你的人生就幸福。

爱从那个
初夏开始
Ai cong na ge
chu xia kai shi

哭泣的栀子花

　　俊的父亲家境贫寒，到了35岁才有人给他说亲结婚，俊的母亲身材矮小，自小哮喘，一到冬天就咳个不停，在俊六岁那年冬夜就撒手西去了。俊一出生，俊的奶奶就说怕她的哮喘传给孙子，就把孙子雇给玲的母亲一起吃奶，因为玲只比俊大三天出生，同一个母亲的奶水养大，因而他们从小就比别人要亲。他们是一起玩耍，一起去打猪草，一起去溪边摸香螺，自然也一起上学。

　　不知道是不是一母的奶水养出来，两人的学习成绩从来都是不相上下，玲的语文成绩比俊好一些，俊的数学比玲好一些，这两人在这个小山村可是一对活宝，多次参加镇里市里比赛，不是得第一就是第二，两人都以优异的成绩被市里重点中学格外录取。俊的父亲就有些犹豫了，玲的母亲就对他说，你天天扛砖头水泥块还没有扛够吗？儿子成绩这么好还让他走你的老路吗？让他去上学，他是上学的命，学费她家一同来承担。玲妈的话就如一道圣旨，俊的父亲不再犹豫送儿子进城上学了。无巧不成书，玲和俊又同在一个班。又是一个三年同窗苦读，两个农村来的孩子，学习勤奋刻苦，因为他们知道父母给不了他们的前程，这美好前程是需要自己去拼搏。他们所有的时间都是用在学习上，不像其他同学一样去逛街，邀请同学去过生日，基本上也没有同学去邀请他们，一看这衣着就知道他们是送不起生日礼物的人。

一晃又是三个寒窗苦读，中考结束后，当同学们都在焦急等待成绩时，他们两个都去市区打工了，他们很有自信会被重点高中录取的，果真等来了本校的重点高中班，而且还是加强班。他们同班9年，高中却是分开了，不过教室就是两隔壁。除了上课和睡觉之外，其余的时间还是在一起，一起学习一起吃饭一起去图书馆查找资料。在他们年少的心里，觉得彼此都是心中最亲的人，最在乎的人。

他们知道能改变命运只有自己，命运就在他们自己的手里，一定要跳出农门，特别是俊，他的这个愿望很强烈，他每次考试都把目标定在第一，幸运也没有辜负他，这个重点中学第一占位可真没有几人，可俊却是其中一位，所以每个任课老师都对这个寒门子弟相当重视，他们要的就是重点大学的升学率，老师私下说，这个寒门贵子理科状元可是非他莫属，不是清华即是北大的，将来可是飞黄腾达的人。玲的成绩不错，在本班也是数一数二的，特别是语文与英语没人可与她相提并论的，英语竞赛多次获得第一名，她的梦想是当一名翻译家，老师说文科状元非是这个拼命三娘不可。

老师说得不错，两人同时考上重点大学，理科和文科的状元全被这个山村夺冠了。这个小山村从没有这么热闹过，村里每家都送来礼品，玲家摆酒席让全村老少都来喝喜酒。在山村这个年龄的女孩可以找对象了，有人就在酒席上说，两人是一母奶吃大，都考上重点进入龙门的人，长大都是公家的人，不如就订婚一起

爱从那个
Ai cong na ge
chu xia kai shi 初夏开始

办吧，反正两个孩子长这么大都没有红过一次脸呢。玲妈笑着没有回答，俊爸只是嘿嘿也没有答之。其实他们私下老早就说了，只要孩子们喜欢，他们是不会反对的。今日可谓是双喜临门呀，喜悦包围这两家的同时，忧愁同时也接踵而来。俊的父亲可是发愁了，大学要去大城市，生活费该怎么去解决？这么多年多亏玲家的接济，其实玲家也不是很富裕，就是靠玲的父亲做木匠包工头赚钱养活一家人，玲妈就是在家里做些手工活照顾玲奶奶和玲弟弟，她家也没有能力再来帮助俊的大学生活费用了。

俊的父亲回到工地向老板说明家中的困难，在老板的祝贺声中，俊爸开口，想和别人换个岗位，多挣钱。老板说上墙工资是高些，但危险系数高，如出事后果是自负的。俊爸一口答应，只要工资高些，其他的自己注意点就是了。

在接到大学录取通知书后，两人都将要去北京上大学。却接到俊爸摔亡的噩耗，这一下俊懵了，把他从顶峰突然一下子推落深谷。又是玲父母帮他安置了父亲的丧事。老板拿出协议说后果自负，但后来听说他们家情况后，还是拿出一笔钱，这笔钱分一部分给俊奶奶的生活费，还有一部分可供俊两年的生活费。

初秋，俊和玲踏上了北上的列车，两个年轻人的梦想也从此点燃，人大了，心也就大了，那么情感也不那么单纯了。原来一直像亲哥亲妹那样的，都为彼此鼓励，一定要跳出农门，这是他们内心共同的梦想，共同的鼓励，如今正飞向自己的梦想之地，心中的情感也在悄然地变化着。看对方的眼神有些迷离有些恍惚，就像原来同学们戏说的那样。

窈窕淑女，君子好逑。玲虽来自农村人，但她那细致的五官是无可挑剔的，一进大学就有很多男生追求，他们都没有引起玲的注意，玲的心一直都只有一个人的影子——俊。俊也同样的困惑，那冷峻的神情引起很多女生的关注，有个大胆的女生就写了一首诗送他。他都没有动心，他的心里只住着一个人，从小就住着她。他们小时候还经常做过家家的游戏，他当爸，她系着妈妈的围裙，一件衣服包着一个棒槌当孩子，他多么渴望这是真实的场景。

一个周末，他们一起去图书馆看书，看着看着，他的手就伸过来紧紧握住她的手了，她蓦地一惊，脸上酡红了，像喝醉了酒。但她没有抽回手去，而是也回握他的手。爱情就从这开始，没有语言的表白，一切都尽在不言中。

四年的大学生活让他们过得紧张又愉悦，面临毕业也就面临着择业。理想是丰满的，可现实却是骨感的。他们一起投简历，去了多家单位都不是很如意。最后在一家外贸公司同时签了合同，老板是个三十多岁的职业女性，听说有一段短暂的婚姻，原因是那个男的去国外工作就和一个外国女助理好上了。这个公司有规定，进公司三年之内者不允许公司内找对象，说不然会影响工作。他们就隐瞒了这个事实，俊特别能吃苦，他特别想在这个城市落脚，他对玲说，他要在这个城市有自己的一席之地，他要拼搏出人头地，要给玲一个安定的家，等明年家乡的栀子花开了，咱们就结婚。

俊如他说的，不到半年的时间就提升了。特别引起女老板的注意，他当了女老板的助理，玲有些不开心，俊说只是工作，工作需要男女上下级是正常，让玲别多心。他说25年的感情说变就能变的吗？25年的感情还能被刚认识的所变迁吗？怎么追都追不上他们25年的感情呀！玲似乎吃了一颗定心丸，还是继续工作，在单位还是装作不认识，她看着女老板和他同在一张餐桌上就餐，看着他们谈笑风生。玲的眼睛里似乎有一团火喷射出来，俊也会时不时瞟她一眼，看她的时候深情一瞥，好像在说这是为了工作。

在她等到午夜时分，他终于醉醺醺地回到出租屋，他就会给她买来最爱吃的芝士蛋糕。他会拥着她说，他做的一切都是为了工作，他只等着女老板的承诺去上海的分公司当经理，那时他们就可以公开他们的恋情。再努力些，等到明年家乡的栀子花开，就可以回家乡结婚了。

她急切等待着栀子花开，她期待着做他的新娘，就像小时候过家家一样，一声声老公老公叫得响叫得清脆，想到这些，她的心顿时酥软了，那种满满涨涨的幸福充盈着她的心房。她早就和家里说过了，玲妈早早为他们腾出一间房间来，装饰一新，大红喜事早让村上剪纸高手王大妈剪好了。新棉被新家具，玲妈都备齐了。这样的结果从他们上小学开始，玲妈就期望着。看着他们一起吃过早饭，俊背上书包再把玲的书包也拿在手里，玲妈看在眼里喜在心里。今日终于愿望成真，孩子们果真按着她想的人生路线，怎能不让她满心欢喜？怎能不尽心去办这样的婚事？

春天来了，离栀子花开的时间越来越近了，俊果真实现了他的愿望，去分公司当经理了。按理说玲也要跟着去上海了，在北京除了俊外没有一个亲人，既然俊走了，这个城市就没有她可留恋的了。可是俊对她说，让她继续留在这里，等他安定了再来接她。她终于等来了栀子花开，她满心期待着俊的承诺，回家去结婚。可最后等来的，却是俊说，我们分手吧，我爱上了她，因为只有她才能给我事业上的帮助。因为有了她，我就可以在上海和北京过上我想要的生活。我们结婚，就是一辈子的拼搏也不可能过上理想中的生活，我们结婚，我们的孩子也会和我们一样过着这种艰难的日子，还不如我们各自重找，他还说可以在他的圈子里帮她物色一个家境优越的人介绍给她，希望她也能过上幸福的日子。

在栀子花开的季节，玲独自回到了山村，她把大城市里的一切都结束，她说那不是属于她的，她经过努力找到了自己的人生坐标，她默默地撕碎门上和窗上所有的大红喜事。那一片片红纸碎片在空中飞舞着，一点一点落在雪白的栀子花上，如滴下一滴滴殷红的鲜血。

跨越鸿沟的爱情

　　当秦曦被推出产房的时候，她睁开无力的眼睛，手被男人紧紧地握着，只听得他喃喃地嘟哝着："出来就好，出来就好！"她似乎听到男人心被撕碎的声音，从他的双眸中看到的牵念与焦急，她拼尽全力冲男人浅浅一笑，可眼泪还是不争气地滚滚而下。"傻宝，你刚生完孩子，哪能流泪的呀，不许哭，只许笑，马上就可以看到我们可爱的宝宝了。"他轻轻拭去她两腮的泪水，不忘在她的鼻子刮了一下，她笑了，笑得很幸福。好累，真的好累，毕竟是年近半百的人，尽管这份喜悦掩饰了辛苦，可是48岁的高龄产妇还是需要很大的勇气，谁让她这么爱他呢？她愿意为他冒这个危险。

　　秦曦是个女强人，很多认识她的人都是这么说，特别是和她有生意往来的人。可是只有真正了解她的人才知道，这个外表强悍的女人有一颗小女人的心，也有一份小女人的情怀。那一年秦曦只有18岁，18岁的女孩子跟着邻居来到北京——天子脚下的京都，帮着邻居做服装批发的生意。秦曦有一双会说话的眼睛，再

爱从那个
初夏开始
Ai cong na ge
chu xia kai shi

加上总是带着一脸的微笑，对每一位顾客总是那么谦逊。很快她的销额量总是超过其他几位服务员，邻居也总是不停给她涨工资。有几年服装经营的经验，也掌握一些进货的渠道了，在她过了20岁生日的那一年，她决定独干。

她带上初中刚毕业的堂妹来闯荡都城，开始了人生的旅程。开始住最便宜的地下室，做最简单的清水面条，她对自己说，只要肯辛苦，不出两年就会在北京有自己的天地。果真事业是往着她预期的方向发展了，不出两年，她在皇城里扎下了根，几个大批发市场里都有自己的摊位，她从单一的上装到牛仔裤、鞋子，然后是经营民族服装，复古服装，也经营旗袍。从批发市场到批发公司，仅仅是短短的两年时间。她的销售商越来越多，她的财富也就越滚越多了。她终于实现了自己的诺言，在京城买下自己的第一套房子。

每逢佳节倍思亲呀，游子总会在一些传统的节日中特别的想家，这话说得一点也不错，每次节假日总会想起家乡的食饼筒和糯米圆，可是这些在遥远的京城是很难吃到的。端午节，有人发起老家大聚会，包起了家乡人的红枣粽、咸肉粽，还做起了麦饼、食饼筒。几乎所有在京都的老乡人都参加了这次聚会。秦曦参加了，就是在这次聚会中认识了老乡人王凯。因为同乡，同是经营服装，一见面就有说不完的话题。

王凯是经营男装的，在京都创业也有好几个年头，年长秦曦3岁，在男装这个行业上还算是经营得顺风顺水，在京都也买下了一套房子，把父母都带来一起帮忙。因为有父母，虽在异乡，但是家的意义更浓厚些，此后经常邀请秦曦两姐妹去家里聚会。王妈会做一桌喷香的家乡菜，都是秦曦最爱吃，她吃到了妈妈的味道，吃出了家的味道。一来二去，王妈就开口了，说："秦曦，

不如做我们家的媳妇吧。"秦曦红着脸看了一眼王凯，王凯也红
着脸说："妈，你看你，吃饭就吃饭，胡说什么？人家是大经理。"
这句话呛得秦曦一口咽："什么大经理，还都不是老家出来打拼
的异乡人？只怕你们嫌弃我呢？"

秦曦只有一个妹妹，在老家的风俗中很多人是不喜欢没有兄
弟的人家，说这是没有福气的人家，也有些人怕要入赘到女方家
里去。听秦曦这么一说，王凯妈就说："这有什么关系呀，以后
两边亲还不是一样，哪有说一出嫁就不管父母的呀？我们家两个
儿子，以后王凯多去你们家一点，我们都不会有意见，两家人生
活只要和谐和气就行，我们都在一个地方经商，也熟了，对彼此
的性格也了解。王凯就是喜欢你这样直率的人，我也喜欢你这样
懂事的孩子。如果你没有意见，我们就择个日子订个婚。"

秦曦想了想说："这是大事，让我和姆妈说一下，家里人商
量一下吧。"22岁的小姑娘在乡下都已经是孩子的妈了，在京都
却还觉得小了点，随着事业的扩张，都还刚刚走上正轨的经营模
式，秦曦还是不敢有半点的马虎。她一心都扑在事业的打拼上，
对于个人的婚姻大事确实还没有考虑过，至少没有提上日程，突
然王妈这么一说，姐妹俩经常来王家吃饭，一来是老乡，二来也
确实觉得这家人是不错的。对于王凯这个人，她在心里还是喜欢
的，实诚、安分，也没有听说过有什么不良的行为。

在她的心里已经通过七八分了，到邮局打个电话问姆妈，姆
妈说只要你自己能喜欢就行，是你自己嫁人，能合得来，阿爸姆
妈就支持你了。姆妈这么一表态，秦曦的心里也就踏实，于是就
接受了王家的婚约。

年底回家就按当地的风俗大摆宴席，请所有的亲朋好友来参
加他们的婚礼，对于这样的一对同在京都创业且小有成就的夫妻，

爱从那个
初夏开始
Ai cong na ge
chu xia kai shi

很多宾客都表示羡慕。

秦曦怀孕了，她还是挺着大肚子去上班，去和客户洽谈生意，因为过于劳累差点流产了，王凯不允许她再出去奔波，一家人不做两家事，王凯就担起了秦曦的担子，坐上了秦曦总经理这把椅子，处理生意上的各种事务。秦曦安心在家养胎，直到女儿顺利出生做满月子，秦曦才有时间偶尔也去公司看一下业绩，或者去员工那里调动一下员工的积极性。

在孩子满周后，秦曦又重新回到公司去上班，夫妻俩各尽其职，公司的规模逐渐走上轨道，公司里成立了各种部门，各个部门都有一些大学生来应聘求职，秦曦对人员的要求很严格，虽有人事部主任，但一般都是由她亲自把关。

日子就这样一天天过去，一年年流逝，女儿一天天长大，生意一点点做大。幸福、财富与这个家庭形影不离，这是多少令人羡慕的家庭。然而好景总如一场梦，谁都没有料到二十年的打拼在一夕间化为灰烬。

王凯不知道在什么时候恋上股票，在证券公司认识了一个女人，这个女人炒股为业，说自己挣了很多钱，王凯偷偷挪用了公司的现金，以为等赚了就放进去，却不料受到亚洲金融危机海外股市暴跌的心理压力，特大洪灾和"千年虫"恐慌等多重因素的影响，九个交易日内指数跌20.5％。王凯投进去的钱不但没有赚到一个子儿，反而赔得血本无归。

等秦曦得知真相之后，一切都晚了，能挪动的现金都没有，公司里的资金链都断了，受金融风暴的影响，秦曦的生意最密切的合作伙伴是日本、韩国以及一些东南亚国家，这一场经济风暴恰恰是她的合作伙伴的国家，她的生意一落千丈。资金无法启动，货物无法交易，在短短的一个月间就毁了她这二十多年来京的打拼。事业没有了，家也散了，王凯觉得自己对不起秦曦，提出离婚。

　　往日里热闹的公司竟然是空无一人，职员们都离散而去各谋职业。她突然是无法承受这瞬间的变故，一向强悍的女人一下子瘫软在冰冷的地上，她动都不想去动了，心里有一种可怕的念头，如果能如此安静地离开这个人世，倒觉得这是不错的归宿。不知过了多久，等她无力地睁开眼睛的时候，她却是躺在床上，一个人坐在她的床前，她仔细一看，不是别人正是她的员工马一祥，她记得很清楚，这个人同是浙江来的，虽不同县城，也算是同乡。她从他的简介里看出这是个贫寒人家的孩子，而且靠自己的奖学金和助学金完成学业，从面试一系列的安排来看，此人诚实，还有先人后己的精神，于是秦曦就在众多的应聘者中留下了他，而且果不出她所料，这几年他在公司的业绩是蒸蒸日上的。她卖了所有的房产结算了所有员工的工资，他也应该和其他员工一样去另谋高就，为何他会在她的面前？

　　马一祥告诉她，自己回公司办公室拿属于自己私人的物品，看见空荡荡的公司只有一个倒地的老板，发现她生病了，而且病得厉害，于是他把她安置在原先老总的休息室，给她买药喂药，在她未醒之前就一直守候着她。

　　树倒猢狲散，林尽鸟自飞的境地，秦曦禁不止泪如雨下。这个时候她不再是一个高高在上的女老板，而是一个落魄失魂的女人。马一祥递给她一张餐巾纸说："秦姐，别难过，人生总会有这么几个坎坷，相信你一定能挺过这个难关。"这一声秦姐拉近了两人之间的距离。公司的房子被人收回去了，秦曦挣扎着虚弱的身体收拾完自己的东西，摇摇晃晃走出公司的大门，她突然茫然无措，不知该何去何从。马一祥说："秦姐，你还病着，我送你回家吧。"秦曦凄然一笑："家，哪里还有家，我已经一无所

爱从那个
初夏开始
Ai cong na ge
chu xia kai shi

有了。"马一祥一愣，沉默了片刻，似乎一切都明白了："秦姐，你要是不嫌弃，就先去我那里屯身，等你找到了着落再走吧，可以吗？"秦曦望着面前这个小伙子，虽然平日里没有对他多了解，但看着他的一脸真诚，果真当初是没有看错人。

秦曦在马一祥的地下室住了几天，病好了，但是精神上依然是一蹶不振。这个时候马一祥对着秦曦说："秦姐，你以前经常和我们说，如果你能战胜自己，那就任何困难都可以战胜了。只要还有健康的身体，为何不能一切重新开始呢？"秦曦沉默着久久未开言，默默站起来走出地下室，马一祥在后面追着问："秦姐，你可不能想不开呀，你看看这座城市的繁华，可又有多少人是活得很精彩的？也许还有更多的人活在求医之中的呢？你想想这些人对生命有多么的渴求？"秦曦回头对他浅然一笑："你放心，我只是想去外面转转，看看能不能找一个吃饭的地方，目前先要解决生活问题。"马一祥长长舒了一口气："那好，我陪着你去吧，我也要重新找工作呢！"

二人重新来到京都几个服装批发市场，对市场做了一番调查，目前不合适做外销，但也可以做一下国内的销售，或者做零售。二人一番商量、谋划，马一祥决定跟着秦曦一起做零售。令马一祥没有想到，这个强悍的女老板，原先过着这么精致的生活，竟然这么能吃苦，因为工作的需要，秦曦也没有重新去找地方住，就一直住在马一祥的地下室，狭窄的地下室挤着一张小床，这是原先马一祥的睡铺，后来有人丢弃了一把旧沙发长椅，秦曦就搬进去当做自己的床。两人经常把所有的钱都拿去进货了，一天就吃个白馒头就着一壶白开水熬着一整天，平日里早上起个大早做一锅清水面，放上一些榨菜两人吃个饱，白天在外面也是吃个白馒头充饥，有时候马一祥也会偷偷买点肉做个菜偷偷放进秦曦的碗里，秦曦往往都会被发现，又偷偷调换了一下碗给马一祥吃，秦曦说对不起马一祥害他和她一起受苦，男人需要补充营养，这么多的货都需要他扛，而马一祥则觉得秦曦最近都瘦了，人都虚弱了，没有健康的身体还怎么去奋斗呢？二人没有任何的血缘关系，却胜似亲姐弟。

　　京都是个繁华的地方，多少北漂者在这里找到了人生的意义，又有多少北漂者在这里失意。秦曦在这里生活了二十多年，对这里的血淋淋的生存方式她已经习惯了，她相信上帝一定会再次垂青于她的，凭着秦曦原先的人脉，经过她一年地打拼，逐渐改善了生活状态，有了一笔可以启动的资金，当然不是原先办公室时的那种盈余，至少可以在她进货后还能有钱吃饭。她从地下室搬回了套房，她带着马一祥一起生活，她不知道为何对这个小伙子有了一种依赖，他在她的心里不再是一个陌生男子，而是她最亲的一个人。

　　上天是不辜负勤劳人的，特别是最能吃苦的女人，秦曦本来的信誉就很好，原来的老客户和现在的新客户，和她打交道都觉得开心。金融风暴过后，国际经济也逐渐稳定下来，那些国外的老客户又重新找她洽谈业务。而且有些客户愿意先垫资给她，对她这个人的人品是完全相信。生活又如芝麻开花节节高，财富与幸福又重新垂青于这个几经磨难的中年女人。

　　相处几年，马一祥总是一心一意地照顾着这个姐，秦曦也从心底里感激这个大男孩在她最落魄的时候对她的不离不弃，甚至给她最强有力的鼓励。她的银行存折就放在客厅的小抽屉里，密码就是她重新开始那个纪念日。每年的节假日她会主动给他买礼物，或者悄悄给他老家的父母寄去一笔生活费用。而每个节假日，他也会主动给她买礼物，他会做一桌可口的饭菜给她，他说不管外面的饭菜有多香，都没有自己做的放心，身体健康是第一位，再说本人的厨艺也不赖。她笑着说绝对可以和大厨一拼，在笑谈中，她理所当然享受美餐。

光阴易逝，人生易老，几经浮沉不知不觉中迎来了秦曦46周岁的生日。秦曦望着繁华的大都市，不仅有些感慨，从稚气未退的小姑娘到历经沧桑的中年妇女，这二十多年间有着太多的泪水与汗水，虽然她的足迹走遍这都市的每个角落，但终归是异乡人，她突然有些想家了。

马一祥和往常一样做好一桌饭准备庆祝她的生日，望着窗前的秦曦默然凝视着窗外的一切，从她的侧影看出她的落寞与孤独，心中隐藏着一种特殊的情愫在心中涌动着，几年的相处在他的心里早已经不只是一个姐弟的情感那么简单，他突然有种想和她相伴一生的想法。心中情愫暗涛汹涌着，一直涌到他的心口处，热浪由内而外地散发出来，浑身燥热，耳根子热得发烫。他一下子走上前去抱住秦曦，秦曦一下子被惊着了："你疯了，你今天疯掉了。"马一祥不管秦曦地挣扎："我没有疯掉，与你这么多年的相处，对你早已从敬佩化作一丝爱慕，也早已从爱慕化作爱情，我就是想保护你一辈子，只是我一直都不敢对你表白。只怕你会拒绝，今日我什么都不顾了，因为我们都不再年轻了。"说实话，秦曦不是没有对马一祥动过心，而是这年龄的相差不得不却步，就算是他们不在乎，双方的家长哪有不在乎的？世俗的目光怎么去安放这样的情感？一定会有人说她老牛吃嫩草，也一定会有人说他就是图她的钱。最后两人都会受到中伤，不要说爱情，就是连友情都不能继续了。她很在乎他，更希望他能过得好，她决定离开他，希望他能获得自己想要的生活，希望他过上平常人的幸福。

秦曦实在是不愿意伤害与她共患难这么多年的友人兼弟弟，她笑着说："小气鬼，这算是给我的生日礼物吗？好吧。姐姐全收了。"马一翔马上从口袋里掏出一个精致的盒子来："谁说我没有生日礼物呀？这礼物我都准备了一个多月，只怕你不喜欢。"一枚心形的钻戒出现在秦曦的眼前，钻戒闪着光，他的眼眸中更是闪着亮，答应还是拒绝？秦曦的脑子里不停交替这两个词。答应吧，未必太草率，要知道自己还有一个20岁的孩子，不知道孩子的心里想法会是怎么样？再说自己比他整整大一轮，这样的婚姻人们如何去议论，他今后该如何去面对这些非议？拒绝吧，连戒指都买了，恐怕一时难以说服他，也许他是一时的冲动，待过段时间他慢慢去冷却这样的一种关系。秦曦笑着说："你这枚戒指好好收着，等你做好所有的准备再给你的新娘戴上吧！婚姻不是两个人的事情，这是两家人的事情，我已经有过一次失败的婚姻，不愿意再次受到这种背弃的打击，你给我一段时间，也给你自己时间，好吗？"

秦曦说完眼里泪光盈盈，马一翔不敢再去进一步伤她，他收起戒指，扶她在桌前坐下。二人似乎忘掉刚才的那一幕，又和往常一样说说笑笑为她庆祝生日。

不是有人说都已经破罐破碎了，还怕什么呀？马一翔也是这样想的，都已经表白了，接着就是穷追猛追了，同在屋檐下，他还是不停地发着信息表达着自己的情感，剖开自己的红心。可是秦曦确实不一样，她不管马一翔如何的表白，她就是丝毫不为所动，说是不为所动，其实她的内心早已掀起万丈波涛涌。她只是在想如何去安抚人家这个小年轻的躁动，她还是真不愿意失去这份友情，她不愿意失去这份患难与共的情。

她现在终于明白了，为何这么多次给他安排相亲，他都执意

爱从那个
Ai cong na ge
chu xia kai shi
初夏开始

不去。为何有这么多个姑娘喜欢他，猛烈对他的追求，他都不接受。如何去断了他的念想，也只有这样做了……

秦曦刚收拾完一切，精心打扮了一下，端上水果，门铃就响了，马一翔抢一步去开门，只见门口一闪闪了上一束红艳的玫瑰，他接过玫瑰，看到一个高大俊朗的中年男子站在门口正笑盈盈地问他："请问秦曦在吗？"马一翔心头一震："请问你找她什么事？"男子说着："我是她的男朋友。"男朋友？她什么时候交上的男朋友？怎么从未听说过呢？

"你是马一翔吧？我听她说过多次了，说你是个懂事的大男孩！"对方望着他笑着说。大男孩？在他们的心目就是个大男孩，还不足称为男人吗？马一翔有些懊恼地望着来客。

"不让你姐夫进去吗？小老弟。"姐夫？谁是姐夫？这家伙居然自称为姐夫，真是不知羞耻的家伙。小老弟，谁是你的小老弟呀？马一翔不善意地瞪了他一眼，让开道让来客进行。秦曦一看来人进来就像一只蝴蝶飞进他的怀抱。马一翔一急就把花束送进她的怀抱，秦曦立马站住抱着花束笑着对来客说着谢谢。她拉着来客坐在沙发上，吩咐马一翔倒开水，削水果，还不停地说着："让你姐夫在公司里帮你物色个能干的女朋友吧。"马一翔越听越生气，他一生气赌气走出了家门。可走出家门又不知该何去何从，他茫然望着车水马龙的街头，何处是他该去的方向呀。

他在小区里转到天黑，回到家看到两个人还在沙发上腻歪着。马一翔闷闷地进入自己的房间，也不愿意出来吃晚饭。这家伙竟然会隔三岔五来家里，每次来不是带鲜花，就是带服装或者一些女人的装饰品化妆品之类的，每次秦曦都快乐得像个小女人一样迎接着，总是对马一翔吆喝着，差遣他做这个做那个。

有几次马一翔真想赶那个家伙，可是他看到秦曦一脸幸福的样子，他又不忍心让她难堪，因为他爱她，不愿意她难过。一次秦曦下楼送快递忘了带手机，手机信息嘀嘀嘀响个不停，他看到那个恶心家伙的名字，好奇心驱使马一翔按键，信息上写着："其实有时候觉得很残酷，我们不应该用这种方式来切断他对你的真情，其实我觉得他是不错的男人，虽然你们有年龄的差距，可是有真爱，又怕什么呢？你不是也真心喜欢他吗？干吗非用这种方式来折磨自己和他呢？我真不想再演下去了。""我从他的眼睛看到一团烈火，对我的愤恨之火，还有对你爱之火，我觉得他要把我烧化掉了，我真的不能忍心再对他这样演戏下去。""你要再坚持一下，我真的不愿意这样毁了他，他是家中的顶梁柱，他家的父母指望他荣耀门庭，指望他延续香火，可我都已经年老半百了。我们俩要真是走在一起，会有很多人指责我，更有很多人嘲笑我，爱情会在这世俗的目光中，最后走得支离破碎，他被爱情冲昏了头脑，可我还是清醒着呢。我更不愿意失去他，这个世界上每天都会上演着爱情失去的同时友情也不在了，所以我不愿意我们失去这份友情。""我只用这样的方式来让他明白，我有所爱，才能让他放手去寻找自己真正的幸福，他找到幸福了，我们的友情仍然会地久天长。"……

马一翔捧着手机，一切都恍然大悟。明白了突然冒出个"姐夫"来，她是用这种方式来拒绝自己的这份情，而拒绝这份情的，不是因为她不喜欢自己，而是她不愿意失去他。而不愿意失去他的情感就这样被她小心翼翼珍藏在心中。马一翔默然把手机放回桌上，他知道自己该怎么做了，岁月不留人，他不再愿意时光就这么流逝，他要与她一起天长地久，一定要给她留住最幸福的人生时光。

七夕古有牛郎与织女，这不也是在世人的眼中最不相配的一对吗？美丽的天之仙女怎能配一个黑而憨厚的牛郎哥，可因为真爱他们破除重重困难，不畏王母的威力，不畏银河的艰险终于走

爱从那个
Ai cong na ge
chu xia kai shi
初夏开始

在了一起。马一翔一定要做这个牛郎，也要与他的仙女姐姐幸福到老，再说现在只要自己相爱，何在乎王母与银河呢？那天马一翔做了秦曦最爱吃的几个小菜，倒上两杯酒，劝着秦曦饮下一杯杯红酒，有些醉意的秦曦眼中是盈盈一水间，脉脉不得语。酒精在秦曦的体内发作，她无力地趴在桌子上，马一翔望着秦曦迷醉的样子，他的心是醉了，他抱起秦曦走进卧室，此生他愿意与她在天愿作比翼鸟，在地愿为连理枝。

　　清晨，晨曦透过窗帘的缝隙调皮地跳了进来，秦曦睁开眼睛正享受着一个自然醒，却发现有一只手正枕在她的颈下，一个激灵让她翻转身，正看到酣睡中的马一翔，他俊朗的面庞上有一道笔挺的鼻梁，嘴角带着微笑，秦曦看着熟睡中的马一翔，血液顿时上涌，她搜索着昨晚的情景，她喝醉了，然后呢，她就什么都不知道了，想必这家伙也是喝醉了，对，一定是喝醉了，然后就忘了东西南北。她轻手轻脚掀开被子，啊，却发现，发现……

　　烫，烫，如火一般烫着她的脸和耳根子，是恼怒还是羞涩呢？她不想去辩解了，她只想找到自己的衣服，一只强有力的手把她一下子拉进去："今天是双休日，干吗起得那么早，再睡一会儿。"秦曦的脸烫得可以发烧了，如猪肝一般的红，马一翔捧着她的脸说："如红玫瑰一般的美。"他在她的额头上亲了一下，在她的两颊上亲了一下，秦曦挣扎着："你昨晚喝醉了……"还没有等她说完，柔软的唇盖上了她的唇，对方的舌头霸道地伸进她的嘴里，两舌交织，他的霸道令她无反击能力，她完全是软瘫在他的怀里了。

　　都说爱会令人冲昏了头脑，这话说得一点也不错，这个强悍的女人在商战上越战越勇，可此时爱的渴望与欲望让她在他的温柔乡无法自拔了。

　　她躺在他的怀里，肌肤与肌肤的紧贴，正柔软地撞击着她的小心脏。他抚摸着她的头，正无限温柔地望着她："我把我的初夜给了你，你可要对我负责的，再不能允许做一个逃兵，再来搬一个'姐夫'来折磨我。岁月如流水，可不能再让时间这样白白流走了，就让我们真真切切爱一回，人生不易呀，不能再折磨自己，也不能再任性折磨我们的爱情了。余生你要做的就是怎么来享受我来爱你，怎么来享受我们生活的每一天。生活不只是为了生活，还要更多的来享受生活。"

秦曦的眼泪滚出发烫的泪液："你不怕别人嘲笑你吗？你的家人能同意吗？""我和你生活，又不和别人生活，在意这些人的想法做什么？我的家人一时或许不会接受，但我相信一定会接受的，如果他们看到了我们确实是相爱的，他们还有什么理由来拆散我们呢？只要是真心相爱的人之间是没有鸿沟的，因为真爱可以跨越一切的鸿沟。我们同在一个屋檐下生活了这么多年，你的为人、胆识和品性早已经嵌入我的生活里，我觉得再也不可能走进别外的女人。曦，不要再妄想从我的身边逃走了，我们前面空窗了太多的时间，所以我们余下的人生要加倍去相爱。"

秦曦蜷缩在他的怀里，感受着他的幸福正在一点一滴浸入她的体内，她的五脏六腑。她知道今生是无法拔丝，就让她一起来承担社会压力或者异俗的目光。

当看到两本红本本，他们已经是合法的夫妻，尽管看到工作人员投来异样的目光，他们还是笑着接受来自好奇而违心的祝福。这一切他们早就做好一切的心理准备，她接到女儿的电话，女儿说这么多年，妈妈实在不易，希望妈妈幸福地过好每一天。

准备了一年，她终于听到医生说："恭喜您，你有喜了。"她有喜了？48岁的她有喜了吗？这令很多人都不相信，可是医生的话还有谁不敢相信的？是的，她真的怀孕了，她摸摸还平平的腹部，欣喜得流下了激动的泪水。她破产，离婚，生活陷入绝境中，

爱从那个
AI cong na ge
chu xia kai shi
初夏开始

他就如一个救世主出现在她的前面，有了他的鼓励，她重新创业，重新获得爱情，又重新孕育新的生命。她望着站在诊科室门口的男人幸福地笑了，一下子像飞蝶扑进她的怀里，啜泣着。他慌了手脚，连忙抱住她，急切地望着一脸梨花雨的女人。她转悲为笑："我们有小宝宝了。"男人一愣神，转而抱起女人转起来，女人笑着："小心点，小心点，不能转，我都是高龄产妇了。"男人停住脚，不顾旁人的目光，抱着女人走了。

十月怀胎，她简直就是娘娘，他是舍不得她生气，舍不得她受罪，总之他小心翼翼地呵护着女人。她在预产期提前一个月住进了医院，时刻准备着待产。

48岁的女人待产？妇产科顿时炸开锅，这是怎么样的女人呀。很多人对他们的故事充满了好奇，然而看到他宠爱她就如宠爱一个女皇，又看到她如一个娘娘一般地享受她的产期，这让妇产科的医生和护士啧啧称赞，真爱是真的可以跨越鸿沟的。妇产科本来就是女性的世界，女性的世界本来就是话多，这下子她们没有话说了，真爱面前一切都是白说，她们给这个超高龄产妇最好的优待，只怕是一时疏忽而对不起她。

医生建议是剖腹产，而手术中意外发生血不止，医生问保大人还是保小孩。他用发抖的手指签下了字："只求大人平安无事。"一秒钟、一秒钟，滴答滴答，秒针一下一下敲打在这个男人的心头，他转了一圈又一圈。终于手术室的门开了，护士抱出一个宝宝来塞进他的怀里，他一句话都没有听进护士说是男孩还是女孩，只听见护士说大人总算闯过鬼门关了。闯过鬼门关了？哦，她的生命无大碍了？他破涕为笑，他手中抱着孩子，一边是逗着孩子，一边是紧张地望着手术的门，等待这扇门再度打开。

门终于开了，他急速地把孩子给了老母亲，疾步走向门口，望着脸色苍白毫无血色的女人，心疼万分，他紧紧握住她的手……

旅途邂逅

　　石柱峰因石头如笋而得名，这石笋如擎天一柱，直插云天。仅有一条土路山径紧贴山壁，仅容两个人并排而行，蜿蜒而上如一条盘龙而绕，又似一条灰带子从云间飘落下来，轻轻然飘在山谷中，一个个游人宛若一个个小花点，点缀在灰带上，缓缓地向绿林中飘移着。

　　珲随着大众慢慢地往上攀爬着，一滴滴的汗水从她的额头上滚到脸颊，然后再顺着脸颊滴进她浅黄色运动衫的衣领里。到了一个平坡再往上看，刀削般的悬崖挂在绿色的山崖上，云雾弥漫，望而生畏。珲的心里不仅有些惊颤，不如回去吧，再往后看，如蚂蚁般的人群缓移而来，还有几个孩子呢，再细看还有几个五十多岁的大妈大爷，说不定六十多岁的呢，自己为何就这么胆战而止步呢？

　　这座山是这一带有名的熔岩山，是由亿万年前活火山群喷发堆积而成。悬崖峭壁，雄奇险幽，因而有很多的游客驴友经常来攀登观光。停歇一会，珲整理了一下背包又继续往前移去，来至

爱从那个
Ai cong na ge
chu xia kai shi 初夏开始

一线天处，仰望着天际，只剩下一线天空，在岩缝中望天，如同灰中透蓝的丝带在雨雾中变幻让人感觉突然山崩，使人望而生畏，悬在半空的巨石，仿佛对着游人可怖地狞笑着。走进一线天的石缝中，凹凸不平的石路常有人跌倒，会让人一阵惊嘘。珲总是小心地盯着前面一位大妈，只怕她跌倒，时不时把手伸向前面的大妈，以防扶她一把。可有时候就是你怕什么就来什么，一惊诧间，大妈就倒了下来，珲双手托住大妈的整个身体，小巧的珲可说是拼尽全力去顶着，不然后果不堪设想，突然之间珲感觉到有一双大手托住她的后背。等她站稳，大妈被后面这双大手扶正了身子，她也被大手抱起来了，因为她发现自己的双腿突然瘫软了，站不起来了。

珲回头一看是一个高个子的小伙子，身穿浅黄色的运动服，肩背着一个黑色的双肩背包。正看着她呢。这眼神里有着探询、关心。"你没事吧？"突然他问了。珲有些羞愧地答道："没事，谢谢你。""不用那么客气，你能在关键时刻顶着大妈这么胖的身子，是需要勇气，但在突然而至的一刹那，你就能有这么一个力量去顶住一个比你身子大一倍的人，说明你是一个有爱心的人，我很佩服你的勇气和这种无私无畏的精神，这趟驴行能认识你真好。"

后来珲就加入了他的驴队，一路上和他一起前行，他会像个大哥哥一样照顾着这个刚认识的姑娘。珲知道他叫翔，是个体育老师，平时爱好体育运动，也喜爱爬山，加入很多的驴队，双休日喜欢和驴友一起出来爬山。一个女驴友突然问珲结婚了没有，珲红着脸说，对象没有和谁结婚去？大家就哄然一笑，在玩笑中，珲了解了翔今年29岁，还是单身贵族呢。于是一路上就有人开他们的玩笑，珲几次想脱离这个队伍，她很不喜欢这样被人开玩笑。

翔给大家使了个眼色，大家也就不再开他们的玩笑了。

珲在一家银行工作，她的几个舅舅都是房产界名人，所以珲每个月拉存款都是不费吹灰之力就能搞定的。珲的工作很轻松，她有很多空余的时间，原来她也喜欢爬山，但自从认识了翔之后，她加入了这个驴友队，只要是翔参加的，她都会尽量抽出时间来加入。每一次翔都会很细心体贴去关心她，尽管有驴友去开他们的玩笑，翔每次都会说，他们是最好的哥们。

然而他们的心中就真的是哥们吗？他们都是寻常男女，心中都有爱与恨。珲的家庭背景让翔是不敢有半分想法，她可以说是一个骄傲的公主，整个家族在这个小城中可以说是堆玉如山，这样一个家庭出来的一个女孩子不骄不娇才怪呢。虽然相处中，她没有这些娇生惯养的毛病，但如果组成一个家庭的话，这样的一个女孩是很难相伴到老的。

翔的父母都是普通教师退休的，他只想找个温柔贤惠的姑娘和他过一个平淡的人生，虽然他对珲有好感，虽然他知道珲对他有意思，几次暗示过自己的心迹，但他还是不愿意接受这样的一个娇贵的公主来做自己一辈子的伴侣。

很多人都对姻缘有些好奇，都说姻缘是上天注定的，其实想想也是对的。翔自己都没有想到，就在彷徨之中却迎来他的真心爱情，他不敢去追求的女孩，女孩却是上天垂青于他，来向他求婚了。

在他们相识半年后的一次驴行中，珲不小心踩滑了一块石头，眼看就要跌入山谷，翔在一瞬间伸出手推了珲一把，珲被翔推倒在平坡上，而此时的翔却跌下山谷中。这时所有的驴友都惊慌了，一时都没有了主意。珲则是疯了一般，一定要下去寻找翔，一定要知道翔是否安然。于是大家成立了搜救队，几个胆大的年轻人

爱从那个初夏开始
Ai cong na ge
chu xia kai shi

就下去寻找。结果让人很是欣慰，翔被一棵大松树救了一命，被大松树挡住，然后在爬下树的时候不小心摔伤骨折了，而其他都毫无伤痕。对于这样一次事故来说这是最好的结局了。翔还活着，还活着。这个消息传进了珲的耳朵里，珲顿时喜极而泣。

　　翔住进了医院，珲自然就担任起照顾翔的任务，虽然几次翔说不愿意耽误她的工作，但她还是每天来照顾他，每天都送一罐鸡汤到医院。伤筋动骨一百天呀，更何况他伤的是大腿上的骨头。她全然不顾女孩子的矜持来照顾这个和自己没有姻亲的男人，她用自己的实际行动证明给翔看，她不是翔口中说的骄傲的公主，翔的父母是满心的欢喜，可儿子总是制止他们别有这样的想法。不管珲如何去努力，翔都是不领情，开始翔是好言规劝珲不要再来医院照顾他，但她依然是我行我素，后来有几次甚至赶她走，就当着医生和护士的面，说她没有一点儿女孩子的样子，没有羞耻心的。她强忍泪水，也生气着跑开了，可过了一天又买来很多吃的东西笑着进来了。这让翔和家人很是意外，于是翔妈几次对儿子说，这样的女孩子可是打着灯笼也难找的。

　　其实母亲的话不无道理，这样一个真心对自己好的人是很难找到，可是他又怕珲就是为了报恩而一时爱上他，而真想走进婚姻的，不是感激而产生出来的情感，而是真正从心底里流淌出的爱泉。翔是家中独子，他只希望找个能和他家人真正融进一份感情的人，他重视的是一个家庭的融洽气氛。而不是去高攀一个豪门，将来任何事情都得看人家颜色过日子，而珲就是在一个视金钱如粪土的家庭里长大。珲会买上一个上万元的包而不眨一眼的人，而翔则会买一根葱都会去讨价还价的人，这样两种世界里的人能结亲吗？

　　翔静养了三个月后，开始上班了，也开始疏远了珲，他会有意无意不去理会珲，经常不去接珲打来的电话，更不会去接受珲的约会。有时候他觉得自己真的很残忍，可是有时候他又想，如果以后两个人生活不欢的长痛还不如现在的短痛。

静静的夜里，珲发来短信，文字里满是暖暖的爱意，翔很痛苦地看着这一行行的文字，他真的很想去见她，可是他又马上斩断了自己的这份情思。他只是一个平常人家的孩子，而珲确实在蜜罐里长大的公主，他是无法给她这种优越的生活。他一个月的工资买不了她的一件衣服。他和父母合住的商品房怎能和她家的豪华小别墅相比，珲被爱情冲昏了头脑，可他还是清醒的，她是不可能过得惯他这种普通人的生活。望着短信长叹一声，他干脆关机了。

那一个长夜，他失眠了，为一个姑娘失眠。他想那一头也一定是失眠了，但他又想，不管热情多高涨，他这一瓢瓢的冷水泼下去，总会浇灭这火的。

终于他不再看到这短信，他心中说不出的滋味，是庆幸还是失落？他终于永远失去这位好姑娘。可是他真的想错了，珲面对这样的一种情形，是痛苦万分，从认识到爱意滋生，她一点一滴地告诉母亲，把山上救助这一幕，她是特写给母亲的，然后当他得知她的家境后，竟然选择退出，更让她敬佩万分，有多少人就为了奔她的家境故意去接近她的呢？而他得知她优越的生活环境后而远离她，不为金钱所动的男生能有多少？这更让她愿意走进他的生活。从认识他开始，她就开始选择与她往日不一样的生活，就是买东西也学会了讨价还价，买衣服不再去专卖店，穿商场里大众化的衣服。她心甘情愿走进他的生活，她为了他，上班只要不是下雨都不再开车，而是选择骑自行车。她儿时的生活也不是很富裕的，她的童年也是苦过来的。她一直都不是娇生惯养的女

爱从那个
初夏开始
Ai cong na ge
chu xia kai shi

孩。只是近十年的房产把她家的整个家族都推到了一个顶峰，她
也习惯了过公主般的生活，对于这样的一种变化，让父母确实有
些惊讶，更惊讶于这个男孩子对女儿的吸引力。

　　只是这些变化，翔都不知道。他已经拒绝了关于珲的一切消
息。然后有一天当他接到一个电话时，他却是毫不犹豫地奔去见
她。电话是珲妈打来的，电话里她哭着说，女儿在医院里不行了，
只想见他最后一面。

　　等他匆匆赶往医院的时候，只见珲躺在床上，面容苍白，一
个多月未见，人明显消瘦多了。看着病床上的珲，翔的心头竟然
是一丝丝的疼痛。护士走过来对他说，珲在上班的路上，突然昏
倒，后脑重倒在地，做过手术，看起来一切都正常的，就是不会
说话，心脏也是越来越弱了，不过你和她说的，她心里都明白。
希望有个人和她多说话来唤醒她的知觉，来唤起她对生命的渴望。
于是她妈就想到翔，这是她渴望见到的一个人。听到这些，翔竟
是落泪，谁说男儿有泪不轻弹，只是未到伤心处。这么一个可爱
的女孩竟会突然之间变成这样，他觉得自己有种难逃的责任。他
突然感到自己的内心深处是多么爱她，就是家庭背景像座大山一
样压着他喘不过气。如果要是知道有今日，他当初也不会去拒绝
她的爱，如果有自己去保护她，也许就不会有这样的事情发生了。
他对自己狠狠地责怪，要是她真的能醒来，他不会再去想那么多
复杂的事情，只愿好好去陪伴她走完她的余生，不管她是否残疾，
只要她有生命就行。于是他每天一下班就来医院陪伴她，一直都
深夜才会离去，他会不停地和她说着他们一起相聚的美好时光，
会不厌其烦给她朗诵诗歌。有几次珲妈觉得不好意思，不愿耽搁
他的时间，怕耽误他的工作让他不用来，他反而是不离不弃地来
照顾她。

他在想上帝为何总是这样来折磨有情人的，在她百般爱意中，他是那样去拒绝她对他的一片真心。而今当他醒悟时，他的爱也如这东海奔涌的浪潮不断时，而她已经是听不见他的表白。他一遍遍地在她的耳边说着："珲，我爱你，你醒醒吧。我们一起去爬山，一起滑冰，一起去看海，好不好？我只愿你能醒过来。"

终于有一天，珲的眼角滴下一滴泪，伸出来去抓住他的手，无力且是柔软的。他就这样抓住她的手，告诉她，我一辈子拉住你的手一辈子不分开。他终于舒了一口气，有情人终成眷属了，经历这么多的事情，他没有理由再去拒绝她的爱，他要一辈子保护她不再受伤。

她流着泪看着他，却没有说出一句话，良久扑进他的怀里大哭着："你还想不要我吗？我还想离开我吗？你还嫌弃我吗？"他紧紧抱住她："我一辈子都与你不离不弃，只要你每天能快乐。"

所有在场的人都被感动地流泪，珲妈真是喜极而泣，对女儿说："你刚恢复，不易大悲。翔不会离开你的。这阵子我们都看到他对你的真心了。"

旁边的护士更是哭得泪人儿一般，对珲说："你就幸福吧，你这招……"珲白了她一眼，接着听到她说："你这招人喜欢的丫头。"全场的人都笑了。

珲更是笑得灿烂，对所有的人都说声对不起道谢之类的话，其实只有她和当护士的闺蜜知道她演这场戏的秘密，在翔拒绝她的爱时，她很伤心也很绝望，然而父母也不同意这个爱情，他们觉得她应该找个门当户对，不是巨商就是官府，怎能找这样一个平庸家的人呢？面对这些世俗与偏见，她很痛苦，可她无法忘记这个她深爱的男人，她和闺蜜喝酒说想离开这个世界，闺蜜就给她想了这么一个妙计，看他是否对她真心，怎么来对待植物人的她，如果他是真心的，再让她的父母好好看他的表现，不是金钱都能买来爱情的。因为她的故事感动了医院里的医生，他们都决定去帮助这一个痴情的女孩。于是就上演她晕倒摔伤事件，然后变成植物人，其实是前天晚上给她一颗安眠药，让她昏昏欲睡，怕她忍不住笑出声来。

这场精心策划的试心术，珲是大赢家，她终于赢来他的真心，也赢来了父母的支持。珲对着所有在场的人说，她一辈子和翔不离不弃，和翔过一个平常人的生活，死都克服了，还有什么不能克服的呢？珲妈终于说："祝愿你找到一个真心相爱的人，爸妈只愿你们能幸福生活，就是我们的幸福。"

男人的胸膛

　　元旦那天，朋友来电约我陪她去桃渚石柱下爬山去，顺便去看望她的表姐，我慨然允诺。一大早朋友就开车来接我一同前往。

　　在路上，朋友和我聊起她的那位表姐。表姐是个女强人，不仅长得漂亮，还很精干。三十多年前农村女孩子上学的不多，高中毕业的女生更是少之又少，表姐是村里唯一一个文化人，一直都是学校家庭的骄傲，正当她在为自己的美好人生奋力拼搏时，命运却跟她开了一个玩笑，父亲突发病亡了，作为长姐的她不得不退学，虽然老师和同学多次上门做她和她家人的思想工作，希望她回去上学，但现实的生活却是残酷带血淋淋的。她终于扛起家的重任南下打工了，在广东的一家电器公司做起普通员工，因为她聪明、能干、勤恳，所以她能在短短的一个月里就能熟练地操纵起机器，半年后她就成为一个车间主管，一年后她升为公司副经理，主管质量和外销两方面。

　　在广东的几年打拼里，她换了几个工作，但都不是公司把她炒鱿鱼，而都是她把公司炒鱿鱼。她说只为了能学到更多的技术

爱从那个
I cong na ge
chu xia kai shi 初夏开始

和经验，这话说得一点也不假，这为她今后的事业确实打下了厚实的基础。几年后，当弟弟妹妹都相继走进了大学的校门，她肩头的担子就轻了不少，她开始寻找自己的人生之路，她回到家乡一边打工一边寻找商机，在一个偶然的机会里，小镇上一个被废弃的厂房被她当做宝贝一样看中了。

20世纪80年代创业是何等的难，一个毫无背景的女孩子创业更是难上加难。万事开头难，事事亲力而为。在广东几年里学到的技术和经验在这里发挥得淋漓尽致，很快她就在商业届里声名鹊起。家里的生活条件也有了很大的改善，弟弟妹妹相继走出校门都有了工作，再后来有了家庭，而她还是孑然一身。一直拼命工作，从不去想个人问题，等一切都走进正规的路，她的年龄已经不小了。但她并不知道，有一个一直默默等候她的人，那个高中三年一直坐在她后座的男同学。当年她辍学打工，他得到消息后心急如焚。但碍于当初的那个封闭的社会，他不敢公然去打听她的消息，他只是默默等候她的归来。他大学毕业后进入银行系统，有一天她去他的单位贷款，他终于又有了她的消息，但这时的她今非昔比，她是个胸怀大志的女强人。当得知她还是单身时，他的心里一阵窃喜。只要她有事去找他，他就会马不停蹄、不求回报地去帮她，还会三天两头去她的公司主动帮忙做事。

她的事业蒸蒸日上，她成了一颗炫目的明珠，让人可望而不可即。他是不敢向她表明埋藏心底多年的情感，但仍然是一如既往地想着她、爱着她。其实她的心里明镜似的，因为三年的同窗，对他的人品和性格都非常的清楚。特别是近几年来，他的关心温暖这颗孤独飘零的心，在心里早对他多了一份依赖与信任。但她却觉得自己表面上看起来是那样风光无限，可那么多的贷款债务压得她喘不过气来，她不想让他看到自己的辛苦和焦虑，她只想等事业再上一个台阶，再向他表白酝酿多年的感情。

天有不测风云，人有旦夕祸福，一个深秋的深夜，她从外地出差回来。等天亮时有人在车站的拐弯处发现她，她已经昏迷不醒，被人送进医院，等从医院出来时，她已经不再是原先那个玲珑剔透、聪颖精干的女人，而是一个脑子不清需要人来照顾的病人，她已经说不清事故发生的真相了。就在这个时候，他做出一个令人意想不到的决定，决定要照顾她一辈子。双方的亲人都不同意，男方的亲人觉得女人已经废了，有体面工作还怕找不到好姑娘呀。女方家人只怕他不是诚心，可能是以为她有那么大的一个企业，是瞄上她的财产了。不管双方的家人如何的反对，他还是坚持要照顾她的生活起居。可奇怪的是，她却很依赖他，她认不清别人，只对着他笑。只要看到他的出现，她就会很开心。每当他要离去时，家人看到她总是像个小女孩似的紧紧拽住他的衣角，他每次在离开之前总会给她一个拥抱，她依偎在他厚实的胸膛里露出甜蜜安然的微笑。后来去上海几次手术治疗，在他和家人的精心照顾下，她终于好起来了。他所作的一切，她的家人都看得出来，家人也看到他对她来说是非常重要的。于是赞成他们牵手一生，开始商量结婚的议程。

厂房盘出去，还清债务和贷款还留有一笔现款存进她的账户里。弟弟与妹妹商量把她在市区送给母亲的那套房子给她作为婚房。他们结婚了，等她完全康复后，她还想东山再起，他不愿意她这么辛苦，他说她前三十年比别人活得辛苦，余下的人生要比别人活得精彩与幸福，他说他能养活她一辈子。再后来他们有了一对可爱的儿女，儿子已经在城里工作并结了婚，女儿正在读研。他今年提前办理病休了，她提议回老家养老，过自己清闲的生活。把城里的两套房子留给儿女各一套，他同意她的想法，于是把老

爱从那个
I cong na ge 初夏开始
chu xia kai shi

家的老房子修缮一新。带着几大箱的书籍回到老家的老房里，他们平时一起去山地边种些小菜，在房前屋后种种花，养养鸡，去邻家拉拉家常，悠闲自在令人羡慕。

当朋友说完这一切，我们也到了她表姐家的村口了。对于这样一个有着故事的女人，我迫不及待地去一睹芳容。我急切地伸出头去，去探寻着这个有着爱的老房子。在一排排崭新的小楼房后面，有一个白围墙的小院子，两扇朱红大门半掩着，朋友的车停了下来。我们走进小院，却是另一番天地，小院里翠竹繁茂，围墙边开满了红山茶。小狗看到陌生人进来，尽职地汪汪直叫。从屋里出来一个妇女，微卷的发髻别着一个蝴蝶发夹，高挺的鼻梁上架着一副金边眼镜，一身紫红色的羽绒服衬托着她白皙的脸庞，她不属于这个小山村的，可她又有山村人特有的热情。看到朋友，她很是惊喜，把我们请进了屋里的客厅。不一会儿，来了一个高大魁梧的男人，我想这就是故事中的男主人公吧。他喊着朋友的名字，对我微微一笑。不停地招呼我们吃东西，边和我们拉家常，当女人一次次从里屋出来的时候，他的眼睛很温柔地探寻着，可能探问女人是否需要帮忙。

表姐一定要留我们吃中饭，我们在客厅里看电视，朋友不时去厨房想帮忙，表姐总是把朋友推出厨房。我几次瞟见厨房里他们忙碌的身影，还几次听见厨房里飘出的笑声。这笑声总是像磁场一样吸引着我。我几次借口去厨房倒开水喝，和他们拉起家常来。朋友也进来了，于是聊着聊着，朋友就聊起他们的故事来。朋友问表姐，当初正是辉煌时刻，有那么多的追求者，为何独钟情于姐夫。表姐神秘地笑道："他有秘密武器！"姐夫也狡黠一笑。

饭后我去卫生间梳理一下凌乱的鬈发，我从门缝里瞟见表姐正在收拾客厅，姐夫在表姐耳边耳语了几句，然后把表姐拥进怀里，然后轻拍了一下表姐的后背，表姐也在他耳边轻语了几句，姐夫往后间瞧一瞧。然后扛起锄头走了出去，表姐跟着走到门口，倚着门框看着姐夫远去的身影。这个时候我豁然顿悟表姐说的秘密武器了——那一个博大的胸膛。此情此景，我想起了杭娇的《温柔与霸道》：你的胸膛是我的依靠，让我感觉浪漫又奇妙，从此我爱上你的味道，爱情来的没有预兆，心甘情愿做你囚禁的鸟，永远生活在你的城堡。还有张杰的《让你依靠》：你蜷缩在我怀抱／又温柔得像黑猫／用胸膛去挡谁的刺刀／我让你依靠这是男人肩膀的荣耀／要让你依靠不让你懊恼／这胸膛可以任你哭闹。

在一个女人受伤时，任何的语言都是苍白无力，男人只要张开双臂，男人那热血沸腾的胸膛，去接纳一个女人的委屈和无助，把那个属于自己的女人拥进胸膛，给她一个最安全的港湾。这个世界上好男人是可遇而不可求的，对于表姐来说弱水三千，她只取这瓢独饮，因为姐夫有宽厚的胸膛足够她遮风挡雨。

爱从那个
A i cong na ge
chu xia kai shi 初夏开始

女孩是天使

　　新春佳节，亲戚间互相祝福，初三那天我去一个亲戚家做客。亲戚家来了好几拨客人，其中有一个年轻人长得高大帅气，一米七五左右的身高，白皙的皮肤，高挺的鼻梁，浓浓的剑眉下是一双炯炯有神的大眼睛。他特别引人注目，不仅因为他长得帅气，还因为他身边多了一位极不相称的女朋友。听亲戚说小伙子是她娘家的一个表弟，是公司的项目经理。他一直都很挑，一直到33岁才刚找着女朋友。我在心里说，好挑勿挑挑个独只眼，我瞟了女孩子一眼，黝黑的皮肤上还有些坑坑洼洼，脸的两侧还长着美丽青春痘呢。披肩的黑发倒是拉直的，身材还算好，穿着一双两寸多高的皮鞋还显得有点矮短。这两个人站在一起怎么看怎么不相称，这个男孩子怎么会看上这个姑娘，也许她是富二代吧，反正有钱的不是娘娘就是公主。这个时候我对这个贪财的男孩子倒是有些看法，但我又对自己说，管他呢，这又没有我什么事情，干吗这样操心人家的事情？事不关己，休管他人瓦上霜。

　　快要开饭了，我帮着亲戚一起摆菜。一满桌的菜，一满桌的客人，男孩子几次起身喊着那女孩："你先过来吧，我的椅子给你。"哦，原来女孩子去洗一下手，客人都找位置坐下来了。大家也没注意女孩子，自顾自坐下。女孩来到男孩身边，男孩把自己的塑料凳子让给了她，上楼去表姐的卧室搬来一把靠背的椅子。然后又对她说，坐这把椅子舒服，又和她换了一个位置。我在心里想，这个女孩到底有多少的财产，能得到这个男孩如此的宠幸。酒席间，大家杯碰杯，互相祝福，互相吹捧。自然少不了敬酒劝酒，这个男孩一次次为女孩挡酒，只要女孩稍微喝下一点酒，他就夹菜到她的嘴里。我注意到，每上一个菜，他总会先用勺子舀到她的碗里，嘴里总不停地说着："尝尝这个，这个好吃！"我在心里对这个女孩开始羡慕了，上辈子修得什么福呀，这辈子找来这么个疼她的人。就算她是富二代，能为她在众目睽睽之下对她这样细心照顾，不顾大男人的面子，能抛却一个男人的自尊那是难能可贵的。

　　饭后我和亲戚一起收拾碗筷，女孩几次想过来帮忙，亲戚都不让沾水。亲戚小声地告诉我，她表弟确实很挑的，也真心找过几个女朋友，有两个甚至都谈到结婚的议程上断链的。他以前找女朋友非找一米六五以上的个子，外貌要漂亮又要有好工作的。但每次都因为他家中有个卧床的妈而痛失爱恋，几次经历重复的恋爱、分手，三十岁以后，他决定不找漂亮的姑娘，但谈何容易，每次一相亲，他没有说几句就扭头走了，嘴上说容颜不重要，但行为上还是那样不容放下，以后谁也不提他个人的问题。直到春节前的一个月，他宣布自己马年结婚的消息，大家才确信他已经找了女朋友了。原来他去参加一个朋友的生日，那夜他醉得摇摇晃晃，朋友说送他回家，他却执意不让朋友们送他，他一个人打车走了，结果醉酒中的他说不清自己的住址，被出租车司机撂在

爱从那个
Ai cong na ge
chu xia kai shi
初夏开始

街头。也许是冥冥之中上帝的安排，很少走夜路的她，那天也正好参加朋友的婚礼，当了伴娘的她正准备回家，在路上看到这个人在街头睡觉，她怕惹麻烦，正准备抬脚快步走，却听到含糊不清地说着："水……水……给我……一杯水……"听着这虚弱的声音，她停步细看，穿戴这么齐整的人不会是流氓痞子，也不会是流浪汉子。她犹豫了一下，还是去小店里给他买了一瓶矿泉水。然后喂他喝了水，这人又沉沉地睡着了。她丢下他走了几步，她想反正他们又不认识，如果万一这是个无赖更是惨，想到这里，她离开的脚步加快。大概走了一百多米，听到一阵剧烈的咳嗽声，她终究还是往回走，找出他身上的手机，翻着里面的手机号，找出几个最近联系的号码而且称呼也是比较亲密的，她想这应该是他晚上相聚过的好朋友。

大概过了半个多小时，来了两个帅哥把他带走了。也许是缘分，人已带走了但手机却仍然握在她的手里。她还是拨打了刚才那个号码，对方说，明天让他自己跟她要回手机吧，既然她帮他找人，绝不会把他手机私藏了。第二天早上，他果然在上班前来向她要回手机，他们就是这样认识的。她是个外地在杭州打工的妹子，有时候遇到疑难之事她总会去找他商量寻找解决的方法。交往了半年后，他妈妈的病情加重，她只要一下班就去他家里帮他妈妈擦身，洗衣服，把家里收拾得井然有序。

今年的春节他走亲戚，身边就多了这个善良的女孩。听了亲戚的叙述，我觉得不一定漂亮的女孩就是天使，其实天使不只是外表，那是一个内心的善良、温柔、善解人意。善良那是人性中最高贵的品质，内心的纯净那是最美的色彩。再次抬头看那女孩，她那温润的微笑如一缕春风，飘动着沁人心扉的温柔，吹拂着阴暗潮湿的心地。我突然笑着对亲戚说："她真美，这个女孩就是天使。"

人间最苦是情种

"嘭啪啪啪"随着一阵声响，碗碗碟碟砸向洁白的瓷砖地板，地上一片狼藉。孩子的哭声顿时像洪水般汹涌澎湃。保姆慌忙从厨房里走出来，脸色煞白："流血了！流血了！"孩子的哭声戛然而止，啜泣着说："爸爸，你的手臂流血了。"欧阳景天青筋暴露，目光中流露出来的是愤怒与绝望，他伸出双臂抱过女儿，诺诺说着："对不起，孩子，爸爸不痛。"突然一股巨大的力量拉开女儿："不要弄脏她的衣服！"女儿突然被她从怀中拉走，孩子一阵惊吓又哭了。保姆拿着药棉出来，撩开他的衣袖，小心地擦拭着他的伤口："有什么话好好商量，好好说，干吗发这么大的火呀？不管怎么生气也不能摔东西呀，这样会惊着孩子的，东西又毁坏了。"他的目光黯淡无光，听着保姆细细地数落。

手机的响声打破这个房间的沉闷，她伸手接了电话："不在！"就挂断了电话。他站起来指责她："你凭什么接我电话？""凭什么？就凭我是你的老婆，就不愿意这些狐狸精骚到我家里。"他的手在不断地抖动，血又从药棉中渗透出了。保姆按住他的手：

爱从那个
I cong na ge
chu xia kai shi 初夏开始

"你看血又出来了，不要这么生气，都在气头上，少说一句嘛。"保姆一边说着一边拿过手机递给他。电话铃声又响起："欧阳主任，刚送来一个病人，指名要你手术。""这两天我休息，今天有些不舒服，你安排其他人手术。"但是电话的那头有些执拗地说："病人家属一定要等你手术，说你不来就死在医院里算了。""那就让她死在医院里。"说完他就一屁股坐在沙发上，她提着小包"砰"的一声关上门出去了，他知道不是打麻将就是找人逛街或者美容去了。孩子则趴在他的膝盖上，问他："爸爸，还痛吗？我帮你揉揉就不痛了。"铮铮男儿听着一个七岁孩子的柔声细语，铁骨里自然流露出万千柔情来。他把孩子抱至胸前，笑了笑说："你一摸，爸爸就不会痛了。"孩子成了他的软肋，也正是因为这孩子，他隐忍着所有的痛，只希望给她一个完整的家。她也清楚，总用孩子来触动他的软肋，所以她能这样狂傲着，一次又一次来伤他。保姆收拾完残局，抱过孩子："你明明知道她的脾气，让她说几句不就得了？当初就跟你说过，不要让她辞掉工作，在家闲着没事干难免会有这些那些的想法。也不能完全怪她无理取闹，女人太在乎男人了，就会小心眼的。谁让你这么优秀呀，身边女医生护士围着一大堆，难怪她没有安全感。今日干吗发这么大的火呀，让她说几句心里好受些，你忍一下不就得了。家家都有难念的经，你们现在吃穿都不用愁，天天玩着还会吵架，我当初和老伴连饭都吃不饱，我省着给老伴吃，老伴省着给我吃，实在揭不开锅才来你们家当保姆。后来生活好了，老伴却走了，我还真想吵架都没有地方吵去呢。一个家一个婚姻都是需要静心去呵护的，她脾气急躁，小心眼，其实她心地善良。只是你们缺乏沟通。一家人嘛，有什么话好好沟通，你不理我，我不理你，心里憋着一肚火，自然就会爆发的。"保姆一边说着，一边抱走了孩子。

他何尝不知道这些理，他工作忙，就希望回家来能有个温暖的港湾，可每次他上半夜班回家，还看不到她的人影，不是打麻将就是酒吧歌厅，一大帮阔太比阔，回家还数落他没有本事，守着个医院。当初刚生了孩子她身体弱，说辞职调理身体，相夫教子，他觉得他们家在本地还算是家道殷实，不差她这么几块工资，在家待着就待着吧，这样他回家也有热炕头。再说同一个单位，有女同事找他商讨一些病症，她总会不高兴，他觉得工作也难做，她离开了，他工作还能顺畅一些，就这样，他也不管父母地劝阻，就让她回家当全职太太了。可没想到调理身体去一些美体馆，健身房认识一些阔太，很多稀奇的想法就随之而来，去他的单位查岗，出其不意等在他下班的路上。他也想和她好好沟通，可是他有空歇，她总是和别人约好了。他是医院的骨干，朋友、亲戚甚至曾经病人的朋友都会托人找他手术。他正在研究一个课题，他总觉得自己的时间怎么使也不够。哪有多一份心来照顾她的心情，他确实觉得自己累了，累得都不想说一句话。

电话铃声又响起："欧阳医生，都慕你大名，说你是最平易近人的医生，没想到你的架子这么大。但是这个病人非同寻常，你们家欠她太多，现在她生命弥留之际，我非来找你不可，来与不来你决定吧。"对方没等他问一句，就挂断电话，他匆匆换上衣服就出门了。

到了医院办公室，助理已经等在那里，小声地说："这个病人家属我拦都拦不住就打您的电话，她说您真不来，就让这病人死在这医院里。"他吩咐着："准备一下，我马上去看一下病人。"

他走进病房，值班医生已经忙着给病人做各种的检查。径直走近病人，扳过病人的脸，他一刹那愣了几秒钟，脸上的神情僵化了，愤怒屈辱一下子在这张脸上写着，转身就走。走出门口，

爱从那个
Ai cong na ge
chu xia kai shi 初夏开始

只是一个中年妇女，脸上明显还带着泪痕，但是看上去很坚毅。直愣愣地看着他，一句话都没有说。他愤而扫向她的脸，愤恨中带着厌恶，继而转身就走。"等等，你不要以为她辜负了你，这期间的原因你可以去问你母亲，若不是你母亲，她这十年不会过得这么辛苦。"当年不是她提出要和他分手的吗？而且还是这么决然要和一个富商结婚，不是她攀高枝吗？她说自己要去做一个阔太太，不愿意跟着他过，一个工薪族一个月的工资还要分三十天来花。这不是她爱慕虚荣吗？怎么和她母亲有关呢？当初他的父母坚决反对他们俩在一起，母亲还和他闹掰，他说父母不同意，他就要和他们断绝母子关系。好不容易母亲勉强同意，却是换来她分手的决定，而且把他的爱就这样任意地踩在脚底，踩个粉碎。他捡拾了自己一地的伤心回家，用了整整两个月的时间来调整自己的心情，走出失恋的痛楚，也正是这两个月，他和妻子相爱了。妻子是他科室的小护士，对他百般的照顾。两家的父母都是这一家医院的老医生，同是世交，在两家大人的催促下，一年后就结婚了。这个负心的女人也被他抛弃在心门之外，虽然碰到一些同学会提起她，但是没有人知道她的近况，有人说她曾经当过收银员，有人说曾经看到她在发广告传单，也许她被富商抛弃，不管她身在何处，他都不愿意再想起这个人，不愿意想起最后一次她说过这些狠话。可是这些和他的母亲有什么关系呢？他一定要问明白。他回转身狠狠地盯着中年妇女。她坚毅的神情转为痛苦，流着泪近乎哀求他："现在我什么都不会告诉你的，因为我答应过她。我只能告诉你，她这辈子只爱你一个人，今日她有难，只希望您能全力救她。你是医生不能这样见死不救。"

他静默了几秒钟之后，她那张毫无血色的脸在他的眼前晃动着。也许她真有难言之隐，不管怎样她都在生命垂危之际。他是医生，救死扶伤是他的本职工作，就算她有负于他，但今日她是病人，怎能拒生命于度外，更何况他曾经深深爱过她。站立了几秒钟之后，他重新推开这扇门，回头望了一下妇女，冷冷地问道："她老公呢？""她至今未婚，何来老公呢？"他愣神了几秒钟，盯着妇女看了几眼，似乎想在她的脸上寻找答案，但是他知道这是无法给他答案的，对方已经很坚决地告诉，想要答案先要救活她，对！一定要救活她，一定要知道当初她为何这般狠心抛弃他对她的真爱。

她被重重摔在地面上，脑部收到严重地撞击，一直昏迷不醒，除了中年妇女一直照顾着她之外，再也没有任何人来看望过她。他知道她父亲走得早，那些日子也是母亲打零工助她上学，尽管生活上很艰辛，但是在学习上从不落于人后，她很珍惜学习的机会。也就是因为他看到她就如一棵崖缝中的小树一样顽强地生活着，他不愿意她辍学，偷偷把自己省下来的钱都给她交了，也偷偷打零工帮她交付学费，经常在学习上帮助她。因为走过艰难的日子，让两颗心越走越近。他看惯了那些娇滴滴的女孩，总是像女皇一样的居高临下，他也容不得他人瞧不起她，总是呵护着她脆弱的心灵。他说过要保护她一辈子，相信只要熬过大学四年，未来的人生会是灿烂明媚的。这四年他比任何人都辛苦，因为他要和她一起打工。可他没有想到，毕业之后，她工作了，他也和家里摊牌了，她却提出和他分手，还是那么决裂无情地把他对她的爱踩得一地粉碎。他近乎哀求她，像疯了一样拨打她的电话，电话关机了最后就成了空号。他去她的单位找她，辞职了，人走楼空，再也无踪无影，就如人间蒸发了一样。他是如此心痛，心痛得如撕裂一般，为自己付出的爱，也为自己错付了爱而心痛。他发誓再也不愿意看到这个如此绝情的女人，没有想到今天竟然

爱从那个
Ai cong na ge
chu xia kai shi 初夏开始

以这样的一种方式来见面。他是医生，她却成了她的病人，却是
无法开口的病人。他真想大声责问，为何这般对他，他哪里配不
上她，难道她就真的这样虚荣吗？可是为何她却是一直未婚呢？
一切的一切都想问个清楚，看到她苍白无神的脸，他的心竟满是
疼痛，怜爱地抚摸这毫无反应的双手，任凭他不停地搓揉着。

　　他除了工作之外，时时刻刻守护在她的床边，这令中年妇女
感动，中年妇女说是她的表姐，也是她在这座城市里唯一的亲人。
那一年他们相爱，原以为她的好日子就要来了，她约表姐一起去
看看结婚用品，结果也就在那一天，在那一家商店里碰到了他的
母亲。笑脸换来冷脸不算，听到她这辈子最不能忘记的话："癞
蛤蟆别想着吃天鹅肉，我们家是不会让你一个乡下妹进门的，你
就死了这份心吧。看你的寒酸相，就只有缠我儿子的本事，知道
我儿子心软，只会装可怜。有本事离开我儿子，还我儿子幸福的
生活。"随着话音的落幕，一沓人民币扔在她的脚下，这几句话
就如沉石一般压在她的心头，那么一瞬间让她回不过神来。泪水
终于是夺眶而出，透过模糊的双眼看着他母亲走向门口，看着表
姐追上去把人民币塞进他母亲的手里，她从另一扇门逃离出去。
那一天晚上她通宵未眠，想了很多，就算是结婚，这样的婆媳关
系是不可能和谐的，就算他现在爱她，但是母亲毕竟是他最亲的
人，时间久了，他也会生厌，最终还得劳燕分飞。就如他母亲说的，
还他一个幸福平静的生活。她不愿意看到他眼中的留恋，也不愿
意他或者包括自己放弃得拖泥带水。于是她就想了这么一个能彻
底分手的理由。

　　果真如她想的，看到他眼中愤恨，看到他眼中的决裂。看着
他头也不回地从她的视线中消逝，她的心在滴血，一滴一滴地淌
着。她知道今生失去了他，永远地失去了他，看着他远去的背影，

她哭了，却又笑了，她这辈子无法再去照顾他的晨昏，但是只要他能幸福，她就会快乐。

她走了，离开她眷恋的城市，登上北上的列车，从此她不再回来，就算过年过节的时候也只是接母亲过去小聚，她也没有回来过，只是母亲病故的那一阵子才回趟家。这次是她母亲病亡三周年的纪念日，却让意外的车祸让他们以这种方式又见了面。表姐接着说，就算她生命消亡，也要让她死在他的怀里，因为她仍然爱着他，所以表姐自作主张就找到了他，没有遵守当年答应她守口如瓶的诺言。

听完这一切，他早已经泪流满面，他的泪只为她而流。他怜爱地摸摸她的脸，这个傻丫头，心里永远装的都是别人，自己却误会了她这么多年，恨了她这么多年。这么多年他不知道她是如何想他，她又是如何克制住自己的情感。而自己却结婚生子，今生却再也无力为她再做些什么，现在唯一能做的就是一定要救活她。

她在他的精心医治和照料下，终于有了一些意识，她的手老是伸出来想抓住他的手。他的手始终紧紧抓住她的手，给她鼓励，给她依靠，给她力量。他依然这般用磁性的声音为她朗读《勃朗宁夫人十四行诗》，就如她当初给他朗读一样。只是她当初读得俏皮，而今日他读得有些沉重。她能流泪了，泪水从她的眼角滴落。他轻轻地呼唤着她的小名，一声声贴近她的耳边。而她除了流泪仍然是没有回应，不能睁眼看他一眼，也不能开口和他说一句。

纸总是包不住火的，他天天守在医院里，开始家里边以为是吵架后赌气不回家，半个月还以为是出差了，可是一个多月没有回过家，没有给家里打过一个电话，家里的那位开始暴躁不安，多次来医院调查，只是他的工作做得很细致，对手下的人平时很

爱从那个
初夏开始
Ai cong na ge
chu xia kai shi

亲近，手下的人听说病人是他的同学，即使已经看出与这个同学的关系是非同一般的，夫人来调查，也没有一个人多一句话说出去，只说他一直在研究一个课题，夜里加班而已。但是这些没有人能瞒得过他的母亲，她的母亲在医院里工作过几十年，对医院的工作熟悉，即使研究课题也不可能整月不回家，这里一定有他不想离开的原因，开始以为他和哪个小护士沾染上了，以她对儿子的了解，这是不可能。那一定是有别的原因，一个比较危险的原因。她必须弄清楚，给媳妇一个交代，对于儿子这样对待家庭的态度是绝对不可取的。

　　母亲走进儿子的办公室，看儿子正埋头写着什么，儿子瘦了，她不仅有些心疼。母亲伸手摸摸儿子的肩膀，往日儿子一定会很热情地拥抱一下老妈，或者很热情地叫一声老妈。可儿子看到母亲的态度极其地冷淡，抬头看了一眼继而低头写他的字。没有招呼母亲坐下，也捧一杯咖啡或者绿茶给母亲。沉闷的空气弥漫在这个明净的办公室里，她有些落寞，伸手摸摸儿子的头："儿子，你心里有事，而这事跟妈妈有关。"他依然没有抬头，继续写他的字。母亲又说了："组成一个家庭不容易，虽然你媳妇脾气有些急躁，但是孩子这么大，你不能不顾孩子的感受。你们经常吵架，会对孩子的身心造成一定的影响。当初妈说不能让她辞职，你却是支持的，女人嘛没有事情做，就会往外跑，杂七杂八的想法也会随之而来的。小夫妻吵吵架是正常，但是你不能一吵架就不回家呀，而且一出门就整月不回家。你这是不正常的表现，不管有任何的理由，但是家还是家，你还是这个家的主人，这个家的顶梁柱。儿子呀，生活不能任性，不是你们手术台上的手术刀，该割的就割掉，婚姻家庭是能容忍的就要尽量去容忍。"他终于忍不住回了一句："那妈妈都做到了吗？能容忍的人您都能容忍了吗？您当初就嫌弃人家没有工作，其实女人不一定都要工作。"母亲一时愣在那里，接不上儿子的话，看着儿子投过来的眼神里有着埋怨，有着痛苦。她一下子明白了，这么多年她担心的一天终于来了，却没有想到来得这么迅猛。

他带着母亲来到了病房，母子俩看着躺在病床上的人，脸色苍白，无怨无艾，这个世界的喜怒哀乐都被她抛弃在心外。心？其实现在对于她来说，她要是心能感应，他倒是觉得幸福的。他只想给她幸福，哪怕是一天也行。可是他不知道什么时候能感知他对她那份深沉的爱，他要向她道歉，也替他母亲道歉。母亲不懂她，倒是情有可原，可是自己对她曾经是这么了解，这么多年却对她误解，实在不该。他想要弥补她这么多年缺失的爱，不管她醒来后能否站立起来，他都要这么做，哪怕是离婚也要去弥补对她的爱。这是他对母亲说的，也是对她说，他不管母亲能否同意自己的决定，但是自己心意已决，这样说来只是告诉母亲一声而已。

母亲看了病人一眼："儿子，我以前不会同意她进欧阳家的门，现在更不会同意。我不能让她毁了我儿子的前程。"母亲的声音很冷，比这个病房的阴冷更是冷上三分。他也毫不让步："我只是告诉你一声，我已经不再是孩子，我的人生需要自己来决定，如果不是你这样自作主张毁我的爱情，我的生活不会这样毫无生机。"话语声中毫不让步。

"我可以帮你照顾她，直到她康复为止，但她不能成为欧阳家的女主人。"母亲的话里也没有商量的余地。"不劳您费心，交给谁我都不放心，尤其是您。"欧阳的声音里更是不容商量。母子间一阵激烈的争吵，被推门声所戛然而止。表姐一阵惊愕地看着他的母亲，只是歉意地笑了笑。

爱从那个
初夏开始
Ai cong na ge
chu xia kai shi

　　母子俩走出了病房，不愉而散。看着母亲走出病房后，他返回了病房，告诉表姐今天办理出院手续，让她好好收拾一下东西。他把她安排在同学空余的房子里，让表姐和表姐的女儿护理她。他每天一下班就会赶过来和她说说话，读一些她曾经喜欢的诗集给她听，曾经的香樟树下，石溪岸边，她就这样一遍遍朗诵给他听，如今他也要用这种她喜欢的方式读给她听，只希望她能懂。不管她是否真有意识，每次看到她的眼角留下的泪痕，他觉得她一定是知道的。

　　家中终于爆发了战争，父亲来找他，希望他能顾全大局，不要为一个不相干的女人毁自己的一生。他反问父亲，即使没有她的出现，他何曾过得幸福？多年前，他的一生早已经被另外两个女人给毁了。他现在只是想找回自己失却的爱情，也要帮她找回失忆的爱情，让两个人在这个世界相依相偎，在人生的寒冬里相互取暖罢了，希望父亲能理解他的心情。父亲无言以对。

　　那一天他下班匆匆赶回去，帮她做按摩，突然他的母亲来了，母亲近似于哀求地对他说："儿子，你可不要执迷不悟呀，床上的这位到现在还没有知觉，就算能醒来也不一定能痊愈呢，你难道愿意守着一个瘫子吗？家里的那位要上法庭去告你，说一定要让你身败名裂，扬言要让你付出沉重的代价才能放手。儿子呀，就算是妈错了，当初拆散你们，可是事情已经错了，就将错就错吧！妈真的愿意帮你弥补这个过错，可以向你保证，用心去照顾这位姑娘，但是你一定要回家去，行不？就算妈妈求求你，你也给妈一个弥补的机会。"在他的心里，母亲用这样的方式和他说话还是绝无仅有的，母亲都用这样的语气和他说话，他真的没有理由再和母亲强拗。他只是无声地帮她按摩着，她的手指在一点点地动，她的泪在一滴滴地流，他的泪也在顷刻间流了下来。母亲过来帮忙，轻轻地抚摸着这双满是老茧的手，老泪也一滴滴地滴落在这双老茧的手上。

表姐一向对这位高高在上的母亲心生厌恶，看到这一幕幕，心也不由得软了，劝说着母子俩："你们都回家去吧！我也是算明白了，你是个好人，也是她一辈子值得爱的男人，可是她没有这个福命，命太浅薄，就算你们结合也未必能幸福。命呀，是上天早已安排好了的。就算你们不能结合，但是她在你的心里能有这样的一个分量，她也该知足的。你们先回去了吧，和家里解释清楚，好好过日子。我在这里好生照看她，等她好一些我带她回去。"

在母亲苦苦哀求下，让他回家和家里认个错或者在家里待一阵子，在空歇也是可以过来看看，母亲还保证每天都过来和表姐一起照看她。他终于拗不过母亲回家去了。

家里端坐着父亲、老丈人和丈母娘，见他进来孩子就一头扑了进来，他紧紧抱着孩子的手。丈母娘和老丈人的脸阴冷着，他也不再是理会，父亲忙对他说："我们都等着你吃饭呢，你也太不懂事，岳父岳母来了，也不见你踪影，也不和长辈打个招呼。"他勉强和他们打了一声招呼，尽管他们的应声冷冷的。

宴席上，父母尽量和岳父缓和一下关系，尽量围绕着他和她之间的关系，对于他这阵子的行为谁都缄口无言。最后他在女儿的要求下和家里的那位举杯为和。

在母亲的好言劝说下，也在母亲的监督下，他终于回家了。每天一下班母亲就等在单位门口，母亲说一送他回家就去帮他照看病人，他也安稳地在家待了几天，虽然她也不出去玩，但是两人之间终究隔了一堵墙。他觉得她很陌生，他们之间早没有了他所向往的那种眷恋。我们之间能倾心相谈似乎是遥远的事情，那

爱从那个
Ai cong na ge
chu xia kai shi 初夏开始

个时候她是他科室的小护士，父母又是世交，其实他知道父母有意安排的，但是他不排斥这个开朗活泼的小妹妹。他们经常一起上下班，一起出去玩，她总是认真倾听他心里的烦忧，他也愿意听她那些稀奇古怪的事情，她就如一股新鲜的血液注入他的血液里，让他也开始鲜活起来。继而他们自然而然走在一起，结婚生子，她辞职做了全职太太，他们在一起的时间就少了，他忙着工作，她忙着交际，他上晚班回家，她还没有回家，孩子病了，保姆直接打的来医院，等孩子的点滴都打好了，她才姗姗来迟。他们之间没有了共同的话题，就如她说，她嫁给了他，圆了她和他父母的心愿。她说她需要自由的空间，谁说结婚的女人就应该守在家里呢？谁说孩子就是女人守着的呢？她说男人赚钱女人不想着花，那女人嫁给男人干吗？他对婚姻不是失望，而是绝望了。反正他最爱的女人已经远离他而去，和谁结婚已经不重要，怎么样的婚姻他也是无所谓了。

在他的生命里唯一让他拼命地活着的理由就是这些病患者，看着他们在生命线苦苦挣扎，而他可以用手中的手术刀把命从阎王殿里拉回来。病患者临走时的目光流露出的感激万分，这让他很欣慰，觉得自己的活着能让更多的人活着，他觉得很有意义。他把自己所有的时间都用在了课题研究上，有人说情场失意商场得意，也许说的是有道理的，爱情和婚姻不顺，就只能在事业上拼命工作。

这样的一对夫妻除了孩子再也没有任何交集，可是孩子却是他们之间的一座桥梁，其实她也知道他最舍不得孩子，而他也明白如果真要离婚她是不会把孩子给他的，孩子成了她手中的砝码。所以他想要离婚的想法总是在萌生阶段就被切断了，她才这样肆无忌惮地我行我素。

如今她的出现，切断的想法又重新盘旋在脑海中。他觉得自己不能再这样优柔寡断了，他要给自己一个交代，也要给她一个交代。那天他根本不上班，在母亲看到他进入办公室后，母亲离开不久，他就离开了单位直奔去那个让他牵肠挂肚的地方。

一开门进去，一屋子的冷清。他的心一揪，一个箭步就推开卧室的门，屋子里空空的，他傻眼了，母亲不是说，一直都帮他照看她的吗？怎么人都走了？也不和他说一声，她去哪里了呢？此时对母亲的恨意多了一层，说不定就是她赶走的，一定说了什么难听的话，她表姐承受不了才带着她离开的。

她走了，又一次走出了他的生活，他只在桌子上看到了她写的信。原来他母亲第一次在她的病房说的那些话，她就已经有知觉了，只是无法睁开眼睛，她也不愿意让他们知道她有知觉，她只想能下地走了，就悄悄地走掉，后来他母亲第二次来他朋友的小屋，说的那番话，她已经听到很清楚了，她知道他们今生无缘，自己不能去连累他了，他已经是个孩子的父亲，就算是她爱他，她也不能让一个无辜的孩子缺失父爱，更不能让他对孩子有愧疚，一辈子活在自责中。正因为爱他，所以一定要让他幸福，她只能又一次选择逃离，心甘情愿做一个逃兵。她给他的留言："你不用再来找我，我也不会再出现你的面前，为了年幼的孩子和逐渐老迈的父母，你一定要宽容地对待生活，宽容对待你身边的每一个人。古人金言：百年修得同船渡，千年修得共枕眠。今生我虽与你相爱，能在人生的长河中共同相依坐过一趟船，而她却能与你共枕眠，那就说明我的前世没有修好，而她的前生却为了你做了很多很多，所以你也要还她今生。我相信人生是有因果，我把我的今生还她，今生我甘愿受罚，来生我一定要与你同渡船、共枕眠。亲爱的，请允许我最后一次说一声我爱你，正因为我爱你，

爱从那个
AI cong na ge
chu xia kai shi 初夏开始

我才不能让你生活在两难之中。如果你也真爱我，一定要好好生活，好好对待身边的每一个人。"

泪水早已经湿透了钢笔墨水的字迹，他的心如刀绞，一步一踉跄走下楼梯。走出小区的门口，他大声地呼喊着她的名字，可是声声回荡却无回音。也许她已经在某个车站或者某趟列车正走在她人生的下一个驿站。不知谁家的窗口飘出了一段哀怨的音乐，也许这世上还有很多和他一样心在低谷，正如这段如泣如诉的歌：都说有情人皆成眷属，为什么银河岸隔断双星，虽有灵犀一点通，却落得劳燕分飞各西东，早知春梦终成空，恨重重，怨重重，人间最苦是情种，一步步追不回那离人影，一声声诉不尽未了情……

人生若只如初见

清霜醉枫叶的景致谁都会醉在这满山的红艳中。金秋时节蔚为壮观的莫过于那漫山遍野的鲜活如火的殷红。就这么无拘无束地红遍山头，那么任性，那么唯我独尊。看万山红遍，如红波涌动，如烈焰燃烧着深秋的山野，铺天盖地的红，是如此的霸气，是如此的壮观！但在凌静的眼里，却觉得这一片丹枫如血染山谷，是呀，太祖父当年和他的战友们与日寇血拼，日寇一个个死在山崖下，太祖父和他的战友们血染山野，在枫叶如血的时候壮烈牺牲在这片枫树下。在凌静懂事以后，祖父带着她来这里看满山红叶，后来祖父老迈得走不动了，父亲带着她一起来，慢慢地知道来这里并不只是看枫叶，而是来这里凭吊先祖。再后来，父亲因交通事故，腿脚受伤，不能再来，每年的红枫如霞，她会选一个清朗的周末，独自来这里走走转转。

因四年大学远方求学而没有来看红叶，这一年比以往的时间要早些来了，似乎在她的心里有着千丝万缕的牵挂。那也是一个红枫似火的周末，凌静又来到了这里，她和以前一样的学生装扮，

爱从那个
Ai cong na ge
chu xia kai shi 初夏开始

一个白色帆布背包，脚穿一双白色运动鞋，白色的运动服，高高的马尾一走一甩，红焰之中一点白，在一片红焰之中，她成了重中之重的白色。四年没来，却有着很大的变化，原本只是本地人来转转，有些人是来山林中砍树的，或者来山上采草药的。但此时来的大都是游客，都冲着这片红艳似火的枫林而来。有登山的驴友队，有扛着"长枪短炮"的摄影大队，她在枫树下的凝思，她在枫道中的漫步，以至于她的一颦一笑中，都被"长枪短炮"咔擦咔擦定格在镜头中。

累了，她走进凉亭，在凉亭的一角坐了下来，闭上双眸安静地养神，窸窸窣窣，她不用睁开眼睛都知道，有人进来，又有人进来了，她想离开，可是疲倦袭上满身，她摒弃所有的杂念，无关乎别人的打扰，自己安静怡神吧。"咳、咳、咳……"她听到一阵紧似一阵的咳嗽声，是一位老人！她终于睁开疲惫的双眼。一位白发苍苍的老人，拄着拐杖弓着背站在凉亭的中间，她扫了一圈，凉亭的石凳上都坐满了人。她赶忙站起来，把老人扶到自己的座位上，然后冲老人微微一笑，踱步走出了凉亭。悠悠然漫步在山道上，任由山风吹散起缕缕长发，她伸手取下发夹，重新别在耳际。

"如果把两边的头发编成辫子，然后在脑后扎一起，把发夹别上去，这样一定很美。"一个声音从身后传来，凌静回首愣愣地看着身后这个陌生的男人。对方站在一丈之外，只是侧头笑着望着她，不敢近前。"冒昧了，我是来这里赏枫的。因为刚才看到你给老人让座，令人敬佩，没想到，你不仅人长得漂亮，内心也是如此的美，所以就跟了你一段路。"面对一个陌生人赞美，在一个没有安全可言的山上，她除了戒备还是戒备，后退了一步再后退了一步，一声："小心！"说时迟那时快，一个拦腰横抱把她抱在空中，然后被轻轻放在平坦的山头。"对不起，我可能让你误会，我不是故意跟踪你的，真的对你有敬佩之心，如果让你感到不安，我立刻离开。"这几分钟的时间令凌静突然有些炫目，她看看自己刚才站的地方，后退几步，再后退几步，那不是跌落的悬崖吗？她有些战战兢兢地站起来，往刚才的地方一站，再望望山下，天呀，这一下去还不粉身碎骨吗？

她望着他远去的背影，心里不禁有些内疚，人说防人之心不可无，但这个世界上并不是人人都要防的，不然这个世界就隔着一堵人墙，还有温暖可言吗？可是自己刚才面对一个带着笑容的人走向自己，可自己不说泼了人家一身冷水，简直给了人家一身冰水。

凌静不禁对自己刚才的举止有些不满意，太小人之心了。想着想着，她神情暗伤踱步走在山道上。她漫不经心捡拾起地上的几片枫叶，又不自在地踢了几脚小石子，仿佛也不能原谅刚才的自己。

太阳西斜，金秋的红日不再是那么耀眼，人们陆陆续续地下山了，凌静也万分留恋地一步步走下山去，没有任何一次像今日这般脚步的沉重。此时的她自己也不知道是为刚才的举止后悔，还是对这个男人的歉疚，她只有一个念头，如果这个男人能再次站在她的面前，她肯定毫不迟疑地向他道歉的，可是他已经走了，不知名姓不知从何方来，人生就是阴差阳错，在人家想认识她的时候，她拒人于千里之外，此刻人家离去，却是如此想认识他。

她终于登上了回城的汽车，在她刚挤上车时，车就开动，她靠着旁边的座位摇摇晃晃地走向最后一排，走向最后一排，也只有最后一排还有一个空位子。当她在空位子上坐下时，发现旁边坐着的先生就是刚才她非常想念的人，可是这个时候，他很安静

爱从那个
Ai cong na ge
chu xia kai shi 初夏开始

地坐在自己的座位上看着一本新书，头都没有抬起来看她一眼。她故意咳嗽几声，人家依然看他的书，连斜她一眼的机会都不给。凌静觉得很歉疚的，人家也许真的生气了，自己也不该这么小家子气，随意都把人想得那么坏。

凌静的心里千万遍演练着如何去和他道歉，但总是不够有胆量。这个时候的凌静心里是千般地后悔，她不知道该如何开口，尽管后悔，但还是不愿意厚脸皮和他打招呼，也许她向来就是个薄面皮的人。算了吧，既然人家都不愿意去理她，她闭上双眸养神。今天起得太早，然后爬山太累，这个时候安静坐下来，困顿就立马袭上身来，加上颠簸中的车不停地摇晃着，不知不觉进入了梦乡。等她醒来时，已经回到城里，城市的灯光一片灿烂。但是凌静发现自己的身上多了一件黑色的外套。她扭头一看，他身上的外套不见了，只穿着一件浅蓝色衬衣歪着头睡着，两手抱着身子。凌静的内心一暖，眼眶润湿了，极力地抑制着自己的情感，硬生生地把溢出的泪逼回去。她小心地脱下外套，轻悄悄地披回那个男人的身上。尽管动作轻微，还是惊醒了看似熟睡的男人，也许他根本未曾睡去，只是闭目养神而已。一朵红云正悄悄地飞上凌静的双颊，慢慢在脸上荡漾开去，一直红到耳根。一声对不起轻轻地从凌静的嘴里吐了出来，再说一声真的对不起，泪水就这样不争气地流了下来。男人笑了，说道："不就是一件衣服，至于流泪吗？看你睡着了，穿得这么单薄，女孩子不禁冻，就冒昧给你衣服，我还担心你醒来给我一巴掌呢，没想到赚了你眼泪，我真是赚了。"这几句话说得凌静扑哧一笑："你就这样损我呀，刚才真是误会，现在向你真诚道歉。"

男孩名叫吴明轩，比凌静大两岁，是一个机关人员，父亲早亡，母亲和哥哥供养他上完大学，然而他也很争气，成为村里唯一一位大学生公务员。他明白母亲这些年过得不容易，他希望找一个像凌静这样善良懂事的好姑娘，第一次看到凌静给老人让座，他就特别欣赏这位姑娘。特别想认识她，当凌静误会他的时候，他很伤心，但心里却是更加喜欢她的纯净。喜欢归喜欢，欣赏归欣赏，但人家不愿意他的接近，他也只好作罢。却不料上天给了他一个机会，又让凌静坐在他的身边。看着她睡去的样子也是那么好看，又看着她蜷缩的身子有些心疼，不知不觉就把外套披在她的身上了。然后这一个举动却出乎他的意料，凌静完全和先前的排斥是完全不一样的态度，而且还道歉着，吴明轩此时的心情激动不已，就如捡到了失而复得的宝贝。

误会消除，年轻人的话题就多了，想到什么就说什么，不知不觉就到了车站。临别之际，凌静给了男孩一个学校的地址，男孩也给了凌静一个单位的地址。

鸿雁传书成了二人之间必不可缺的心灵交融。转眼间，凌静就到了毕业之际，吴明轩希望凌静考公务员，一同上班一同发展，而凌静的想法却是不一样，她自小就喜欢当老师，她来自农村希望回到农村去。在她的印象里，曾经一位很漂亮的城里老师教过她小学一年级，所以她的拼音还不至于太差，后来一直到初中毕业的老师，都是一些老教师，她觉得农村更需要优秀老师，她觉得农村的孩子更应该受到上等的教育。所以她的愿望是希望回到农村去，做一个农村的文化传播人，当一座温实的文化桥梁。吴明轩的心里尽管不是很愿意，但还是支持，他觉得她待一两年，生活不方便，到时候她自然愿意回城里，到时候凭自己在机关工作，还不是一两句话或者请吃一顿饭就解决了的吗？

凌静在农村的一个中学安定下了，因为刚参加工作，特别认真也特别忙，等过了半个学期之后，凌静终于可以腾出时间去城

爱从那个
Ai cong na ge
chu xia kai shi 初夏开始

里和吴明轩约会。一个周末，吴明轩带她回家，正式见过家里母亲，他想母亲一定会尊重他的选择，更何况，凌静是个特别懂事的女孩子，可是事与愿违，母亲坚决不同意，理由是她是个乡下丫头，不能成为吴家的媳妇，吴家的媳妇要找一个城里工作的姑娘。这一下给了吴明轩当头一棒，自从父亲亡故，母亲含辛茹苦养他成人，母亲的话从来不敢违背，可今日母亲对他的感情的否定让他难以接受，可最后他还是屈服了母亲的威严。

他无法告诉凌静母亲的决裂，当他再次面对凌静之时，闷坐在椅子上一言不发的时候，凌静明白了，尽管他不愿意说，她一语中的。她望着窗外幽幽吐出一句话："我不会为难你的，我们分手吧。"他突然跪在她的面前，流着泪说："给我一些时间吧，等我慢慢说服母亲。"面对凌静，他实在很难做出分手的决定，他完全动摇了在家时的想法和决定。凌静早已经住在他的心灵深处，这两个他深爱的女人，他一时无法割舍，可是母亲的决裂，又让他陷进两难之中。

凌静忙着工作，很少联系吴明轩，她也明显感觉到他的感情有些冷淡了，她理解他，每个人都有选择的权利，就如她当初不听他的话，坚持回农村。她又在想，如果她真的在城里工作，他妈妈就真的能接受她吗？如果他真心爱她，也应该能坚持自己的爱，如果坚持不了爱，也不是真心的爱。凌静想明白，为这份爱情冷静下来。她不去主动联系，她静观着他对她的感情有多深厚。终于有一天，他告诉她，他去相亲了，是领导的一个亲戚，在城里工作的一位姑娘。这句话就这样击碎了她的梦，她终于相信他们的缘分浅薄，只是没有想到这么浅薄。

一直到后来，她遇见他的同学，才知他为着这份感情和母亲做过一番斗争的，而最后母亲跪在地上不起，他才不得不痛苦地答应母亲断了这份念想，放弃这个他曾经爱过的姑娘。她听完这段话，什么也没有说，只是笑了笑："每个人都有自己的选择，我尊重他的选择，衷心祝福他。"之后，他们就再也没有见过，也从来不去打听他的消息。她只知道他结婚了，他也升官了，他调到另一座城市了。

　　一切的一切就这样结束了，人生就是这样的残酷，在现实的生活中，世俗偏见、门当户对还是存在的，她不怪任何人，不怨恨任何人，每个人都有自己的生活轨迹。这么多年过去了，她也结婚了，她也是一个孩子的妈了，先生对她一直都很好，不说把她当做手心里的宝，但她也是家中绝对的领导地位。她过着这样平静的生活，一年过着一年，她仍然会在深秋时节来这个红枫满山的地方转转，有时候也会驻足在当年这个她差点掉下山崖的地方许久许久，她自己也想不明白，到底在等什么？只是每次都会不由自己来这里。

　　"这个地方就是当年血拼日寇的地方，七勇士全在这里和日寇同归于尽，特别是李连长，肠子都被敌人刺挂出来，还杀了五个日寇呢！"李连长就是凌静的太祖，谁在这里介绍？这声音何以这样熟悉呢？凌静回头望，只见身后站着一行人，她的眼睛突然停留在中间一人的身上，她一时有些恍惚，头昏目眩，身子有些摇晃，恍惚之中感觉有人抱住她的腰。

　　"怎么了？你不舒服吗？"这一声轻轻地问，如一缕春风吹进心里，温暖了她冰冷的心。她回眸一望，望见了一双带着探寻的眼睛，这眼神充满着关切。

　　"对不起！"她慌忙推开他的手，站直身子慌忙从人旁逃走了。

　　"吴处长，你认识她？"

　　"不……不认识。"她站住了，回头扫了众人一眼，他也直

爱从那个
Ai cong na ge
chu xia kai shi 初夏开始

愣愣地望着她，只是和刚才的表情是完全不一样的严肃与冷漠。不认识？不认识？对！是不认识！她何曾见过这样一副冷漠的神情呢？可是刚才又何苦装出这么关切呢？她有些自嘲地笑了一声，走了。对呀，有些事，有些人是不能永驻在心中，该走的时候就得走的。

凌静在路口等车，还有最后一趟车，看了看表，还有二十分钟，这趟车就会经过这里的。一辆黑色的奥迪车慢悠悠从她身前停下，车门打开了，他走了出来，站在她一步之处对她说："上车吧。"凌静没有说话，也没有挪动脚步，还是静静地站立着。

"别生气，刚才都是领导，今年不是抗战70周年吗？领导说想来这里考察，因为我来过这里，所以由我带队，但是这么多的领导在，我不能随便说。"

"对不起，先生，你认错人了。"凌静直愣愣看着他，也是一脸严肃，不容人靠近。

"凌静，别生气，好吗？我知道我对不起你，这辈子令我最愧疚的事情就是伤了你，十三年来，我一直不能原谅自己，今日当着这么多人的面还是伤你，可是我身处职位无法做最真的自己，刚才的领导中有一位是我老丈人的战友，我不能害了你。"

一番忏悔的话触动凌静心里最柔软的话，十三年，十三年？人生何来十三年？十三年中多少个深沉的黑夜里，梦醒之后的泪湿枕巾。他永远只是在她的梦里出现，她以为这辈子再也见不到他了，没料想今日却是重逢在这里。

吴明轩上前开车门，拍了一下她的肩膀，接过她手中的提包，她坐在副驾驶上，他把包放在她的膝盖上，轻轻带上门。他打开音乐，"当花瓣离开花朵，暗香残留，香消在风起雨后，无人来嗅，如果爱告诉我走下去，我会拼到爱尽头，心若在灿烂中死去，爱会在灰烬里重生，难忘缠绵细语时……"当年《金粉世家》刚播出，她特别喜欢这首歌的旋律和这首歌的歌词，他为了学会这首歌，每次约会时，她依着他，他就会轻轻哼着这首歌，她总是笑着说，比沙宝亮唱得还专业。今日再听着这首歌，她似乎觉得有些刺耳，《金粉世家》这部小说，是张恨水描写乱世里的人生，浮华背后的苍凉。沙宝亮用华丽婉转，却暗藏凄凉、孤寂的旋律，恰到好处地烘托出全剧"凄美"的意境。盛世繁华，转眼就成过眼烟云，非经历过如此人生者，怎解得出此中真味。凌静就如剧中的清秋那么安静，只是比清秋多了一份沉稳和平实。她现在不清楚坐在他旁边的人是否和剧中的燕西一样，在繁华与热闹中还能否保存着自己。靠着软垫，她闭上双眸，泪从她的眼角轻轻滑落，是为剧中的燕西与清秋悲情的难过，还是为自己的人生呢？她在问自己的心。

夜色黯然，车进入城郊，马上就要到家了，凌静的心里突突地跳着，此时的她，说不清的纠结，想马上回家，还是不愿意回家呢？突然有些矛盾。就在她的矛盾之中，车停了下来。

"你饿了吧？先吃饭吧。"他温柔地望着她，眼睛里满是探寻，等着她的答案。

她没有回应，咬着嘴唇，她迟疑了一下，她似乎看见了女儿那双殷切的目光。她想马上见到孩子，回家吧。她抬起头来正想说回家。

"去吃碗姜汤面吧！这是你最喜欢吃的面条。"他还记得她喜欢吃姜汤面，但那是以前，以前冬天衣服单薄，她有些心寒，吃碗姜汤面御寒，身寒也是心寒。但是如今她怕上火，好多年都没有吃过姜汤面了，今日他竟然请她吃姜汤面？她正迎上他的目光，和十三年前的目光是一样的温柔，柔化了她心中所有的冷，硬生生把想说的话逼迫回去，她终于点点头。

两碗热腾腾的姜汤面已经端上桌了，上面也是两个荷包蛋，只是和十三年前不一样的是，当年他们会把这蛋悄悄夹给对方，只希望对方多吃点，可今日却再也找不回这样的温情了，他们的中间已经隔着一层不可拆卸的石墙。在职场顺风顺水的他，她想他还能是当年的那个他吗？就算是，又能怎么样呢？他已经不属于她的了。

电话铃声不断响起，他看了一眼电话，急匆匆去外面接听电话了。她看到屏幕上出现的两个字"老婆"，透过玻璃窗看着他一边说着一边笑着，这是多么温馨的电话，看得出来，他爱着电话那端的她。

凌静放下筷子，刚才觉得饿，此时的她一点也没有感觉了。一切都已经变了，十三年过去，景物全非，更何况人呢？人心当然会随着时间环境而变的。

"咦！你怎么不吃了呢？"他望着她。她说："我不饿。"

"这么长时间过去了，你怎么会不饿的呢？"他还是望着她

她低着头，一滴泪从她的脸颊上滚落下来。他抽出餐巾纸帮她拭去脸上的泪痕。

"对不起。我这辈子最不可原谅我自己，就是伤了你，我现在有能力偿还你，只有你开口，我都会满足你的要求。"她睁大眼睛看着他，偿还？怎么来偿还呢？偿还她的青春？还是偿还她的幸福？人生没有回头路，怎么来偿还？

"只要你不干涉我的婚姻，只要你能原谅我，你不管是工作调动还是经济，我都可以去弥补你。"他直愣愣看着她，等待着她的回答。

"你这么做算是交易吗？你凭什么来和我做这样的一笔交易

呢？"她也是这样直愣愣地看着他。

"你想多了。我们之间还用得着交易吗？我只为爱你，你是我最爱的一个女人，我不愿意你受委屈。"

电话铃声又打断了他的话，他又想起身拿手机。她突然说，接吧，不用去外面了，外面冷。他迟疑了一下接通了电话，电话里传来小女孩的声音："爸爸，你什么时候回家呀？你不是说晚上回来带我和妈妈逛商场的吗？怎么说话不算话呀？"他看了她一眼："晚上有个宴会回不去了，明天晚上陪你和妈妈去逛商场，好不好？"

她看到他说话时的深情和温柔，这才是真实的他，他是个孩子的父亲，而这个孩子和她是没有血缘关系的，或者说和她还是对立面的。她突然觉得自己有种负罪感，对孩子，不，是俩孩子。此时的她，突然想念起家中的女儿，多想抱她入怀，只有她才是她活下去的理由。

她看到他说着说着就笑了，笑得是那么开心，这种开心是发自内心的。她突然看到了他的手机背面贴着一张小照片，里面有一张照片，三口之家甜甜蜜蜜，孩子分别揽着父母的肩膀，开心地笑着。

她明白了，现在的她和他只是两条平行线，永远都不会有交叉点了。人生和她开了一个玩笑，这玩笑注定痛她一辈子。可今日她已经明白了，她不再是当初的她了，他也不再是当年的他了。人生若只如初见，一切往事只为红尘一笑，初见时的温情美好一切皆抛。她需要过好自己最真的每一天。她轻悄悄起身走出大门，头也不回地走了，走得不再有牵挂，永远都不会有牵挂了。

爱从那个
I cong na ge
chu xia kai shi 初夏开始

相逢何必曾相识

　　街道两旁的法国梧桐树上的叶儿纷纷飞离了树儿，似一只只翩然起舞的黄蝶儿。秋风一阵紧似一阵，叶儿纷然飘舞着。街面上铺了一层黄地毯，那一路金黄，顿时让人想起结婚时的红地毯。一路漫步，一路前行，却发现这条街上还有几棵血皮槭，深秋的清晨竟然有那么一片红艳的树摇曳着，梅加快步伐往前去，不由得伸手去接住一片正随风坠落的叶片，她端详着叶儿的茎脉通红，似那人体内的血脉相连。梅的手里捏着这一片叶儿，也如注入一股新的血液沸腾着，这一抹嫣红令她如此的醉心。她觉得脚步是如此的轻快，觉得自己轻盈地飞起来了。

　　当她听到领导说让她来这座城市参加学术研讨会时，她就觉得自己按捺不住胸膛里那一颗跳动的心。她在心里盼望了多少年，却又却步了多少年。她明明知晓这是宿命，上天不会对她有一丝的垂爱，她想忘掉，可这丝念想却总是在心头升腾着。她也想过，这么多年过去了，还能认出对方吗？再说这么大的一座城市，就算是在同一个街头出现，就能真的碰面吗？上天既然是这么安排宿命，总不会再一次残酷地对她吧。她是这样想着，可还是这样盼望着，不然为何对这座城市念念不忘呢？为何一听说要去这个心底记着却又想抹去的地方是那么的激动呢？为何在清冷的大清早，她是这么兴奋地走出温暖的房间呢？她似乎在祈盼着，祈盼着那一个在心底里珍藏着近二十年的影子。

"哐当"一声巨响从耳边响起，她打了一个战栗。循声望去，只见一辆三轮车幢了一棵血皮槭的树上，顿时抖落了一地的红色，一个老太太倒在了那一地的嫣红中。梅快步上前去，那一地嫣红里还有一摊鲜红的血液，老人受伤了。此时上来的还有一个姑娘和一个中年男子，他们一起上前来帮忙，却发现老人的额头是如此的烫人，原来她发烧了。也许是病痛正折磨着她，让她一时眼前漆黑撞上了这棵树了。此时的老人正在昏迷中，中年男人说坐他的车送老太太去医院吧，正好是他上班的路中，于是她和小姑娘一起送老人去医院。到了医院，中年男子开车走了，小姑娘看守着老人，梅去挂号。

正当她挂好了号回转身时，却发现有个人定定地看着她，她抬头凝视，却有着这么一瞬间的恍惚。她张了张嘴，想说却没有说出来，上牙咬住了下唇，只觉得一丝疼痛在心头，泪还是不争气地流了下来。她突然看到手中的挂号单，瞬间的理智让她快速离开。她悄悄拭去泪痕，和小姑娘一起扶着老人走进了急诊室。

等一切就绪，警察来了，寻遍了老人身上所有的口袋，也没有找出一张能证明她身份的东西。警察也很无奈，说只能等老人醒来才能去问她了。梅一看表，她参加的学术研讨会时间已经开始了，她一时有些急，正当她边整理包便转身往外走的时候，一双大手拉住了。她看到一双焦急的眼睛，说着："我送你去。"她没有多说，她知道他已经站在门口多时了，她和警察说的话，

爱从那个
Ai cong na ge
chu xia kai shi 初夏开始

他应该都听去了。她明明不想再和他有什么瓜葛，可她的心还是随着他而去。她跟在他的后面，但始终没有勇气抬起头看一下他的背影，无论这背影是否一如当年的这般挺拔与伟岸，如今都不再是属于她的背影了。

一路上，他紧握方向盘，始终没有说一句话。整整二十年的分别，多少次有寻她的念想，曾多次去浙江出差，总想着去看望一下她，是否过得安然，却又怕打扰她的生活，终究是打消了这个念头，做梦都没有想到今日会在这里不期而遇。她坐在副驾驶室里，凝视道路两旁的风景，始终没有看他一眼。整整二十年，这座城、这个人一直住在她的心底里，她多次曾在梦里寻找着他远去的背影，拉却拉不住，今日他竟坐在她的身旁，她伸不出手去，也是无言可诉。时隔二十个春秋，他们都经历了人生最艰难的征程，早已是两条平行线，没有任何的交集点。近在咫尺，却不知用什么有声言语来打开这个意外的相逢。

学术研讨会结束已近正午，她匆匆走出大厅，准备趁午休时间去医院看一下老太太，看一下老太太的家属是否找到了。当她正步履匆匆走下医院大门口时，看到那个身影正靠着车向她挥挥手。在他摘下眼镜的同时，她已近到他的跟前，这个时候她看清他这张经常在梦里闪现的脸庞。眼角已出现微小的鱼尾纹了，但二十年的沧桑已经褪尽了稚嫩，澄澈的双眸里有着难以诉说的孤独，从那双瞳里投递过来的目光，却也难掩一丝喜悦。他只笑了笑，打开了车门，待她坐定，轻轻地关好。

他一边开车一边说，警察已经查明老太太的身份，她有个儿子经营一个服装店，老太太昨晚有些感冒大清早起来准备去药店买药，结果头一昏就撞在了大树上，他儿子说想晚上请你和那个女孩一起吃顿饭的，到时候把你垫的医药费还你。我知道你结束后一定是想知道这些内容，现在都已经知晓了，是直接去医院还是去慰劳肚子？他的这番话打破二十年后尴尬的相逢，这个时候她突然想起自己连早餐都没有吃，不说还没有感觉，这一说倒是觉得肚子咕噜咕噜闹革命了，笑着说："今天还未慰劳过肚子，这一餐我要吃两份的。"他笑着说："你就是吃两份也没有我一份吃的多。但是今后不允许这样虐待自己，这样身体可承受不了的，你本来身体就弱。你经常挂在嘴边的一句话，身体是革命的本钱。"眼睛湿润了，他还记得她的身体弱，他还记得她经常说的一句话。但却已是人非昔人，他们的中间有一条无法逾越的沟壑了。

他们走进一家餐厅，在靠窗的那张桌子上坐定，他帮她拉好了椅子，帮她挂好了披肩和皮包。他帮她要了一壶菊花茶，他永远都记着她是最喜欢菊花茶，她喜欢在那清水中舒展的菊瓣，比开在菊枝上更是温润、婉约。她喜欢菊花飘散出来的氤氲清逸的香气，她喜欢菊的淡定、淳朴，正如她的人一样恬淡如菊。她喝着这一杯温润的菊花茶，她的双眸已经蒙上了一层泪帘。这个世界上能知晓她这个嗜好的就唯有他，能读懂她心里想法的人也是他，既然他都知道，为何当初他就这样离她而去呢？他难道就没有想过她会怎样来承受这份苦痛吗？

那一年她18岁，背上行囊踏上远行的列车，成了村里唯一的女大学生，她发誓一定要用最优异的成绩来报答终日面朝泥土劳作的父母的栽培之恩，父母用稻谷换来的钱，甚至用卖鸡蛋得来的钱给她交学费，生活费。因而她发誓要让父母过上好日子，于是她一直都是拼尽全力来学习的。当她迈进校门时，同学们都觉得考上了大学就是有了铁饭碗，他们都是想着怎样去交朋友了，怎么去玩遍这个城市的名胜。而她还想着她是农村的孩子，父母

爱从那个
I cong na ge
chu xia kai shi 初夏开始

给不了她的未来，她无权无势，她只有靠自己的能力在这个社会中立足。她如今能做的就是要多学知识，要用真知来改变自己这个寒门之女的未来。

她每天是三点式，教室、宿舍还有就是图书馆，每次一进图书馆一待就是一整天。一次时近傍晚，图书馆里只剩下几个人了，等她从图书馆出来的时候才发觉天下着大雨。她望着灰暗的天空，豆大的雨帘，再看看形单影只的自己，突然觉得自己与这座城市是那样的格格不入。一滴清泪从她的眸中滴落在她的手上，是那样的冰冷，正如同她此刻的心是那样的冷。正在这个时候，她突然觉得有东西塞进她的手里，她抬眸一望，一个俊朗的男生，明眸皓齿，一道剑眉更衬托得他是那样的端正有致。她不认识这个人，但他正把一把伞放在她的手心里，她下意识地缩了一下手。他说也是这个学校，也经常来这个图书馆找资料，每次来都看到她在图书馆看书。他今天是来找一份资料，刚来不久，他料定她也在，所以来的时候就带了两把伞过来，他说下次来的时候可以还他伞，要是他不在就放在图书馆大门的背后，他会去找的。她听着他的话，想拒绝，却又找不出理由来，而且此时的她确实需要这把伞。她笑了笑算是回答了，她撑开伞走进雨幕中。然后她也回头看见他从另一个方向消失在茫茫的雨帘里。

他们就算是这样认识了，每次在图书馆碰面都会用无声的语言来向对方问候，一个眼神，一个微笑，或者一个点头，彼此都能心领神会。有时候就坐在同一张桌上看书，一看就是近几个小时。或许因为身边有伴，不觉得孤单。几个月过去了，他似乎就成了她的保护神，她也似乎只有看到他，才觉得心里踏实多了。

又一个星期六，正看得入神，她突然感觉肚子绞痛得如同插了一把刀子，豆大的汗珠冒了出来，湿透了她的内衣。这个时候她正看到他进来，于是她拉住他的衣服。他只瞄一眼就急急抱起了她，步履匆匆送她进了学院的医护室，然后医护人员断诊，是阑尾炎，需要进医院做手术。

她住院期间，他是真的寸步不离呀。她有些羞涩，可是她在这个陌生的城市里又有谁如他这般的关心照顾她呢？他也没有对她有什么不礼之举，她觉得对于他还是放心的。从心里更认定他是一个有责任心，一个可以托付终身的人。

出院后，她的心里似乎对他多了一丝的牵挂，梦里常是他的影子。她在灯下在无人的地方终于拿起了两根棒针，织起了她平生的第一条围巾，那是她静心用爱织起来的围巾，绵绵密密，萦萦绕绕的一圈圈正如她对他的牵挂。那一年她20岁了，正上大二，他23岁，正上大四，过了这个冬，他就去实习了，然后就毕业工作了。

但围巾送至他手中的时候，他摸到她冻麻的双手冰冷，他的心里有一丝的疼痛。他把她的手放进自己的胸怀里揉搓着，把她娇小的身子拥进自己的怀里。他希望自己能成为她一辈子的保护神，希望她一辈子都不受冷。

爱情是个魔术师，把她变成一个开朗爱说话的天使，同学们明白她恋爱了。她是恋爱了，她觉得自己的整个世界都是明朗的。

终于到了他毕业的时候，他回到了西部的家乡，她依然为学习拼命着，不知不觉也到了毕业，他希望她去他的家乡，而她想起父母有些微弓的背影，家乡的父母需要她，远方的他也需要她，她不知道该如何抉择。就在这个时候，家里来信了，说父亲最近身体不好，如学校放假立马回去。看到这封信，她回去了，他的心痛了。等了她两年，盼了她两年，她还是选择了亲情。

他成亲了，但新娘不是她。他结婚的那个晚上，梅去了小镇

爱从那个
初夏开始
Ai cong na ge
chu xia kai shi

上的酒吧，一杯连着一杯，醉了，她步履踉跄地来到河边，她坐在河堤上想着他们认识的点点滴滴，她以为他会牵着她的手走进婚姻的殿堂，可最终还是离她而去。她埋下头哭了，哭得是那样的伤心欲绝，她突然觉得自己整个世界都暗了。一双手按在她抖动的双肩，她迎上了母亲那双关切的眼神。

她一直单身，迈进了大龄剩女的行列，最后在父母的硬逼下成了家，有了一对可爱的龙凤胎。丈夫是一个机关干部，对她还算宠爱，家里的事总是抢着做，很少让她受委屈，只要她开心都会满足她的要求。但于此她还是觉得心里缺失了一块，远方的那个他依然住在她心底的最深处。

她想忘了他，可用了二十年的光阴依然是珍藏着他。她无数次想去寻找他，今日他终于就坐在她的对面。可她又不知该从何说起，问他的婚姻吗？他不是早结婚了吗？问他孩子嘛？他早她这么多年结婚，孩子一定上高中了，那问他事业吗？他开着一辆宝马的车，事业还能差到哪里去？那还能说什么呢？难道说她想了他二十年吗？他有家庭，她的家里也有孩子，都有家室的人还能谈这些吗？她突然觉得自己变得很笨，找不到可以交流的语言了，低头沉闷不语就喝着菊花茶。

"我想你这些年一定过得很好，因为我看你的精神很好，与当年相比只是成熟了一些，但比当年要自信得多，也比当年有魅力多了。"他打开沉默的尴尬，直视着她。她笑了笑，未曾答言。看着他的眼睛，凝视着他从眼眸中放射出来的异光，看着看着，她的眼眸中又漫上一层水雾，慢慢地滚落如珠，这二十年的相思唯能化成泪千行呀，慢慢地她泣不成声。他默然递上一条手绢，雪白真丝手绢上有一支红梅，那一朵顶端的红梅稍大，她记得在绣花的时候不小心刺在手指上，顿时鲜血直流，滴在手绢上，她就绣了这么一朵大红梅。她是冬日出生，正好那晚院子的梅花绽放，所以就取名为梅。她没有想到餐巾纸随处飞的今日，他还带着这条梅花手绢。她手握着这条带着体温的丝帕，这体温一直暖到她的心坎里。

他告诉她，当年一是为了赌气结了婚，二也是考虑过两地太远，经济与时间在现实的面前消耗不起，没有想到这个世界的经济、交通发展到这样繁荣、便捷。赌气的婚姻生活一直不和谐，两人缺少语言的沟通，也缺少心灵的共鸣。后来有了孩子，为了孩子的教育问题更是常常吵架。离婚就成了必走的人生路，孩子判给他，但在18岁之前跟着母亲生活。他曾经找过她，给她写过几封信，但都石沉大海。就在他急着找她的那一年，她被父母拽着找对象，都被逼疯了。她也经常往外走，避开父母的逼婚。

他的手盖住了她的手，她的玉指绕着他厚厚的手掌，四目相对无言，但内心的交流已经足够有声语言了。菜上来了，全是她最爱吃的菜，他依然记得她的口味，嘴里嚼着菜，心里淌着甜。

傍晚时分，她从大厅匆匆出来，本来学术研讨会的成员有个晚宴，大家彼此熟识都得参加，但她还是走出了大厅，她觉得此时任何人都没有他重要，二十年的相思，今日上天安排让他们又重逢，她怎能错过呢？她只想和他共进晚餐，多和他说几句话，哪怕是多看一眼也好。

吃一顿晚饭用了近两个小时，其实她没有吃多少，本来她的食量就不大，一顿饭的时间差不多都是说着各自的工作和人生际遇，唯独不再说着各自的家庭。似乎都忘了二十年的分离，饭后他们漫步在江边，秋风掀起她的裙角，撩起她的长发，他为她披上了一件披肩。他牵着她的手，她靠着他的肩，就像一对热恋中的少年情侣。

爱从那个
初夏开始
Ai cong na ge
chu xia kai shi

"叮铃铃……"手机铃声响起，她忙缩回手，她知道是谁来的电话，是呀，她已经一整天没有给家里打过一个电话了，电话那端的人一定是着急了。她走上前几步，避开他回拨了电话。尽管她知道他听不懂她老家的方言，她是不能当着他的面给家里打电话。"你在那边还习惯吗？那边的饭菜还可口吗？你独自去那里可要注意安全。""妈妈，什么时候能回来呀？爸爸都想你了，晚饭时，爸爸还盛了你的饭呢，后来才想起你出差了。"听着女儿的话，她的心里突然有一丝的疼痛，这么多年家中的那个人默默为她做了那么多。可她的心里全被眼前这个人占满了，虽然她感觉到他对她还是有感情，可过了这么多年，他在他的家乡拼就了成功的事业，而她在东海之滨也有自己的一席之地，走在一起是不可能的。她怎能为了自己的私念，去伤害家中两个爱她的人呢？想到这里，二十年的那份思念，好像在突然之间就释然了。在她最孤独时候，是家里的人给了她一个温暖的胸怀，给了她一个温馨的家。也许他早就知道她心里的秘密，可他从来都没有冷落过她。此时她反而觉得自己有些颤抖，反而对家里是那么惦念着。当她再抬头看他时，迎上那双探寻的眼睛时，心反而平静了。他们已经是两个世界的人，她走向他说："我没有哥哥，今生有你这么个哥哥，觉得很高兴。"听到这句话，他陡然明白，他们的中间终究隔着千万重的山，他们都已经无法去跨越了，也许这是自己付出的代价，他衷心祝愿她一生幸福。

在她学术会结束的那天，在飞机场，他抑制不住泪流满面，她同样是泣不成声，在她的挥手之后消失在茫茫的人群中。他走出机场的大厅收到了一条短信：人生何处不相逢，相逢何必曾相识，愿君多珍重。

幸福在自己的手中搂着

当看到她的那一刻，我几乎是不敢相信这就是她，那个圆滚滚的腰身，似乎有六七个月身孕的孕妇。我呆立在道地下不敢向前迈进，她笑着招呼我："赶紧进来呀。"当看到那个笑容时我才肯定这就是她了，那个笑容依然和以前一般的灿烂。走近她，走近她，我更是不敢想象，比我还小三岁，40岁不到的人却已是半头花发。脑后盘着头发，可前半头的头发一半是白发，两眼角皱纹迭起，我有种想哭的感觉。

我们已经15年从未联系过，我不知我们失去联系的这几年她是怎么度过她艰难的人生。她原是我邻居的一个外亲侄女，在我们小镇上打工，借住在她堂姑妈家，她看见人总是微微一笑，不太和人答言。她很勤快，一下班就帮她姑妈家洗洗刷刷。那个时候我刚工作，就有很多空闲。也许我们年龄相仿，我和她打招呼，她就会来我家，每当晴天的黄昏后，我们就顺着马路走走，天南海北地聊着。她很小的时候父母就离异，父母都各自重组家庭，她跟随父亲，其实她都是一个人生活，父亲除了给她生活费一年

爱从那个
I cong na ge
chu xia kai shi 初夏开始

也见不了几次面，她初中毕业就到我们镇上的厂里做手工活。一天她告诉我，家里给她找了个男人，我问她喜欢吗？她没回答，只说人都要走这一步的，别的就不再说了，我也不好再问。记得最后见她就是在她的第一次婚礼上，我上完课匆匆赶去，她已经化好妆穿着大红的婚纱，那一天是她最美的一天。而我作为她的伴娘，婚礼整个过程我都陪伴在她的身旁。那一天我衷心为她祝福，我以为她从此过上幸福的生活，心不再飘零。却不知从那天开始却是她苦难的开端。

按农村风俗，我吃过第二天中饭才能走，那天早上在她那个新家，她就死死拉住我不放，希望我多陪伴她，与她多说说话，她说这陌生的地方，自己将来该怎么去生活。我说都成为一家人，他们会对你好的，你也把他们当家人对待，这就是我们说的最后的一些话。吃过中饭，我匆匆赶回学校上课，从此我们就不再有联系，那个时候我们都还没有买手机，我们都在各自的生活中忙碌着。后来听说她怀孕了，再后来听说她有了儿子，我想这下好了，有了孩子了，她是真正融入这个家庭了，我在心里为她高兴着。

后来我的工作更忙，挤着时间赶着日子，我也不再去想她了。后来我结婚了，想请她喝喜酒，可问了很多人却都不知道她的手机号，有人说她离婚了，我在心里是一惊，也许人家听错了呢。过了好几个月，她托人给我送来迟到的红包，她确实离婚了，然后又找了个男人。再后来有人说她生了个女儿，和男人去外地经商，从此就不再有她的消息。直到去年，有人告诉我，她就嫁在离我不远的地方，她又怀孕了。我几次想去看看她，可就是抽不出时间来，今天突然想起去看看她，我带着女儿和一些礼物开车去了她现在的家。我一路去一路询问，绕偏了很多地方终于找到了她。我在心里无数次想着她现在的模样，可就是没有想到她竟然老了那么多。她本来就比我小，可看上去却比我老了十岁。岁月的沧桑在她的脸上明显地写着，艰难的人生让她早生华发。我多想拥抱她一下，可我却发现自己的手一直在颤抖。

她还是那样的脾气，一看到就不停问我，你怎么找到的？你怎么想起来看我的？我真的没想到你会来看我。她还是那样直筒子，我就喜欢她的直筒。我到了她三楼主卧室，看到她刚出生的儿子和五岁的女儿，女儿正坐在地上拼图，刚出生的儿子就仰躺在床上，我抱起他逗着他玩，她就在床沿上坐下，也许她看穿了我眼眸中的急切，没等我问，她就自己说了。

当初那个男的是她姑妈看中的，说父子都是手艺人，这手艺能挣钱，安稳饭好吃，就做主给她定下了亲，她开始不同意。她姑妈给她父亲电话，父亲做主定下这门亲事。那年她刚好20岁，她无法去抗争自己的命运，她清楚父亲的脾气，若她不同意，会找她母亲去吵架，就算她逃到天涯，父亲会追到天涯把她抓回来成亲的，不然接着都不会有她的好日子过，她终于屈服了父命。

就这样她嫁给只见过两次面的男人，两次面却没有说上两句话。婚后的日子并不是她所能想象的生活，不久她就怀孕了，除了吃饭，她要做所有的家务活。家里大小事，她都是局外人，家人坐一起商量，只有她一进来，就都不说话，家里从不给她零用钱，她说三年只给她1424元，还是给儿子看病的钱。好几次儿子感冒向家里要钱，都没人给她，她只好向朋友借钱。后来为了还朋友债，儿子送幼儿园了，她只好出来打工。很少回家，只有过年的时候才带儿子回去过几天。她说家家都有难念的经，她想她的日子就这样过下去，她所有的希望都在儿子的身上。可后面的日子又是她没有料到的，男人经常来她厂里要钱，家里互助会没有钱了，奶奶生病钱不够，这个那个钱不够都来找她，好像她就是家中唯

爱从那个
Ai cong na ge
chu xia kai shi 初夏开始

一挣钱的人。她一个月的工资也不多，除了儿子的幼儿园的学杂费和母子俩的生活开支，所剩无几了。但是不给他钱，他则会吵架，还说她在外面有人不愿回家，说要把儿子带坏了，硬带着儿子回家附近上幼儿园。其实这是他的杀手铜，他知道儿子回家了，她就会跟着回家住。她果真被他算计着，她也骑着电瓶车早出晚归。他要求她每个月的工资都交家里，她还是屈从了，就留点自己的午餐费。还偷偷留点过节给母亲买点礼物，其他她身上没有余钱了。可他还说她有私房钱和人约会，三天两头打她一顿。故意打她的脸，说让她这样出去就省得其他男人惦记着。她为了儿子就是这样忍气吞声地过着痛苦的生活，后来越来越无法启齿所受的屈辱，她想过死，可是她又不甘心就这样死去。她相信苍天给她留着一条缝，终于她提出离婚，他不同意。离婚拖了一年，后来所受的屈辱更加的恶劣，最后她的哭诉让法官动容，果断同意她的要求，在她的离婚书上盖了章，但从此她失去了儿子，因为他坚决不同意儿子跟着她，理由是她居无定所。

她终于结束了8年噩梦般的婚姻，重新获得自由。她拼命地干活，只想多挣钱给儿子上学，她忠厚老实，不会耍滑头，老板娘很同情她的遭遇，生活上对她很照顾。她想就这样平静过着她的余生吧，她存折的数字慢慢地增多，笑容慢慢浮上她的两颊。后来厂里来了一个年轻人，话不多，但很刻苦。每次总是他们两个来的最早，回的最晚。那些复杂的活老板娘总交给他们干，说交给他们就放心。然后这两个闷葫芦倒是有说有笑了，经常加班晚了，就一起去吃夜宵。后来说外面的贵，就去她的出租屋做面条吃。他会做面条，而且每次都会换着花样做给她吃，她都会由衷夸奖他的厨艺。

一天老板娘突然留住她吃晚饭，说有话对她说。饭后，老板娘就说想给她做媒，说的就是他，因为家在山里，家境贫穷至今未成亲，他托老板娘来说媒，问她意下如何。她顾虑重重，老板娘说他不介意她有个8岁的儿子，他只在乎她的勤劳与人品。他说她过得太苦，他想给她一个家。就这样他们结婚了，因为他们都很吃苦，不几年在老家盖起来四层楼房。生了个女儿后，他就不让她出去，让她在家带孩子。他每天五点半起来做早饭，六点半出门，骑着电瓶车去厂里上班，下午六点回家，做饭洗衣拖地抱孩子都抢着干。有什么想法或者什么事都会和她商量，由她来定夺。每个月的工资如数交给她，她说让他自己留点，他说除了吃中饭用不了什么钱。他们的生活就这样简单而快乐，她几次对我说："我觉得自己过得挺幸福的，我对现在的生活挺满足的，尽管我穿的不是名牌，吃的不是山珍海味，但我心里很踏实，不再觉得人生是漂浮着。不再怕着他打我，他护着我。他对我很好，真的很好。"也许她怕我不相信，她又重复了几遍。尽管我看着她穿的睡衣，领口有一个大拇指都能伸进去的破洞，但我看着她的笑容，我相信她这是内心最真实的话。我看着她的眼睛说，我相信，因为我从你的眼睛中读懂了幸福两个字，我从你的笑脸里读出了幸福的指数。我还对她说，幸福靠自己去争取的，不能任随他人摆布。如果你第一次就懂得婚姻靠自己做主，生活靠自己去掌握，幸福靠自己去争取，也许就不会有那8年的痛苦。不过幸好你醒悟了，懂得自己去争取后来的人生。记住，幸福在自己的手中拽着，不为别人活着，就为自己，你有了自己，才能为儿女更好地生活。

爱从那个
Ai cong na ge
chu xia kai shi 初夏开始

修补婚姻

　　钱锺书说婚姻就像一道围城，在城外的人拼命地想挤进来，在城里的人又拼命往外冲。城外的人正处于热恋，每天是花前月下、卿卿我我，黏在一起尽量把缺点隐藏，把优点展示给对方，来吸引心仪的人早日一起步入婚姻的殿堂。而婚姻却是现实的，每天是柴米油盐酱醋茶，它会把所有的浪漫冲洗得一干二净。两个人所受的教育不同，生活习惯不同，再加上各自的缺点都一览无遗地暴露在对方的面前，矛盾自然而然就这样发生了。当双方矛盾激化时，甚至有时候是破罐破摔，你不让我好过，我也不让你好活。一个好不容易牵手几十年的婚姻就这样土崩瓦解了。

　　新春佳节，有朋从远方来，亲朋好友相聚一堂，一群女人相约在茶室。自然聊得最多的就是婚姻，而且我们今天的任务就是帮珺怎样修补他们婚姻中的漏洞。

　　珺是我们这群人最年长的，她的婚龄也是最长的。珺和她老公从认识到现在已经有21年，19岁的女儿正在上大学。他们结婚整20年，她老公一直对她很宠爱，她的婚姻一直都让我们这群闺蜜很艳羡。珺是家中的幼女，父母都是从行政单位退休下来的。哥哥姐姐早已成家，父母对这个幼女自然是宠爱有加的。珺和她老公是在一个朋友的婚礼中认识，她老公对她一见钟情，在一番猛烈追求下，终于获得她父母的同意，他们开始自由恋爱并确定了关系。

哥哥姐姐嫁后都不在父母身边，唯独她的工作在本地，一直在父母身边围转。当她的孩子出生后乐坏了父母，孩子一直都是外公外婆带大的，父母心疼她工作累，孩子的事情不用她操心了，她也乐得清闲，反正自己的爹妈用不着客套，该工作的工作，该玩的时候三更半夜后才回家。结婚后，珺在小镇上买了一间排屋，花了十万左右人民币。珺在上小学时就攒下了很多的零花钱。那时小镇上兴起"月月红"，珺也做了一个。钱不够时，父母会帮她填补，于是等她出嫁后，早已经攒够了这笔钱。在新房建成之后，哥哥姐姐送她的红包就是好几万，父母送她一个十万的存折。于是她不仅买了房子还赚了钱。后来，小镇兴造起商品房，珺用这笔钱买了一套商品房，一转手赚了好几万，这样的好事让她迷上了炒房，小镇上几个楼盘都有的身影，几年时间她成了财主富婆，我们都是这么叫她的。

结婚十多年，珺从未花过她老公一分钱，她经常挂在嘴边的一句话："我自己的钱都花不完，管他那几块死工资干吗？男人嘛总要花钱的，想要混总要打理的。"说得不错，珺的老公大学毕业就进了行政单位，工作很出色，确实是步步高升。他们一直是工作两地，但他们的爱情从不因距离产生隔阂，对珺更是宠爱有加，自从安装了电话，就是天天一个电话。有了手机以后，一清早起来就是短信问安。一年365天，天天电话粥比人家小青年还浪漫呢。我们都羡慕她前生积了什么德，今生如此享清福！

爱从那个
初夏开始
A i cong na ge
chu xia kai shi

他们这对楷模夫妻令我们多少羡叹的呀，我们经常和老公一吵架，就对老公大吼，你看人家珺的老公多体贴多浪漫多会疼女人。

两年前，珺和老公都调到市中心工作。我们都说珺的好日子来了，再起码不用两地分居，但往往事情是事与愿违的，一起生活出现了摩擦，开始吵架斗嘴，我们说这都是正常，夫妻哪有不吵架的，床头打架床尾合嘛。一张床一条被子，踢踢脚就能和好了，反正我们都是这么过来的。可事情却不是我们想得那么简单，珺一直和父母生活，毫无生活经验。他们一直都是聚少离多，他假期时间也都和丈母娘一起生活，因为短期生活，有些小缺点都能容忍，反正就这么几天。但现在自己独立开火上灶了，各种家务活需要自己动手去做，各种家庭的杂事也就接踵而来，各种矛盾摩擦也就如影随形跟着来了。她说他变了，一点都没有男人的样子，鸡毛蒜皮的小事都跟人斤斤计较。他当领导这么多年，哪能干这些繁杂的家务活呀，他说她女人没有一点女人的样子，连个家务都不会干。

后来不仅三天两头地吵架，甚至还动手打人，一次她说了几句过激的话，伤了他的自尊，他一过来就掐住她的脖子，掐得她伸长了舌头差点断气，他看着她两泪滚落，才慌忙放开了手。之后，他就住单位，双休日也去同学朋友家了，就是不愿意回家，他们几乎断了交流，二十年的夫妻情分从此断了，想着全是对方的过错。

他们的婚姻出现裂痕，开始我们都不知道，直到年前珺服下了大量的安眠药，我们才知道事情的真相。的确这对珺来说是难以接受的，一直都在蜜罐里长大的珺哪里受过这些委屈。

我们开始帮他们劝和，燕的老公能说会道就去做男方的工作，我们则轮番做珺的工作。茫茫人海中，能牵手一生多不容易呀，更何况他们的婚龄已经20岁，人生能有几个20年呀，两地分居这么多年，生活习惯不同，吵吵架都是正常的，哪对夫妻不吵架？又哪有一吵架就动手或者就不回家了的。这样的婚姻只会有更大的裂痕，夫妻之间，最重要的要学会去交流，还要学会忍让和包容。如果嘴上不肯去认错，可以给对方一张纸条，也可以给对方发条短信，甚至可以在对方的QQ里留言。

在静心修补婚姻的过程中，他们都认识到自己的过错，都认识到在茫茫人海中能牵手一生确实是不容易，都需要认真去经营自己的婚姻，都需要真心去检查婚姻中出现的漏洞，用最恰当的修补方法及时把漏洞修补如新。其实不光是他们，我们的婚姻也如此，婚姻好比一双鞋，一双鞋穿久了，难免有磨损，如果不及时修补，磨损的地方就会更大。所以婚姻也是一样，感觉有点不对劲，觉察到婚姻出现裂缝，就要及时去查找原因，要及早学会去修补。

爱从那个
Ai cong na ge
chu xia kai shi
初夏开始

一场如梦的婚姻

立秋后太阳特别毒辣，秋老虎发威烘烤着大地，行人寥若晨星，大街上成了一个露天的汗蒸馆，看着行色匆匆的路人一边走着一边拿纸巾擦汗，可俞洁的心在烈日的炙烤下依然冷若冰霜。俞洁拖着沉重的步子踉踉跄跄地走在街边商铺的廊檐下，咬着嘴唇硬撑着虚弱的身子向着家的方向而去，眼睛一黑就什么也不知道了，等她醒来时已经躺在医院的病床上。

回想着这二十年来的点点滴滴，她始终是难以释怀，自己到底哪里不好，但是最终还是错付这二十年的感情。

记得那一年毕业分配，她填报高山上的一个小镇卫生院，很多同学都说她很笨，人家都巴不得攀高枝去大城市，而她选择去一个闭塞的高山只会把自己陷进落伍的行列中。但是俞洁并不是这样想，俞洁的祖父就是一辈子生活在一个大山里，当年因不能及时找到医生而被一口痰堵在喉咙里离世了，上次在医院里实习接触到一个来自山乡的小姑娘，因为没有及时治疗，一个小感冒导致了肺炎住进了大城市的医院。而这个家一年的收入就只够这次的住院费，看着小姑娘的父母黝黑的脸庞显现出来的无奈，俞洁的心感到一阵疼痛，从那个时候开始，她就下定决心，她决定一定要去山区工作几年，算是对祖父的遗憾的弥补，也算是对像小姑娘这样的家庭的一种责任。其实说到责任，她也没有这个义务，但是她的心里总觉得不去就会有一种愧疚在心头。

她瞒着父母把自己的工作决定了，在父母知道真相后，母亲心急如焚找关系要重新分配她的工作，但她那毅然决然的态度不容父母来决定她的人生方向。尽管母亲使尽全身解数要她接受父母的安排，她还是不接受。她说不然她会后悔一辈子的，在她去工作的前一天晚上，母亲和她睡在一起，却是终宵难眠，母亲是流着泪看着她睡的，其实她并没有睡着，她也是假寐观察母亲的表情，内心甚感对不起母亲，但是她更不愿违背自己的心愿。

山区的生活确实是意想不到的艰辛，但是俞洁都一一克服，她把单位当作了家，把山区人民当作亲人，谁家有病人都会嘘寒问暖。山路坎坷难走，病人不堪颠簸，俞洁经常上门诊治，无论什么时候只要说家有病人需要上门出诊，她都会急匆匆赶去，几年里，俞洁对山乡的感情愈来愈深厚，山乡人民也离不开这个看似柔弱却坚如钢的城市姑娘。

俞洁被评上市道德模范医生，和其他的模范一起在全市做巡回演讲。俞洁的先进事迹逐渐被很多人传诵，俞洁这个名字在医学界也是人人皆知的。一天，俞洁做最后一场演讲，准备结束后回家和父母团聚一下，准备第二天返回山区，但在演讲结束后，有个小姑娘送她一束玫瑰花，花中夹杂着一张纸条。纸条上是这样写的："我慕卿已久，你每场的演讲，我都认真倾听着。而且我和你一个同学是同事，她经常提起你，我对你除了仰慕更多是敬佩，我希望我们以后是朋友，如果你时间紧迫，请按纸条上的

爱从那个
I cong na ge
chu xia kai shi 初夏开始

地址给我写封信。如果你能抽出一个小时的时间给我，那傍晚五点我在城东的新华书店等你，我会等你到七点，如果你不赴约，那我就当你不愿意了。"俞洁想询问一下送花的小姑娘，可孩子已经跑得无影无踪，她环视台下，人群陆续散去。她明白这个送花的人一定还在某个角落里观她的表情，只是默默观望而已。

俞洁走出大门口，就见父母等候着，她赶紧上前拥抱双亲。又是半年未见，父母又有些老了，母亲最近身体不好，白发增多了。母亲一见面就说，趁今天回家让二嫂帮你物色个对象，人家老婶家的二丫都有孩子了，看着母亲焦急的深情，俞洁有些惭愧，她能理解母亲的心情，自己在那个山区，面对都是面朝黑土背朝天的农民，自己是不可能留在那里一辈子，整整三年了，她何尝没有想过母亲的心情呢，可是她又放不下山区的百姓。她决定傍晚赴约，先看看再说，先处处再决定，又不是说见了面就一定要嫁给他。和父母回家叙叙旧，梳妆打扮一下，穿了平时舍不得穿的一条淡粉色的连衣裙，扎了个高高的马尾就出门了。

直奔新华书店，近了，近了，脚步也就停住了，她沿着屋檐下慢慢靠近，站在对面的商铺门口偷望这边，看着出出进进的人群，应该要下班了，顾客都急匆匆回家，而有一个男子穿着黑色的西装，手里拿着一本书，在门口张望着徘徊着。这个人大概在一米七五左右，挺直的身板，看不清楚面目表情，但看这身板觉得还是不错的。

俞洁大大方方走了过去，果真这人望着俞洁的方向站定不动了。俞洁走上台阶，对方笑着打招呼，俞洁也回笑了一下。两人沿着街边漫步，虽是初次见面，但聊天很开心，然后走到一个小饭馆旁边，男孩请俞洁吃饭。

俞洁在山区工作了那么多年，对生活很是节俭，她不愿意花太多的钱来浪费，只够两人吃饱就行，男孩很感动，他说家里没有贤内助把关，这个家是没有希望的。二人彼此都留下了良好的印象，俞洁留下了联系方式，她说山区卫生院的电话只有两台，私人接电话不能超过五分钟，不过一般晚上十点后倒是可以自由畅谈的。

这个男孩叫李浩，是市医院五官科的一个主治医生，从山区走出来的一个穷娃子，特别能吃苦。他是医院的年轻骨干医生，是医院重点培养的对象。此次劳模巡回演讲，台下的观众大都是各单位的年轻骨干。自和俞洁别离后，李浩的心似乎也被带去了一半，只要是不工作的时候，就会重新翻阅俞洁的来信，也会写下一张张的信笺塞进邮筒。

因为山路难走，也有气候的特殊原因，俞洁总不能及时收到信件，有时候隔个十几天同时收到三四封信。三四封信一遍遍地看，然后归纳总结然后回信，洋洋洒洒十几张的文字，好似一篇篇精美的散文。鸿雁传书拉近了两个人之间的距离，虽隔着山山水水，心却在咫尺。文字的温度拉近心的距离，不能说出口的言语可以通过文字来表达。不知不觉中，信从夏飞到了冬，这年的春节，俞洁四年来第一次申请回城里和父母一起过年，其实也是想和李浩一起过年。

俞洁回城的那天，在车站等候她的不是父母，而是李浩。她这次回家没有告诉父母回城的准确日子。因为行李太多，他们先把行李寄托在车站，然后俩人先去吃饭，再去买衣服，准确说，俞洁都有三年多没有逛街买衣服，母亲给她寄什么衣服，她就穿什么衣服，反正在山区人民的灰黑两色里，她不管穿什么衣服都是最闪亮的一颗星呢。

商场里的衣服都太贵了，俞洁是拿起又放下了，一件衣服都

爱从那个初夏开始
I cong na ge
chu xia kai shi

可以抵得上山区一个老人一年的口粮，她实在是舍不得。试穿了几件衣服，件件都合身漂亮，但每次看价格实在承受不了的心里价位。李浩偷偷买下两条她试穿过最喜欢的裙子，塞进她的手里，说着："年轻不打扮漂亮些，以后有孩子了，说不定穿不进去呢，不能委屈着自己的青春。"俞洁想推辞，可看着李浩的眼睛里盛满真诚，她不忍拂之好意，收下了衣服。她的心里对这个男孩多了一丝好感，她觉得他很体贴，其实她看得出来他自己也过着很拮据的生活，皮鞋的后跟磨损得很厉害还穿着，她想都不用想就知道他一定是挑着最好的行头来约会。俞洁有些感动，也有些心痛。她只是把这个感动和心痛深藏在心里，她决定将来要好好对他。俞洁对爱与家的诠释很简单，她只希望有个人陪着她慢慢到老，二人都有工作，将来可以供养孩子，然后家不要太大，只要能吃苦，有个栖身的地方，营造二人爱的世界即可，她觉得他是个能同甘共苦的人。

俞洁回家和父母公开坦白二人的交往，并告诉父母心中对爱的向往，对家的渴望。父母提议让李浩来家里吃顿饭，见个面再做表态。李浩的帅气和温文儒雅，自然获得了二老的第一好感，然后他的彬彬有礼和勤快更是让二老赞不绝口，对这个未来的女婿，二老可是一百个放心和满意了。李浩的父母在农村，对这个城里的媳妇自然不会有什么挑剔，二人的爱情和婚姻很顺理成章地开始策划。

俞洁是独生女，父母把大房间腾出来给他们做婚房，做一个简单的装修。家里墙壁重新装饰，家具重新添置。俞洁过完春节就回单位，李浩和准岳父岳母一起布置。万事俱备，只欠东风，就等着五一新娘来拜堂。

五一的前一天，俞洁和李浩走进婚姻的殿堂，在众亲友和同事的见证下成就了一段美好的婚姻。很多年轻朋友都羡慕这对郎才女貌的新人，有几个老亲戚，当初曾埋怨俞洁的父母，让女儿去这么偏僻的地方工作，当心找不到好对象，如今看到这样英俊潇洒的新郎在俞洁的身旁，只叹姻缘果真是天定的。有着缘分的，哪怕是山高路远，红丝线都会把两人牵在一起。俞洁只是笑盈盈地看着众亲友，她的心如坠入云海中，有些飘忽起来，李浩拉着她的手，她的手臂挽进他的臂腕里，她愿意一辈子这样挽着他的手，直到生命的尽头。

婚假结束后，李浩送俞洁去山区，第一次体会俞洁这四年多的工作生活环境的恶劣。山路十八弯的曲折，饮用水都要自己去挑，虽然经常有村民挑着水送来，但毕竟不是自来水用起来这么方便，缺电的夜晚是最难受。因为晚上经常要出诊，拿着手电筒行走在高低不平的山道上，一脚深一脚浅，不小心摔跤是常事。李浩明确表示心痛，他做起了俞洁调回城里的工作。俞洁表示当初来这里就是为了改善这里的医疗条件，经过几年的努力，医疗条件逐步提高，几个刚毕业的大学生对这里的工作还不是很熟悉，她说自己现在还不能离开这里，等能放开手的时候，她自然会离开，这样的谈话让他很不开心，他觉得她有些偏执。而俞洁当初选择这里工作，就是因为山里的群众看病难，愿意奉献自己的青春，她给自己五年的期限还没有到，李浩第一次来，不支持她的工作，反而阻碍她的工作，她觉得他有些自私。二人有些不欢，被老院长看在眼里，老院长经过细致的了解后，请老村长出面在山村重新给他们办个婚礼，没有经过村民召集，但是在酒席的当晚，全村群众都来了，都要来参加这位山村的天使，村民都拿出自家最值钱的礼物送给这位漂亮的天使。在酒席上，村民抢着说出自己对俞洁的感激和尊敬。有村民终于说出了一番心里话，如

爱从那个
Ai cong na ge
chu xia kai shi 初夏开始

今俞洁结婚了，有个家，不久就会有孩子，这个山村不可能再留她很久了，话音未落，全场失控，轻声饮泣，继而高声痛哭，俞洁也哭了，她说不管她去哪里都不会忘记这里的一草一木，更不会忘记这里的群众。李浩被村民真挚的情感深深地感动，当场向俞洁道歉，表示支持她的工作。

人生有很多的意外，这次婚礼中有个特殊的客人，这是一个正读高三的小姑娘，村民的一个亲戚正好来山区走亲，赶赴了这场特殊的婚礼，她被这个新娘感动了，填报医科大学，就希望自己将来也要为社会多做一份贡献。这个小姑娘非是别人，就是市卫生局局长的女儿，先前不管父母怎么劝说她填报医科大学，她是死活不肯同意的，这次倒是主动填报，让父母很是意外，当得知原委后，俞洁的事迹也是这个局长的心中扎下了根。

同年的初冬，卫生局局长微服私访，去了山区查访，准备去看看山区医生的工作环境，和这位有着传奇式的女医生做一回暗访。暗访中，俞洁的善良、尽责，处处为山区群众着想，事事为山区病人考虑。挺着大肚子的俞洁，局长不仅对她肃然起敬，更是对她捏一把汗水。

俞洁在预产期的前一个月，收到了卫生局的一纸调令，她正好对应卫生局刚出台的政策，在山区工作满五年，可直接调回城里工作。俞洁就这样，没有任何的请求就收到调令，她准备调城的消息在这个山区像长了翅膀一样飞出去，村民流着泪送她一程又一程。

也许因为劳累，俞洁还没有进新单位上班，提前产下一子。这正好圆了俞洁父母的心愿，终于一家人团圆了。三代同堂也让俞洁的父母整天是合不拢嘴，李浩知道俞洁的心里还是很纠结，还是很想念山村的村民，他对她可谓是百般呵护，百般宠爱。

家就这样完整了，李浩坐上科室主任的宝座，听说是局长亲自提名的，一下子夫妻二人的工作都有了很大的改变，添了孩子，这个家只有两个字可形容，那就是"幸福"。李浩舍不得俞洁辛苦，夜里小孩把尿喂奶粉都包揽下来，他觉得这个女人就是他的福星，他得好好珍惜着。

家的温馨使小两口婚后恩爱如蜜，父母帮着带孩子，俞洁觉得生活坠入了天堂，幸福的生活使这个清秀的小姑娘一下子变成了微胖的小妇人。原本蜡黄的两颊也变得红润有血色，只要李浩不加班就会陪着俞洁外出走走，有时候推着婴儿车，一家三口的温馨场面足以让邻居们羡慕不已。李浩对俞洁说，我会一辈子陪着你这样漫步，直到你走不动了，我就背着你走，不过可不能再胖了，太胖了真的背不动了。俞洁笑出了眼泪，虽然老年还长着呢，但是却仿佛看到两个白发苍苍的老人手挽着手在林荫道上漫步的场景，俞洁满心里幸福着。

都说欢乐的时光很容易过去，一晃眼就过了半年，半年后，俞洁进了新单位上班，和原来的工作性质完全是不同概念，原来是整天面对着病人，出诊开药，和病人沟通，现在是每天面对着一叠的资料，整理归档。

经过一段时间的适应，俞洁对面前的工作有些顺手了。终于有一天她看到了这个在山区卫生院里，对她百般刁难的人，原来这个人就是卫生局的局长，走访亲戚犯病是假的，暗访她倒是真的。她现在终于明白了自己为何一纸调令就进了卫生局，也明白李浩没有任何的预兆就升上了科室主任，原来是局长和女儿在中间做的"手脚"。她很感激老局长对她的关爱，她下决定要好好工作，尽快在新岗位做出新的成绩来。

俞洁从山区的一线医务工作人员到卫生系统的工作人员，一

爱从那个
Ai cong na ge
chu xia kai shi
初夏开始

切都是重新开始，加班成了常有的事情，她抓住一切可抓住的机会，尽快让自己熟悉业务，家完全交给了母亲，孩子也完全交给了母亲。不出半年，对工作得心应手了，她终于露出了笑容，她不愿意辜负局长对她的信任和栽培之心。

随着经济的发展，中国的新楼盘如雨后的春笋一下子冒了出来，俞洁在单位分到一套房子，单位根据积分付一部分款，自己还需要出资大部分房款，俞洁和李浩商量，孩子总归是要长大的，再说不买个房子，李浩的父母每次来吃顿饭就得回去，家里实在没有住的地方，再说就是有住的地方，毕竟是俞洁父母家的，也不愿意在这里住。李浩很感激俞洁，处处为他家着想。于是二人把积蓄都拿出来，再借了几万元买下了属于自己的小天地。

因为有了自己的小天地，俞洁和李浩才算是开始了真正的二人世界，可有时候矛盾也会跟着而来，李浩的生活能力完全等于零，原来李浩上有姐姐，家里根本不需要他去做家务，后来上大学，毕业后有单位食堂，用不着买菜做饭。为了减轻俞洁的重担，还是回俞洁父母家吃饭，俞洁的父母帮着去幼儿园接送孩子，晚饭后，他们吃了饭再回自己的小家。

李浩的工作也越来越出色，再加上俞洁在卫生系统，在单位也是响当当的主。医院里也集资了一幢楼，职工按积分分配房子，李浩的分数自然名列前茅，能挑个好位置，和俞洁一商量，俞洁拍着胸脯说，借款也买下，目前中国的房价只会涨不会跌，李浩佩服自己女人的胆略，于是二人向朋友亲戚借款买下了这套房子，虽然日子过得有些紧巴，但心里却开始踏实了，将来孩子大了都有房子了。经过几年的节衣缩食，终于迎来了轻松的生活，无债一身轻呀。李浩开始研究怎样过上好生活，穿衣打扮，也开始和同事打上了麻将，俞洁不喜欢他打麻将，她觉得麻将桌上输输赢赢会伤了同事之间的和气，再说这些为着钱的游戏总觉得心里不踏实。俞洁喜欢上旅游，总拉着李浩一起去，但是二人的工作性质不同，俞洁有双休日，李浩没有双休日，医生的工作是轮班制度，有时候安排个夜班，白天睡觉，有时候平时休息，就是双休日上班。再说李浩不喜欢旅游，他觉得山山水水有什么好看的，不都是一样的山和树，差不多的景色没有必要跑那么远，累死人。以前艰苦的时候倒是不吵架，现在生活好了，为着生活质量的问题倒是有很多的分歧。有人告诉俞洁，李浩经常和一些女同事打麻将，一起吃夜宵，和一个离异的同事有些暧昧。俞洁不以为然，这些事有时候捕风捉影反而伤了夫妻感情，他们是自由恋爱，这么多年的夫妻生活，这么艰苦的日子都过来了，她还是选择相信李浩，相信夫妻感情的深厚。孩子都已经十二岁了，她相信他也不至于这样不负责任。但是心里对他却是多了一些防范，比如说他晚归时，她就坐在沙发上等他，等他睡下了，她开始翻看他的口袋。

俞洁琢磨不透李浩，以前不会做家务的李浩，偶尔也会主动拖拖地，炒个菜，说是犒劳犒劳老婆，俞洁更加不会相信外面的传言，她相信自己的婚姻是牢固稳定的。俞洁当上科室主任之后，工作更忙了，出差常常有，参加学习的机会也多了，有时候学习半个月就回来，有时候学习个把月才能回来。俞洁也会打打电话撒个娇，李浩总笑话她，都人到中年了还像个小女孩似的，俞洁听后咯咯一笑，说着爱情有年龄界限，谁说人到中年就不能撒娇的呢？只是没等俞洁说完，李浩就打断了，说正忙着就挂掉了电话，俞洁能理解，也许他正要上手术台呢。

俞洁每次出差回来，以前李浩不管多忙都会想办法安排好事来车站接她，可她发现最近半年，李浩却总是有借口说不能接她，开始她也觉得他工作忙，不打扰他的工作，自己打的回去，可是后来发现李浩总是在回避她，她在家的日子，他总是上班，她上班的日子，他说休息，说是休息，也不见他在家吃饭，说有应酬。

爱从那个
初夏开始
Ai cong na ge
chu xia kai shi

以前只要她在家，总会推掉应酬，想办法一起度过两人世界，可现在呢，她每次回家都是冷冰冰的、空荡荡的。母亲多次提醒俞洁，和他好好谈谈，她觉得自己已经够累了，他也应该体谅一下她的辛苦，她的疲倦和劳累也是为了这个家，为了孩子的未来。她想他一定也是为了这个家，只是大家都没有时间好好沟通而已，她在上班空歇时给他发了一个又一个的短信，告诉他自己对他的关心不够，告诉他这个家是多么需要他。这些来自内心的语言似乎牵引着李浩的心，李浩也会主动关心起孩子，也会主动去接放学的孩子，家的温度又似在逐渐升起，家里的笑声又开始荡漾在小屋的每个角落里。俞洁感受到了久违的家的温馨，她早起晚睡，把家收拾得整整齐齐地，变着花样做李浩和孩子爱吃的菜肴。这样平静的生活又让俞洁感到了希望，感到了有家的幸福。

她的心里似乎全被这父子俩占据了，唯独没有自己。几次的外出学习的机会都让给了其他的同事，她只想好好待在家里，生怕李浩吃不饱，生怕他夜里回来没有夜宵，尽管李浩几次表示不吃夜宵，就是要吃夜宵也在外面吃，不愿意麻烦俞洁。但是俞洁还是每晚都做了他喜欢的夜宵。就算是李浩不吃，她还会照样做着。俞洁愿意无怨无悔为这个家付出，她只愿有个完整的家，让孩子健康地成长。

转眼间又过了几年，俞洁感到工作和家庭双兼顾，虽有些累，但心里还是很满足的。一天，俞洁接到单位的通知要去杭州学习一个星期，到了杭州才发现自己的钱包忘带了，里面还有身份证呢。俞洁想起一个同学第二天要来杭州出差，让她捎带过来。黄昏后，俞洁的妈妈去俞洁家准备取钱包交给那个同学。推门进入，家里还开着灯呢，李浩可能今天不加班，俞洁妈刚想喊声李浩，听见屋里有人说话的声音，而且是女人的声音。俞洁妈的心里一揪紧，轻悄悄地来到门口，听见屋里的人说，这个房子本来就是你的，将来就给咱儿子了，俞洁自己有房子，留给你的孩子住吧。儿子？谁的儿子？他们的儿子？俞洁妈一听脑袋嗡的一声，回过神来听见李浩的声音，如果离婚也是一人一套房子，各自的房子归各自所有。这一句话触怒了俞妈，门砰的一声推开了，大声一呵斥，好你个李浩，竟敢偷人？李浩一看丈母娘怒气冲冲看着自己，一个光着身子的女人正倚在自己的怀里，这样的场面竟然出现在丈母娘的眼里，李浩顿时无语。

第二天，俞洁回来了，睁着血红的眼睛，显然是彻夜未眠，她什么话都没有说。只等着李浩开口。李浩始终低着头看着自己的脚尖，俞妈说，这家到底要不要就让俞洁自己选择。这个时候正赶上孩子回家，孩子说，这婚是非离不可了。但是这房子是妈妈半辈子的心血，不会就这样给了别人，房子是我父母挣来的，都是我的，所以这两套房子即使妈妈不要，也是我的。俞洁痛苦地看着儿子一句话未说就已经是泪流满脸了。李浩听着儿子的话，没有立刻反驳。最后还是俞洁开口，各自的房子归各自所有，孩子的抚养权由孩子自己选择，另一方交付抚养费，孩子自然跟着妈妈，李浩最后决定房子都归孩子所有，并同意交付抚养费。

婚就这样离，房子依然还在，可家却散了。当初没有房子挤在妈妈的小房子里，却是这般温馨与幸福，而今生活好了，衣食无忧的生活却让心背道而驰。

二十年前，他因为对她心生爱慕，而给她献花，结了一段良缘，没有想到二十年后的同一个月，他们手拿着的是离婚证。

躺在病床上的俞洁怎么都想不明白，自己到底错在哪里，竟然让他这样狠心抛弃这个家都不悔过。可是今日不管对错都已经晚了，她觉得自己得振作起来，给孩子一个温馨的家。俞洁的心里已经是千疮百孔了，她需要一段时间的治疗与静养，努力让自己走出这场如梦的婚姻，重新开始新的生活。

爱从那个
Ai cong na ge
chu xia kai shi 初夏开始

一帘幽梦与谁共

"我有一帘幽梦，不知与谁能共，多少秘密在其中，欲诉无人能懂。窗外夜深露重，今夜落花成冢。春来春去俱无踪，徒留一帘幽梦。谁能解我情衷，谁将柔情深重。若能相知又相逢，共此一帘幽梦。"温情缠绵的《一帘幽梦》在青菱的耳边回荡着，蓄满的泪终于顺着眼角滚落。青菱把车停靠在湖边，望着茫茫无边的湖，心中的凄苦不觉涌上心头，谁能解她情衷，谁将柔情深种。这湖边曾经缱绻着她多么美好与浪漫的一帘幽梦，今日留给她的却是凄苦无尽的一帘幽梦。

蒹葭苍苍，白露为霜，浅秋时日，清风里透着凉意。这样的浅秋，对呀，也是这样的浅秋，青菱走在校园的小径上，拾起一片飘落的香樟叶，她看着飞离枝头的叶子不觉得有些凄凉，她想起了自己自小就失去了父母，年幼的自己和外婆相依为命就如这片离开母体的落叶，一种伤情不禁自心头而起。

"其实落叶离枝更有它的使命与责任，落于泥土之中是它的'落红不是无情物'，而是'化作春泥更护花'，人生有很多的坎坷与挫折，其实你去乐观面对，你就会发现这个世界很美。比如你觉得这落叶带着伤感，因为你是个伤感的人。我觉得这落叶带着责任的，我就觉得自己是带着责任来这个世界的。"循着声音，青菱迎上了一双笑吟吟的眼睛，对方一脸笑意地望着自己。青菱认识他，整个学校的人都认识他，更应该说所有的女生都喜欢他，他是学生会主席，一直以来青菱觉得他是高高在上的王子，对，他是所有女生心中的白马王子。青菱知道自己身份卑微，从不敢去碰触这些虚无缥缈的东西，她很清楚自己没有这样的资本。今日小径相逢，听着这一番带着磁性而有吸引力，更有深厚道理的语言，换成另一个女孩，可能早就主动去搭讪。可是青菱明白，这样的人是她应该避开的人物，不然她就会受到很多女同学地排挤，更何况她没有殷实的家底和父母所能给她的骄傲的资本。她是一个普通的女孩，更是一个卑微的女孩。青菱擦去叶片上的泪滴夹进书里，站起身来低着头匆匆地离开。"青菱，你等等，我就说两句话。"一声青菱还真是吓着了青菱，她怎么会知道她的名字呢？她的一愣神，他就来到她的面前了。他站在她的面前，轻轻吐气，她都能感受到他的气息，然而她却不敢呼一口气，她说不清楚自己在怕什么，她不愿意和同学走得太近，特别是男同学，她对任何人都不敢抱一个幻想，她只愿活在自己的世界里，她的世界里只有外婆。

　　二十多年前的父母相爱，可是父亲却和一个女人沾染上了，父亲说自己躲不过那个女的纠缠，不管是否真实，但母亲的心都是痛的，虽然母亲原谅了他，但此后二人的感情却不如从前那般甜蜜，最后父亲还是和那个女人生活在了一起。在青菱五岁那年，父亲突然来和母亲告别，请求母亲的原谅，说这辈子最对不起的人就是母亲和青菱，第二天才知道父母和他的女人双双死亡，最

爱从那个
Ai cong na ge
chu xia kai shi 初夏开始

后警察说是自杀，有人说因为那个女的赌博成性，经常要父亲去
借钱，还扬言说如果父亲不给，她准备把小青菱卖了，几次在青
菱的幼儿园门口张望，父亲就这样与她"同归于尽"。母亲恨他，
其实心里还是爱他的，母亲曾无数次希望他回心转意，一家三口
一起生活，可最后却给了她这样一个结果，母亲受不了打击，也
是这样一个浅秋的清晨割腕身亡。青菱就这样成了一个孤儿，一
个活泼可爱的孩子从此就不愿意和他人多说话，经常有邻居的孩
子说她是孤儿，也有人说她是凶手的女儿，只有外婆的世界让她
感到温暖，只有外婆的世界才是她最安全的港湾，尽管外婆几次
搬家送她上学，就不愿意有人干扰她的生活，但她的心还是不愿
意接受陌生人的，今日突然一个男生这样和她面对面地说话，而
且是女孩心中的男神，她更是不愿意去碰触。尽管他一直都微笑
着，其实她一眼都不敢看她，她不愿意自己心中起波澜。

"青菱，你不要拒绝于整个世界，你是个很出色的女孩，我
在报刊上看过你写的诗，语言干净利落，却是道理深刻。其实这
个世界并不是你想的那么冷漠，因为你的冷漠，所以周围的人都
不敢去接近你，这样你的世界就只会更加寂冷。"青菱诧异地看
着他，他怎么会知道自己在报刊上发表过诗，她一直用的都是笔
名，她一直都是很小心隐藏着自己那个自由天地。

男孩笑了，你不用猜测我是怎么知道的，其实很多人都欣赏
你的才华，只是你的心太冷，有时候对这个社会的看法也太偏激，
其实不妨抬头看看这秋天的太阳，虽然有些西斜，但晒在身上还
是暖暖的，你不能因为一些事而导致你失去整片天空和整个世界。
你张开双臂拥抱这个世界，这个世界就是属于你的，你抬头看天，
这片天空就是你的。青菱抬头，太阳正在西斜处发出耀眼的光芒，
脸上感到有些热辣辣的，是呀，秋阳还是有威力的，青菱顿时感

觉到一股力量在心中升腾，看到了湛蓝的天穹中的一群飞鸟，成群结队地向西飞去，也许有父母儿女，也是有邻里朋友和亲戚，对呀，鸟群都是这般成群结队，人类又何能这样清冷孤寂呢。青菱的脸上突然显露出一丝笑意，她微闭着双目感受秋阳带给她的温暖，温暖她的身，更温暖她的心。

"青菱，学校准备在元旦举办一个诗社的活动，盛情邀请你参加，希望你也不要拒绝我们。"青菱迎上一双带着渴求的双眸，她想拒绝，可是对这双直视的眼睛无法拒绝，她最终还是点了点头。青菱说，但是我写得不好，怕笑话。他说，你写得比学校的诗社里任何人写得都好，你的诗都能上报刊了，他们的诗想上都是上不了的。反正同学在一起就是为了爱好和心中的一份执念。青菱点点头，不由得露出甜甜的微笑，两颊的小酒窝在此时特别的迷人。"青菱，你笑的样子好美。"青菱有些害羞地低垂着眼帘，她不清楚什么时候笑过，应该说她很少这样开心一笑，除了外婆说过她的酒窝很美，他应该就是第二个人这样赞赏她的酒窝了。

他高于青菱一个年级，面临着高考的压力，但是每次看到他都是这样笑容满面地对着任何人，似乎在他的世界里真是"少年不知愁滋味"。他似乎就是一个太阳，温暖着身边的每一个人，常常听到同学开心地说起他。青菱第一次和一个男孩并排走着，第一次和一个男孩说着学习和写诗的经历，一路上听到她清灵灵的笑声，偶尔也会像蝴蝶一样飞旋起来，裙裾在清风中翩然飞舞着。

"窈窕淑女，君子好逑。"诗经的开篇就是这样一首经久不衰的短篇，自古至今被人传诵着，男女之情是人类最重要的话题，爱慕之心人皆有之。自从小径相会之后，青菱和他就不再是陌生人，图书馆、食堂还有书店都会经常碰到他，不知是巧合还是他

爱从那个
Ai cong na ge 初夏开始
chu xia kai shi

对她的规律做过考究，青菱懒得去想，反正能碰到他，每次都会让她心情愉悦。

转眼间，他参加高考了，在他的成绩公布后，所有的人都在议论他不是清华也是北大，但是他没有这样填写，他填报了本省的重点大学。因为这是他们的秘密，他希望明年的这个时候她也进这个学校，他说他在省城等着她。

她说他就是太阳，她一定拼尽全力朝着太阳的方向去努力。她从他揭榜的那天开始就拼命学习，原来她都觉得一切都是随心所学就行，像她这样没有地位和身份的人，就是读最好的大学也是枉然的，可今日不一样，因为有人在等着她，虽然他已经委屈了自己的分数，但对于她来说还是有一些的挑战。每次有不懂的地方，她会主动霸占任课老师的时间，还有等每个周末，他来帮她一一解答。她的成绩本来只居于中等的，可经过一个学期的努力，她的成绩一路遥遥领先了。同学和老师开始惊讶于她的改变，不管旁人用怎么样的目光看着她，她都释然一笑，别人目光不重要，重要是有人在等着她。虽然这个人和她没有血缘之亲，但这个人已经在她的心里烙下了印。他要她去追随，她也愿意去追随。

模拟考试的分数却让她难以接受，最近她很紧张，因为紧张彻夜难眠，她怕自己考砸，却偏偏考砸了，老师开始问她找原因，但是她什么也没有说。老师问她是否恋爱了，她没有承认也没有否认。只是紧咬着嘴唇，一滴泪就这样流了下来，班主任也没有说什么，说一些放松心情迎接大考，希望能沉着应对之类的话。考前的几天，他突然就在她家的楼下等她，什么话也没有说，让她陪外婆吃晚饭就下来，他说在楼下会一直等着她。

她匆匆下楼，他推来自行车让她坐后面，他拉过她的手抱着自己的腰际，他骑着车穿过小城的巷巷弄弄，来到一座山前，虽然城市一片明亮，但是山脚下还是有些漆黑，她有些狐疑地看着，不敢上前。他笑着说，不用怕，有我呢。

石径曲曲折折向着山的深处去，不时也有几盏路灯亮着，她始终紧拽着他的手，一有动静就藏于他的身后，他似乎成了她此时的救命稻草，每一次他总会去握握她滚烫的手，微笑向她，给她鼓励与力量。走了一段路，她再也不似先前那样的紧张与害怕，也能和他并肩，而且还能先他几步上前去，他哼着小歌，她偶尔说出几句诗意的话来。她的心情很愉悦，而且也能轻松。到了山顶，有个公园，公园里还有几个中年人在练习太极拳呢，他们绕过公园在边上的一条椅子上坐下来，他说："其实这个世界上最难的就是不能战胜自己，最强的敌人就是自己的内心，战胜自己离成功就是不远的。你看这寂静的山林，如果我不带你来，你肯定不会来，但是今日你也来了，你已经克服了自己内心对这个世界的恐惧，每个人都是这个世界的主体。你——青菱，你的世界就是你的全部，你要对自己负责，还要对抚养你长大，培养你成才的外婆负责，你是这个世界最出色的人。即使你考不上重点大学，但是只要你尽心了，你就是个负责任的人。"青菱听着听着，眼睛就这样盯着面前这个男孩子看，其实他也只大一年，但是在她的心里却是他缺失的抚爱。

高考揭榜了，青菱的分数超乎任何人的估量，她得了女状元，她居然也不报名牌大学，和他走进了同一个校门，老师同学、外婆亲戚都说她真傻，她笑笑，因为只有她自己心里清楚那里有人在等着她。

终于又成了校友，他们也不再是原来的同学那么简单，在他的心里，她成了他牵挂的人，在她的心里，他已经成了她的全部。她不再是那个冷漠清冷的冰美人，如今她早已经是那个开心乐观的才女，学校的活动都有她不可缺少的身影。

爱从那个
Ai cong na ge
chu xia kai shi
初夏开始

　　情浓深处早已经不再是一个人，二人的世界仿佛融为了一体，他因为成绩出色，公费留学美国，一年的时间不知如何去消遣，青菱有些不知所措，听到他已经获准公费留学的消息，她是惊喜交加，为他高兴的同时又是满心的忧伤，她无法想象一年之中见不到他的面，她该是如何度日如年。他明白她的心情，其实他的心情也是一样，只是他不愿意表露出来。至少他不愿意在她的面前表露出来，他如果脆弱，那她的世界一定是大厦将倾。

　　在他登机的那一刻，她似乎觉得她的心里一下子都掏空了。他的父母都在，她只是躲在角落里暗自垂泪，他在登机口向着她的方向摆了摆手，深情一望转身进去。

　　课余之际她的手机和电脑里字字句句敲下的是相思，因为时差在一个个晨昏里，她品读着相思难耐。自古多情伤离别，更那堪，冷落清秋节。那相思的红泪，盈袖满怀的凝眸，在那珠帘轻挽的幽窗，用所有的情意编织梦的花环，一路写满流年最美的诗章。

　　山的伟岸承载着爱的深沉，水的柔情浮现出情的浪漫。自然而然，人的一生，就会有一份如山的誓言用来抚慰爱的情怀，漫洒一生浅浅淡淡的离愁！

　　半年的思念绵绵长长，终于他回来了，看到他的那一刻，千言万语只化作一汪泪水，他笑着为她擦去泪儿，抚摸着她的及腰长发，口中说着傻丫头："不是回来了吗？不是回来了吗？"她扑进他的怀中，半年的想念顷刻间得以安慰，她只是紧紧抱着他，生怕他突然间消失于她的面前。他笑着，只是轻拍着她的后背："放心，这一个月都是你的，再熬过半年，我们就可以长相厮守，我再也不离开你了。"

　　这一个月，他经常去她家，外婆早已经心知肚明，看着小伙子的憨厚，对青菱的处处呵护，外婆的脸上多了一份欣慰。只是他从未带过她回家，他说过，一定带她回家的。她没有说什么，她明白他的父母一定是不会接受她的身份卑微，催着他反而给了他压力，等到他工作后，他一定会有自己的安排。

听说他从国外回来的，几个和他要好的同学就一定要宴请他，还说一定要他带女朋友出席，她第一次出现在他的朋友圈里。因为他从国外回来，因为他带着女朋友一起来，同学们一而再敬酒，他为她挡了无数杯红酒，本来就不胜酒力的他，终于是一醉方休。一醉方休呀，醉在情爱中，他是酒醉还是心醉呀，口里不停地喊着青菱，青菱，我的世界只有你，我的努力只为你。同学们好不容易将他带到房间，嬉笑着说了声嫂子交给你了，大家一哄而出，青菱红着脸为他擦脸擦身，为他褪去外套。脸盆接着他的一口口酒吐，青菱含着泪为他清洗，她是心疼他。他终于有些安静下来了，她就这样守在他的床边，看着熟睡中的他，她的手抚摸着他的眉心，他的脸颊，他的鼻梁，她只觉得这一切都是一副精致的画，她感谢上苍对她的厚爱，赐给她这么一个可心可意的人儿。她终于被一手抚摸惊醒了，他酒醒了，而她趴在床沿上睡着了。

"傻瓜，这床这么大，还睡不下你一个小身子吗？趴着多累呀。"看着他满眼的心疼，她的心里是甜甜的，却又是难为情，二人情归一处，可毕竟还都是大学生呀。他掀开被子，拍拍床，她一脸通红，一下子红到耳根了。他走下床来，一下子抱起她，把脸贴在她的额头上，把她安放在被窝里，他轻轻在她的身边躺下。

她在他的臂腕里蜷缩着，他紧紧环抱着她，她的双手放在他的胸前。一夜缠绵，多少次夜半梦惊醒，都是渴望他的怀抱，今晚就是这样在他的臂弯里躺着，他说着自己的打算，等他回国后准备去一家外企工作，先去租套房子住着，等她一毕业马上就结婚。她终于不顾矜持开口了，能否在他离开之前一直这样陪着她，

爱从那个
初夏开始
I cong na ge
chu xia kai shi

她不愿意这样一个人孤单着，他点点头同意了。爱情是她和他生命的一部分，但是学业更是生命里的重要部分，他还是回美国了，他嘱咐她一定要熬过这半年，他马上就会回来的，将来他们就会有自己的家，有自己的孩子，他说他这辈子都只是属于她的，属于一个叫青菱的女子。

然而上天真没有厚待这个命薄的女孩，他走了却是难以回来，去时活生生的一个人，来时只是一个冷冰冰的骨灰盒。去后不久的一个星期天，和同学们一起去海边玩，因为胆大不躲避浪潮却被一个突袭的浪潮卷走了，三天后被警察捞回了僵硬的尸体。他丢弃了自己的誓言，丢弃对她不离不弃的誓言，终于丢下她一个人去了天堂。

接到他去世的消息时，她一下子就晕倒了，当她在医院里醒来的时候，她已经躺在白色的病床上，当年轻的班主任告知她怀孕的消息时，泪水从她的脸颊里一滴滴滚落。一个生命的孕育，却是一个活生生的他再也不会来到她的世界里。同为女人的班主任没有责怪和轻视她，为了保守秘密，让她回家去送他最后一程。

她敲开紧闭的门，里面走出来一个憔悴的女人，散乱的头发间有几丝银丝，脸色苍白，欲张不语，青菱沙哑着说："阿姨，我有事想和您说。""青菱，进来吧。"青菱一愣，她怎么就知道她呢？看着她的愣，女人拉起她的手："孩子，进来吧。"青菱很少感受到母爱，而此时这种叫作母爱的情感，在她的血液里沸腾着。青菱打量着宽敞的客厅，客厅里全是他的照片，她知道今天来对了，他走了，可他的生命在她的身体里延续着，可以给这对丧子的老人一个安慰，不管他们原来接受不接受这个身份卑微的女子，如今她的身体里有他家的血脉骨肉。"老李，出来一下，青菱来了。"女人对着屋里喊了一声。一会儿，一个五十多岁的男子从里屋出来，眉宇间像极了他，他曾经说过和父亲长得很像，特别是眼眉之处。他对她笑了笑，示意她坐下，他们在沙发上坐定后，都是望着照片一语难言，青菱一句话都说不出来，只是从包里抖抖索索拿出一张化验单递给女主人。

女人一脸疑惑望着青菱，青菱的脸刷地红了，红得低头不语。女人激动地递给了男主人，男主人看了看化验单，脸上露出了欣喜的神情："真是上天不断我李家的香火呀。""孩子，你今后就住家里，妈妈照顾你，李岩在天也会瞑目的。"

临走时，李妈妈塞给她一本带锁的日记本，只说让她好好保管，里面记载着很多关于她的事情。后来青菱一页页打开，从他第一次看见青菱，从母亲的口中得知青菱诗发表，读着青菱的诗以及对着女孩的欣赏，以及后来他几次接近青菱而没有认识她而感到烦恼。终于看到青菱走进了小径，看到她的泪滴而心痛，他发誓要一辈子对她不离不弃，一辈子呵护她，宠爱她。青菱手捧着这本手写的日记，字字如金，这是他用心书写着说不尽的爱意，正是这个世界唯一爱她的男人，她也发誓一定要替他照顾好他的父母和孩子。

青菱回了趟家，看望外婆，什么都没有说，然后回学校上学，却是收起了裙子，一改往日的淑女装扮，每天穿着宽大的休闲服，同学们笑话她每天穿着孕妇装晃来晃去，只有班主任清楚，年轻的班主任同情这个可怜的女孩，在她的肚子有些微突，预产期还有一个月的时候，她请了假回老家。

青菱给外婆打了个电话，说学校里有个实验要参加，这个假期就要在学校度过，让外婆不要想念她。青菱走进了这个陌生的家，这个家又是他生活了24年的家，这个家里有她熟悉的味道，有他的气息还有着他的影子。她依然还能感受到他的存在，她的世界里不能没有他的味道。躺在他曾经的床，她似乎像个静候丈

爱从那个
Ai cong na ge
chu xia kai shi 初夏开始

　　夫归来的主妇，有时候摸摸滚圆的肚子，和孩子说着悄悄话，不要闹，爸爸回来了，爸爸回来了。

　　龙凤胎的落地，请了一个月嫂，来了一个亲戚，还是忙坏了这对老夫妻，忙与累却是喜在心里。静养了一个暑假，青菱的心里有些焦急，她对自己的学业还是有些不舍，婆婆看穿了她的心思，和老伴商量去学校旁边租一套房子，带着保姆一起陪读。

　　有了两个孩子的妈妈，青菱的学业学得很艰难，但最终还是毕业了，终于毕业了，回到小城，在银行里就职。

　　李岩离开已经四年了，但是这四年里，分分秒秒无时不在想着他，有几个同事看她新分配，一直都是单身生活着，总是热情帮她介绍对象，可谁知道她的心里的沧海桑田呢。李岩走了，离开了这个世界，但李岩一直在她的心里，也永远驻留在她的心里。

　　今日是李岩的生日，她回想起第一次给他过生日的时候，她用自己打工的钱为他买一件衬衣，他一直穿着这件衬衣出国了。如今她有钱了，今日往后再也不能给他任何送礼物的机会了。走在湖边的小道上，任凭人来人往，她独自走在人群中，这条小道中曾经是他们经常来的地方，她似乎还感觉他手的温度，她似乎还在这条道上感受他的气息，他曾经惹她生气，他曾经逗她开心，这一切的一切呀，都只能在风中、花香中去回味，去感受，她似乎觉得他一直在她的身边看着她，在她不开心的时候，他似乎在她的耳边悄声说着："你要开心生活着，你要好好照顾咱爸妈，你要好好地照顾咱们的孩子。"是呀，他走了，这一切的责任自然都落在她的肩头。此生有了他的爱已经足够，虽然短暂却是存久。

　　一帘幽梦，梦中有他一双深情的明眸。那一帘幽梦，将回忆编织，编织着一地的相思盈袖。

一起吃苦的幸福

"恭喜，恭喜，得了一个大胖小子。"妇产科主任抱着哇哇啼哭的婴儿走出了产房，笑着把一个肉墩墩的胖小子送到了一个35岁左右男子的手中。男子接过孩子，把孩子紧紧贴在胸口，眼里闪着一丝泪花。

男人抱着孩子坐在床沿边，拍着孩子的后背，尽管初生婴儿对初来外界的不适应作出各种的排斥，但在男人的胸前还是很安然地看着一个个探头来逗小家伙的叔叔阿姨们。婴儿初来人世还不适应，只能用哭声来表示自己心中的不满。

一张推床被推出产房，产房外的男人急着上前去，看着面色苍白的女人睁开无力的眼睛，他的心里突然有一丝的疼痛，他不由得伸出手去握握女人的手，并对她说，累了就睡一觉，儿子在房间里等着呢。女人努力露出笑容，又闭上了眼睛，眼角随即滚下一颗豆大的泪珠，男人的手在女人的脸上抚摸了一下，笑着说道："傻妞，刚生完孩子，怎能落泪呢？小心以后眼睛不亮。我们终于是三口之家，高兴的日子里不许哭。"女人拼了一力点点头。

爱从那个
Ai cong na ge
chu xia kai shi
初夏开始

　　男人名为郑清，是一个机械厂的技术工。产床上的女人是他的妻子，名叫黄梅，二人结婚十年，刚有了孩子。人家要个孩子很容易，可是这对平凡夫妻想要个孩子确实很难，年年盼了年年失望，说妻子输卵管有些堵塞，大小医院走了很多，但还是一年等了又一年，一次流产，再想要怀孕却是比登天还难哪，家里的积蓄差不多都用在了医疗费用和往返的路费上了。清贫的生活非但没有淡疏夫妻之间的情意，反而使这对贫贱夫妻情深意浓。

　　说起这对贫贱夫妻，还真是相信冥冥之中的红绳姻缘。郑清的父亲得病住院，他天天一下班就赶往医院照顾老父亲，因为医药费的昂贵，郑清家中兄弟两人都是大学刚毕业，家本就清贫，遇父亲生病，真是雪上加霜了，母亲除了叹气就是抹泪。郑清上班加班还要去借钱，身心疲倦到了极点。到了夜间累得起不来，父亲要喝水，他也熟睡不醒。黄梅父亲生病，正好和郑清的父亲隔壁床位。看着郑清那么忙碌与倦累，黄梅的心里有着一丝小小的心痛，虽是陌生人，却为这个勤劳有孝心的小伙子从心里去赞美。黄梅在照顾好父亲的同时会帮着照顾郑清的父亲，虽是陌生人，但是黄梅从未有过退缩，很认真地照顾着这两位老人。看着郑清焦急的神情，得知他囊中羞涩无法缴费时，黄梅私自去帮着缴了一笔医药费，一直到郑清去办理出院手续的时候才得知这个临床姑娘的善意。

　　等他明白过来时这个临床姑娘却已经是人去影空，不知居住何处。这份情却是这样铭刻在心中。

　　郑清的父亲出院后病愈，继续着自己种田下地的田间操劳，身体也是渐渐在恢复。郑清在厂里凭着自己的学历高，又能吃苦钻研，工作了几年，就不再做车间的活，专管修理机器的技术师傅，工资也涨了几倍，家里的生活条件也在逐步改善。

　　然而上天对黄梅似乎没有这样眷顾，黄梅的父亲在一次跌倒后就不再站起来，原本有高血压的一摔跤就中风了，原本殷实的家庭被一个病人拖垮了，黄梅不得不一边工作一边照顾老父亲。屋漏偏逢连夜雨，黄梅的母亲一夜心肌梗塞独自离去，这个家一下子陷进黑暗之中，所有的重担都得这个看似瘦弱的姑娘一肩挑。母亲的离去，黄梅陷入痛苦之中，原来有委屈和伤心，还可以和母亲诉诉苦，透口气，如今和母亲阴阳两隔，再也没有人可以和她心和心地交流了。

　　一天夜里，她把父亲安顿好之后，看着熟睡中的父亲，她却毫无睡意，感到压抑，压抑得她要窒息了，她想到了死，可是父亲还活着，只要父亲还活着，她就不能死，她还得有责任照顾老父亲。她披上外套独自走在村边的公里上，秋凉夜深的公路三三两两的车呼啸而过。黄梅感到人生的茫然和绝望，秋风拂过，冷飕飕钻进她的衣领和袖口，刺冷一直钻进她的心里、骨髓里。家庭的突然倒垮，爱情毫不留情远离而去，使她一下子陷入了迷茫之中。原本幸福的家庭一下子就瘫了，家瘫了，爱情自然也就失去了，水往低处流，人往高处走，这是红尘规律，她不怨人家的势利，谁不愿意自己过上好日子呢？谁愿意自己一结婚就担上这样的一副重担呢？黄梅能理解人家的离去，只是怪自己的命运不济。

　　想着想着，绝望又从心底升腾起，她恍恍惚惚往前走去。"嘎吱"一声，一辆车一个急刹车突然横在黄梅的面前，黄梅没有轧死，突然觉得捡回了一条命，带着惊吓直愣愣站在路中间。

　　车里一拉车门就扯着嗓子喊："不要命了？你不要命我还要命呢！"黄梅惊得瞪着眼睛说不出话来，却是一脸的清泪滚落。车内的人气鼓鼓出来看着车前的女人，月光下流泪的黄梅是那样

爱从那个
Ai cong na ge
chu xia kai shi
初夏开始

令人怜悯。男人气消了一半，再仔细看着面熟，脑海里认真搜索着这张脸。那一刹那间，一张脸就浮上了眼前，那不是临床的善良姑娘吗？当初她伸手帮了他家一把，却不留名留址。

今夜偶然相逢，虽说是惊诧，却也感到意外的惊喜，他上前拉起姑娘的手，姑娘含泪看着面前这个衣冠齐整的男人，一双眼睛里带着一抹惊喜。这双眼睛惊喜中似乎还夹杂着一丝幽怨，这是一双熟悉的眼睛，曾经在心头存留了好久。今日在脑海里又重新浮现出来，月夜里重新相逢，大概也是上帝安排下这场相逢的一幕。如果只说街头一遇，说不定还不会认出对方。

郑清没有退缩，而是挑起这个家庭的重担，虽只是朋友，却像个亲儿子一样去照顾黄梅的父亲。黄梅的父亲半身不能动，要经常帮着翻身，郑清从不去嫌弃脓疮的臭味，反而是一遍遍去擦身涂药膏，还会经常推着轮椅出去玩。黄梅看着郑清推着父亲在草坪上晒太阳的身影，她的眼睛湿润了，这半年也花了人家不少的钱，又耽误了人家不少的时间，人家如今是事业有成，是个帅小伙子，而自己如今是家业重，自己又没有什么好的学历和好的工作。外人看来是有想法的，这样不但会害了人家的前程，也会让自己陷进别人的是非之中。

当黄梅把自己的想法告诉了郑清，希望郑清以后都不用进这个家门，希望他能过上幸福的日子，虽然医院的那一笔费用自己是有意帮忙的，但是郑清的半年的医药费和半年的无微不至的照顾早已经让她有了一笔很重的心债了，她明白自己这辈子都已经无法去偿还。更不愿意再去讨扰人家或者去耽误了人家，不管她如何说，郑清都表示自己不会不管的，这事他管定了。郑清正气地说："漂亮姑娘能干姑娘到处都有，但是善良的姑娘不好找，我今生就是要找你这样善良的姑娘。"

　　此后每逢的节假日就会买衣服或者包之类的女性用品送给黄梅，说是公司送给家属，黄梅开始推脱着，但郑清说反正也是公司里发的。原来都是做完事就回家，后来也经常在这里吃饭，说黄梅做的饭好吃。黄梅就会留意他最喜欢吃的菜，也会经常特意做他最喜欢吃的菜。

　　不知是感动了上天，还是郑清经常带黄梅的父亲出去散心锻炼的缘故，总之黄梅的父亲的病情有了好转，能挂着拐杖站立起来了，并能做一些力所能及的事情。黄梅不用再守着父亲，她准备出去工作了。

　　郑清就把黄梅介绍给公司，虽然黄梅只是高中毕业，老总不得不给面子，再说黄梅清秀的长相是很适合前台工作，于是黄梅就成了公司的专柜工作人员，黄梅的服务态度温和细致，讲解耐心仔细，客户一听就明白了。

　　每天上下班，郑清都会去接送黄梅，情愫也在心中一点点地深厚起来。两人都彼此很了解对方的脾性和生活方式，又都因为善缘而走在一起的，所以这份情在心中从一开始就是坦然相对，双方的家长早就有此意，在父母的推波之下，婚姻也就顺利走进章程。

　　婚后，为了便于照顾父亲，夫妻俩经常来黄梅家住，生活是越来越幸福。郑清从不会大声和黄梅说话，也不会日子久了就如别人说厌烦了同一张脸，他每天总是很细声和气对着她，似乎说重了就会吓着她。单位里经常有同事开玩笑，说郑清是妻管严的，郑清从不争辩，只会呵呵一笑。

　　结婚一年，两家大人一直都在盼着，盼着，但是消息从没有，郑清和黄梅的心里也是明白的，也着急，二人就去医院做检查，黄梅的宫内有息肉，不会怀孕，输卵管堵塞也不容易受孕。黄梅去医院接受息肉切割手术，但是手术之后需要一段时间恢复不能

爱从那个
Ai cong na ge
chu xia kai shi 初夏开始

同房。郑清尽力去抑制自己的情绪，二人晚饭后都选择看书，黄梅在学历上的悬殊，经过几年的相处，加上黄梅好学，自修学完大学的文秘书籍和营销书籍，这个没有学历的人但在专业水平上却是毫不逊色的。

又是一个暑去秋来，上天眷顾这个多难的女人，黄梅终于怀孕了，这个消息足足让全家人兴奋了好几天，郑妈妈提出让黄梅在家休养，好好保胎，郑清和黄梅说同在一家公司，有什么事情也要照顾，上上班可以锻炼体质，老是在家里养出来的宝宝也不会健康的。老人最终拗不过年轻人，黄梅还是照常上班，看着二人每天笑盈盈回家，家人也不再去反对了。

一天，一个客户要的货多，黄梅帮着搬运，一不小心摔了一跤流产了，医生说这一次的流产，对于黄梅来说可是致命的打击，以后很难怀孕了。

这样的诊断结果让一家人都陷入了痛苦之中，郑清总是沉默不语，黄梅则终日泪流满面，她感到内疚与自责。她觉得自己对不起郑清，更对不清郑家人。她选择了退出这场婚姻，她悄悄留下了一张签好字的离婚协议书。她希望郑清能理解她的做法，也能接受她的祝福，找一个好姑娘成家，将来有一群自己可爱的孩子，她说她会永远祝福他的。

郑清看到这一纸离婚协议书，如疯了似撕得稀巴烂，发疯似的去寻找黄梅，然而黄梅像从人间蒸发了一样，了无踪迹。

半年之后，黄梅终于给父亲寄来一张汇款单，打来一个电话，这半年对于郑清来说简直是度日如年。没有一天不在搜寻黄梅的踪迹，没有一天不想念着黄梅。终于有了她的消息，他拨打着电话，但是电话终是没有人接听，还经常是关机着。郑清明白黄梅是铁了心的离婚，但是他怎能抛弃她呢，她的心里还没有走出阴影，她心里的伤痛不会比他少半分，他怎能让她独自在异乡添伤呢。于是他也不再打电话了，只要是有空就会发个信息给她，心病还需心药医，只有文字会触动她内心最柔软的地方。这话说得一点没有错，每次黄梅看到这带着温度的文字，她的心里总有些触动的，她很想打个电话给他，但是又不得不硬着心，尽管这半年她一直在调治身体，但结果还是不尽意，医生总是那一句话，怀孕的可能性不大，她知道只有时间久了，他就会放下她，然后可以重新去生活。

但是郑清还是依然如故不停地给她发送信息，每天总会有那么一句话："希望你尽快回家，不管将来如何，我做好和你一起吃苦的幸福。"每天看着这一行文字，看似冷酷的文字却是这样的打动人心，但黄梅不是铁石心肠的人，看着一条条短信，看着自己的一封封病历单，她痛苦地哭。选择，选择，人生对她来说已经没有任何的选择了，这不是她所愿意选择的路，可是这又是她不得不选择的人生路。

又是一个春暖花开时，黄梅接到父亲打来的电话，父亲气若游丝地说着，只想见她最后一面，她若是来晚了，恐怕今生再也无缘见面了。听着父亲虚弱地叮嘱，她啜泣着。父亲说，不是说的时候，赶紧回家吧。她马不停蹄地赶回家，等她急匆匆赶回，却看到父亲端坐在家门口，挂着一根拐杖，头发苍白老了很多，却是红光红润不似电话中说的将要死去的人。父亲早看见她了，就这样盯着她走来。她蓦然明白了父亲的用意，但一时还是没有接受，愠怒之色浮上她的脸庞。待她走近父亲，看着父亲明显地苍老了，话到嘴边又咽回肚子里。父亲拉起她的手走进了家门，家里一个男人系着围裙在摆碗筷。看到她的那一刻，有些惊讶同时又有着惊喜。

爱从那个
Ai cong na ge
chu xia kai shi
初夏开始

　　郑清笑着说："回来了，洗洗手就好吃饭了。"她记得他是不会做饭的，他最不喜欢就是做饭。父亲说了，你一走了之，要不是郑清我都死过千百回了。她得知在自己走后的几年里，父亲住过好几次医院，都是郑清悉心照料比儿子还要细心，还有郑家的父母，一起帮着照顾，黄梅听着听着，内心百感交集，她只想着脱离这个男人，如果这个男人绝情一点，脱离关系很简单，但是这个男人确实这般多情，她觉得自己更应该绝情，不应该拖累人家一辈子，可是看着父亲单薄的身影，她还是狠不下心来。

　　面对如此深情的男人，黄梅不再逃避现实，她去省城检查了几次，医生诊断正常的怀孕很难了，建议接受人工受孕，虽然很辛苦也很痛苦，但是她都愿意去承担，为这个男人受多少罪都愿意。

　　几次失败，几次绝望，郑清曾提出不再做这种手术，他不愿意女人再受苦，但是黄梅不愿意，既然他说了只要一起受苦的幸福，她也愿意一起受苦的幸福，肉体的苦，她能承受得住。

　　终于怀上了，人家怀一个孩子多轻松，曾经有人说生孩子就像捏个鸭蛋，来一个捏一个，但对于他们来说却比登山还难呢，这次终于登上山了。终于是怀上了，这十月怀胎可也不是容易的事情，黄梅就待在家里，就在自己的房间里，不许下楼，三餐饭由郑妈妈送上楼，其他的事情都由郑清亲自完成，黄梅可成了郑家的大熊猫孕妇了，可不是，这次可不能再有大意了，这个孩子对于他们来说是多么重要呀。

　　好不容易到了十月分娩，黄梅早半个月就住进医院，随时都等待着孩子降临的时刻，今日孩子终于面世，郑清怎能不喜极而泣呢？几经波折的婚姻，几经周折的孩子，都仿佛一下子恍若隔世。这个孩子的到来对于这个家可算是圆满了，这个三口之家，就算狂风骤雨也不会再拆散了，剩下的除了幸福还是幸福，哪怕是生活上最清贫的，也会过上精神上最幸福的三口之家。

有多少爱可以重来

"常常责怪自己当初不应该，常常后悔没有把你留下来，为什么明明相爱，到最后还是要分开……有多少爱可以重来，有多少人愿意等待，当懂得珍惜以后归来，却不知那份爱会不会还在……"听着迪克牛仔唱着《有多少爱可以重来》，玮玮的心里却如同一阵刀绞。今天是他丧葬的日子，她的心一阵阵地绞痛。

玮玮和他是同一年进入这家外贸公司，他一米八的个子，俊朗的外表，日本留学回来，一进公司就是企划部经理，不管他走到哪里都有很多目光追随，但他的目光从未在哪个女孩的身上停留过。玮玮一米六三的个子，清秀瘦弱，能歌善舞，走路总是那样安静地从你身边飘过，好像她的脚底有一些软垫，从不会去影响别人的情绪。她外语系本科毕业，进公司从打杂开始，虽然打杂，但玮玮很努力，很快就被升为总经理助理，她大学主攻日语，自然就成了他的助理。

从她走进他办公室的那一天开始，就有很多女孩的目光瞟着她，那目光里满是嫉妒恨。随即就黯然下去，但她总是神情自若

爱从那个
初夏开始
Ai cong na ge
chu xia kai shi

游走在公司的每个角落。当年公司举办10周年年庆会，他和她编排了一个节目，一个唱一个舞，竟然是那样的默契，他高亢的歌喉醉了多少女孩的心，她曼妙的舞姿吸引着多少男孩的目光。但所有的人都知道，舞台上的两个人是彼此心灵相吸的。

从那次年庆以后，两人就开始双双进出，一起工作一起出差是理所当然的，她是他的助理嘛。他们经常一起加班，加班结束他们先去吃夜宵，然后送她回寝室。

一年以后，他们宣布结婚，这如同晴天霹雳惊痛男孩女孩的心，他们再也没有希望了。不过很快又都真心去祝福他们，似乎他们的结合是最完美的艺术品。

一年之后，他们都要当父母，那份喜悦经常在他那俊朗的脸上写着。她大着肚子仍然坚持来上班，大家说她该在家待产了，她说得看着他，就怕被你们这些贼眉贼眼的人偷了他的心去。说完大家笑作一团，都指着她说，我们都得保护你这个珍稀动物，还敢欺侮你吗？说实话，在他们结婚之后，所有人的眼睛都看得明白，他的眼睛里不会再容下另一个人的。

十月怀胎，分娩在即。双方的父母都赶来为迎接小生命做准备。一个胖小子终于在大人的期待中来到这个世界。他来自北方，父母要按照北方的风俗来照顾月子里的媳妇与孙子。玮玮是南方人，她的父母要按照自己家乡的风俗来照顾女儿和外甥。由此，双方的父母起了争执，初次生活在同一个屋檐下的亲家互不相让。男方父母觉得这是我儿子的家，应该我是主人，由我来主管。女方父母觉得这是我闺女的家，就这么一个闺女，月子一定要自己好好来照顾。他白天工作不在家，但一回到家里，父母就诉苦不断，觉得儿子太懦弱，总被她家人欺侮。岳父母总是冷眼相待，觉得这姑爷总是帮自己的父母。

慢慢地，她很少能见到他的面了，每次一到下班时间，他就来电话，晚上开会，晚上加班。后来就是连电话也没有了，睁着眼睛等他，过了12点也不见人影。她的心一阵阵地揪痛，好不容易熬到了满月，摆满月酒那天，一个同事悄悄告诉她，他最近经常去酒吧，一同去的还有他新的助理，那个刚进公司的大学生。那天，她不知道她是怎样和亲朋好友道别，她只觉得她的眼睛一看到他和大学生的身影，眼睛就如同刺进一枚针，痛得她是无法睁开。

从那天以后，她再也没有去正眼看过他。父母和公婆的吵架依然在升级，她再也不去和公婆笑脸表示歉意，她觉得这一切都是他们在作祟。他依然很少回家，每次回家也不再和岳父母聊天，他觉得如今这一切的僵局都是他们介入的缘故。

出月子没过几天，公婆就回北方老家了，她有半年的产假，也就随着父母回到她的农村老家。这半年里，他只来过两次，不管他是怎么找话和她聊聊，她都别过头去，装作没有听见。岳父对他冷落冰霜，岳母更是言语讥讽。

他不再去乡下看望母子，静等她回公司上班，同时来的还有她的父母，一个带外甥，一个做家务。这个家里不再是他的，这只是属于她的天地。他经常听到他们笑声不断，等他一到客厅，笑声便戛然而止，他似乎觉得自己是个局外人。

她回到公司主动向领导请求调离，她去了销售部当助理。也许是有股赌劲，她拼命工作。在单位很少和人闲聊，都是急匆匆地来，急匆匆地去。几次看到那个大学生当她的面抛媚眼，虽然他从不去理会。对于这一切，她从不去看他们一眼。她只是埋头工作，不久，她成了分公司企划部经理。

在孩子满周岁的时候，传来了他们离婚的消息。她带着儿子一起生活，他离开公司考上公务员进入一个机关工作。每逢节假

爱从那个
Ai cong na ge
chu xia kai shi 初夏开始

日，他想儿子，他在楼下等着她把儿子带出来交给他，他几次欲言又止，看着她冷冷的表情，只好转身离去。后来他去援疆了，每次电话里想和她说几句，但她一看到来电显示，或者一听到他的声音，就直接把电话给儿子。

一次她正在开会，他的电话几次响起，她几番按掉，铃声总不停响起。等她开完会，接听电话，对方说是新疆的警方，有一个重伤员的手机里，写着最爱的人的号码就是她这个号码，她是他最爱的人，那应该就是他的爱人，警方要核对伤者的身份。听到他重伤的消息，她什么都没有说，只问伤情如何。警方说头部摔伤，正在抢救中。

她以为不再理他，她以为他早已走出她的心里，而当她听到他重伤的消息，为何如有一把刀在割着心，一刀一刀地剐着。她匆匆向领导请假，说是他出事了。当她匆匆飞往新疆时，看到的却是一块白布遮住他的全身，她几次想揭开白布，都被人拉住。她终于拼尽全力挣脱出来，揭开白布的那一刹那，看到是一个头部严重变形，几乎认不出他原本俊朗的脸部轮廓。她急忙去扒开他的前胸，当她看到那一颗醒目的黑痣时，她是真的相信这就是他。她一下子瘫软在他的身上，等她醒来的时候，已经躺在宾馆的床上，她见到了他的同事和援疆的领导。领导把他的遗物交给她，她看到他的皮包里夹着她和儿子的照片。

她打开他的笔记本电脑，电脑的密码就是她的生日，在他的QQ的私人空间里写满他对她说的话。从儿子出生的喜悦，到老人之间的矛盾让他的心里很痛苦，他几次想和她一起化解老人之间的矛盾，她却是对他不理睬，因为工作的忙碌也带着赌气，他几次约人喝酒。临时助理对他有爱意，但他总是避开她，虽然几次接受下属的邀请，都只是对下属说这是不可能的结果，他的心里只住着她。他从未对不起她，但她总是对他冰霜着脸，他们无法沟通那心里的矛盾。在她执意要离婚的时候，他把儿子给了她，他说有了儿子，他们之间还会有联系，她总会想通的，他在文章里说他一直在等她，等待他们重逢的一天。他援疆只是为了给她静思的时间，他希望他们能在这数千公里的距离里都对彼此深深地牵挂着，想念着。最后的一篇日记上写着，那天是他们结婚五周年的纪念日，他想去和田给她买一块玉镯，她在他的心里就如碧玉一般的珍贵。

就在归途中发生抢劫事件，他为了维护姑娘，被歹徒几刀刺中心脏，几个歹徒还把他一下子甩出几丈，头部正好撞击在车上。她声声呼唤着他，她说只要他醒来，她一切都不再计较，其实她一直都未找对象，一直都在等着他认错，一直都在等着他的解释。她撕心裂肺地对他说，只要他能醒来，她现在连解释都不要了，她只要他平安回家去看看儿子。

今天是他丧葬的日子，他的骨灰带回北方老家，公婆一夜之间满头银丝，她的心里满是悔恨，悔恨自己不该这么任性。如果当初不坚持让父母过去为自己做月子，那双方的父母就不会产生矛盾，既然产生矛盾，如果不任性，能和他一起调解两方父母的矛盾，那他也不会多加班不愿回家，如果当初听他解释，信任他对婚姻的忠诚，对他多一分宽容，不坚持离婚，他也就不会离开公司，也就不去援疆。这一切一切的错，她都归责于自己。当她在他的灵堂上重重地双膝下跪时，她幽幽吐出一句话："这份爱能让我重来多好。"

大千世界有多少夫妻明明彼此爱着对方却不知道珍惜，就为了那份面子折磨对方，等到了不堪回首的时候，还有多少爱可以重来呢？

爱从那个
初夏开始
Ai cong na ge
chu xia kai shi

有一种爱叫成全

　　夜色如一块幕布遮盖起这座城市，霓虹灯有规律一盏一盏地亮起来了，使整个城市如昼般亮堂。临街两旁的霓虹灯五光十色，像是一道道美丽的彩虹。急着归家的汽车在彩虹下川流不息，不时地发出刺耳的喇叭声。晚归的行人行色匆匆，急着和家人团聚吧。家或许很远，或许就在不远处。心归之处便是家，家是一个心灵的栖息地，家是一个温暖的港湾。

　　璟瑜看着窗外匆匆的旅人，是呀，对于人生来说，所有的人都是属于旅人的。她端起手中的酒杯倒进了咽喉，滑进了肠里，她不知道这是第几杯酒，反正就是这样喝着。对面的酒店进进出出，谁都是笑容满面的。一对近六十的夫妇胸戴大红花进进出出，喜上眉梢。璟瑜想大概是女方的父母吧。她一时恍惚看到自己的父母在这里进进出出，也是这般的喜悦。

　　她仿佛听见了母亲慈爱温柔的话语："瑜，该找个人家嫁了，妈妈不期望高官达贵，只求能对你好就行。"她一直都谨记母亲的叮咛，也一直都信奉母亲的话语。她不知拒绝了多少的约会，不知谢绝了多少的玫瑰，也让自己失去工作上的很多机会，就为了母亲这句话，就为了这个对自己好的人。

一辆缀满红玫瑰的婚车停在对面酒店的门口，众宾客就围了上来，一袭白色婚纱从车里飘了出来，她不用看都知道，这本来是属于她的婚纱，也为她量身设计与定做的，可此刻却穿在别人的身上。她又端起酒杯倒进嘴里，和着泪、苦涩和辛辣滑进了她的咽喉。她透过泪眼看见他牵着她的手走进了红地毯，虽然看不清他的神情，但想这是他的幸福时刻，一定是满脸的幸福，不知道此时的他是否还能想起她。一对幸福的新人，一众忙碌的亲人，还有众多的亲友都是脸上愉悦的，谁在乎角落里的她伤心伤神呢？

璟瑜和蓝枫、吴明都是同一家公司，而且又都是同一年进入公司的。璟瑜是企划部，蓝枫是设计部，而吴明是销售部，三人都是因为同龄，又都是新员工，所以走得比较近，三人经常在一起。璟瑜是独生女，父母都是机关干部，家境不错，璟瑜脾性好，工作努力，很快就成了企划部的经理助理，总经理对她很看重。蓝枫来自农村，父母都是面朝黄土背朝天的老实巴交的农民，下有一对正上高中的双胞胎弟妹，蓝枫大部分的工资都寄回家供养弟妹上学，所以蓝枫节俭节约，一般的大聚会，她就不敢参加。但每一次璟瑜都拉着她去，自然这费用璟瑜也帮着她一起出了，用璟瑜的话说，谁让蓝枫比自己小半个月呢，再说璟瑜的工资自己花不够，父母还会经常给她补贴的。于此，蓝枫也很感激璟瑜，有什么事情自己做不了决策的，就会找璟瑜商量帮忙定夺的。蓝枫很努力，她专门设计新产品的，来公司第二个月就设计一款新产品挑了设计部的大梁，获得总部的认可，第二年公司就任命她为研发部的部长。吴明父母都是经商的，经营一家木材店，家道

爱从那个
初夏开始
I cong na ge
chu xia kai shi

殷实。吴明高大英俊，说话幽默风趣，也许是职业的习惯，说话总是大道理一套一套的，走到哪里，笑声就带到哪里，所到之处，经常围了一群美女。璟瑜常和吴明开玩笑，说他是采花大盗。但吴明也奇怪，不管璟瑜和他开任何玩笑，他都不生气，就是不允许说他采花大盗。

一次公司的酒会，结束后，吴明又开始了他的口才学，一大群花枝招展的美女围了上来。璟瑜向蓝枫努努嘴："你看，采花大盗开始了采花。"虽然声音很轻，还是被他听见，他顿时提高声音说："我哪朵花都不想采，就只摘璟瑜这花一朵。"说完朝她眨眨眼，所有的目光一下子集中在她的身上，有羡慕也有嫉妒的，璟瑜窘得脸红到耳根。

璟瑜一个星期都没有理过吴明，无论吴明怎么道歉，她都不说一句话，就是不和他说话。吴明通过蓝枫，让蓝枫做和解工作，约会璟瑜一起吃饭。蓝枫做他们中间的调解员，说了很多的好话，璟瑜才算是和他说话了。吴明为了进一步谢罪，三天两头请璟瑜吃饭，自然少不了蓝枫这个功臣。

情人节到了，在前几天就听见大家在说着送礼收礼了，璟瑜淡然一笑，她觉得这些都和自己不沾边。情人节正是星期天，不用上班，璟瑜窝在被窝里准备美美地睡上一觉。突然短信的铃声响起，她笑了："谁来和我一起过这个没有情人的情人节呢？"打开短信一看，她有些懵了。到底是什么呢？短信是吴明发来的："其实那天我说的是心里话，只是当着大家的面说，有些唐突你不接受。今日是情人节，不知道你是否能接受我的情感？从第一天看见你，我就喜欢上你了。后来在接触中，更让我坚定自己内心的情感，今生非你不娶！"看着这条短信，璟瑜的眼睛蒙上一层水雾。她开始梳理每一次与吴明接触的日子，开始梳理这个男孩的优点与缺点。优点罗列了一张纸，可缺点还是想出一个来，不过她想人都是有缺点的，没有明显的大缺点当然就不算是缺点。过来一会儿又来了一条短信："如果你接受我的情感，就来水云间，我会在那里一直等你。"璟瑜内心的情感线一直未被开启，他们一同进入公司，她和蓝枫一直都把他当哥们，她们有困惑有难题解决不了的都去找他商量定夺。蓝枫来自农村经常有事找他解决，他们似乎觉得这一切都是理所当然的，从未有过私念。如果今日去赴这个约会，他们之间确定这个关系，以后让蓝枫怎么和他们相处呢？可璟瑜又想，他们都27岁了，也该是谈婚论嫁的年龄，总不能为了友情都不婚姻吧。想到这里，她释然了。

到了水云间，还是那张他们平时经常坐的靠窗的桌子，吴明是一身休闲服，却也透露出一股儒雅帅气，还是那样朝气蓬勃的阳光男孩。吴明的目光从璟瑜进入门内就一直没有离开过她的身上，似乎眼中有些泪花，也许他还捉摸不定她是否能接受他的感情。如今看着她款款而来，他的内心不仅激动万分。她也不是平常的她了，一看见他就嗨的一声飞奔而来，像个小鸟雀一般来到他身边。而是穿着一袭粉色的长裙，外加一件披肩，一步步婷婷袅袅的，今天的她看上去是一个女人的优雅与高贵，一脸的微笑如一朵百合花般高洁与雅致。在他的炯炯注目下，她已经翩然来至他的面前。他好像是第一次认识她，竟然看着她坐定还是没有说一句话。不知是紧张还是突然感觉不好意思，她矜持他木讷。直到服务员来了问她点什么茶，才打破了这沉默。

慢慢地又都从原生态中走出来，俩人又恢复了平日里的那种自然，仿佛又是往日那种哥们关系。吴明剥了一颗葡萄送到她的嘴里，她愣了一下张开嘴吃了。就这样一边闲聊一边喝茶竟也到了中午时分。吴明接到了蓝枫的电话，她说星期天闲着闷得慌，

爱从那个初夏开始
Ai cong na ge
chu xia kai shi

想和吴明一起吃饭，吴明告诉她自己和朋友在一起。对于蓝枫这样的电话，两个人都不觉得惊奇，因为蓝枫在这座城市没有亲人和朋友，找他们俩都是最正常的事情。

璟瑜笑着说："这蓝枫也真是的，这样的节日不找我，反而去找你，她真是不知道男女有别了。"吴明笑着说："你吃醋了？"璟瑜说："我吃什么醋呀？我们仨本来就不分彼此的，我只是说她不找我就只找你有点意外吧。"顿了顿又说，"我们突然确定这样的关系，我怕蓝枫一下子是接受不了的，她内向、敏感，且又很自谅，在这个城市除了我们俩，没有别的朋友，如果我们确定了关系，她肯定就觉得不好意思再找我们帮忙了。最好给蓝枫介绍一个男朋友，等她名花有主了，我们再公开，那个时候她就会欣然接受并祝福我们的。"吴明笑着说："你呀，什么事情都替别人考虑，就不考虑我？她要是几年不找男朋友，那就让我等几年吗？"璟瑜笑着说："怎么怕了？等几年又怎么了，如果我今天不接受你的感情呢？你不一定是几年呢？几十年都不一定。"吴明笑了："看来，我还不如蓝枫在你的心中有地位的，好呀，看来我先得干好这地下工作，地下的做好了才能回到地上的，啊呀，谁给我这样的苦命呀？"璟瑜笑得直不起腰来，过了一会儿才站起来走向吴明，在他的后背上环抱过来，说："放心，我们几年的相处，虽然我们今天才确定这层关系，但我对你是有信心的。蓝枫是我们的朋友，我们都得体谅她的感受，不能让她一下子就觉得自己被拉空的感觉。"吴明抚摸着她环绕过来的芊芊玉手，小心翼翼地把这两只手放在自己的胸口，叹了一口气说："好的，你呀，任何时候都替别人想着。看来我以后都得听你的了，谁让你事事都是有理的呢？"

他们在公司或者在蓝枫的面前，还是公司的同事，还是好朋友。他们也给蓝枫介绍过几个男朋友，璟瑜问过蓝枫，有没有合适的，蓝枫神秘地笑着说："有一个心仪的，只不过不知道对方是否也对我有意。"璟瑜几次探寻想知道这个神秘人的名字，然后蓝枫就是不肯说，她觉得还未是时候。璟瑜和吴明小心翼翼地进行着这份浓情，只有在独处的时候，才是无尽的缠绵与爱恋。这样的地下情虽是有着太多的相思之苦，但还是欢愉的，因为他们每天还是在一起吃饭，虽不在同一个办公室，但还是能天天见面的。也会经常一起上下班，同事们见了也从不怀疑。

　　日子就这样一天天地过去，在他们的目光中消逝。转瞬间就到了初秋，他们商定，中秋节放假三天，准备先去江南见璟瑜的父母，然后再去丑媳妇见公婆。等双方父母见过之后，再做公开的打算。

　　日子就在他们的翘首盼望中来临了，然而事情远不是他们所能期望的那样。蓝枫突然接到了总部的通知，在中秋节的前一天要去上海参加一个竞标会，这个竞标会涉及一个设计项目，需要一个出色的设计师参加竞标，公司就推举了蓝枫，其实这也是一个机会，如果竞标成功，蓝枫也有升职的可能，不是可能，那是绝对的，对于蓝枫来说，这可是一个好机会。但蓝枫自接到通知后，胆怯、犹豫、矛盾在交织在心头，再三考虑求吴明陪她去，给她壮个胆。吴明犹豫了，纠结着，他去找璟瑜商量。璟瑜说："这对蓝枫来说是个好机会，这次机会失去了，她就会在这个公司失去信誉。如果成功了，她也就成功了。我们都是她最好、最信任的朋友，我们不帮她谁帮她？你尽管去吧，我在家里等你，然后再去你家，如果时间不够，我们再向公司请假两天。"吴明很是赞赏璟瑜的大方，对朋友的忠心。他觉得此生遇上这样的人是他一辈子的福气，他抱住了这个可爱的姑娘。璟瑜幸福地在他的宽

爱从那个
Ai cong na ge
chu xia kai shi 初夏开始

厚怀抱中吮吸着他身上那股淡淡的香气，当他的手伸向她内衣的时候，她无限娇媚地按住他的手，红着脸轻声说道："现在还不是时候呢！"吴明也探寻问她："那什么时候是时候？"璟瑜把脸埋进他的胸怀里，轻若游丝地说道："等假期回来再说，看双方父母的态度再定。"吴明无奈地说着："只看美女还真是有些残忍呀！"璟瑜在他的脸上亲了一下，算补偿他了。他们就在这样缠绵缱绻中分开了，约定三天之后再见面。

然而事情远不是璟瑜所能安排的，三天假期结束也没有等到吴明的到来，打他手机也关机了，开始的时候还以为他是为了给她一个惊喜，故意关掉手机的，可是第二天过去还不见人来，她就开始有些忐忑不安，到了第三天中午，她彷徨、焦躁。按理说吴明这样的人不是个失信之人，就是赶不上车也会说一声的，难道是出事了吗？

璟瑜的父母自从璟瑜告诉他们有了心上人之后，就盼星星盼月亮一样盼着这个女儿口中完美男人，这次通知家中的好几个亲戚，准备隆重欢迎新女婿，结果等来的却是落空。二老看着女儿紧蹙的眉头，什么都没有说什么也都没有问。只催促赶紧回公司，二老也明白了，此时女儿的心也不在这里了。

璟瑜回到公司，发疯似的去寻找二人，都是无影无踪。她打电话问总经理助理，助理说他们那天竞标成功酒会后就没有人影，不过那天晚上吴明喝了很多的酒，都是为蓝枫挡的酒。听了这些话，璟瑜的心头有一丝的不祥，却又不敢再往深处去想。

璟瑜早早去公司，却在门口看到吴明的一脸憔悴，看这个样子他也是刚刚到的，应该还没有回过宿舍。璟瑜看到他安然的样子，心中不免有些来气，几天的担心分明都是多余的。不管发生什么事情，都得打个电话告个平安，为何就这样毫无音信呢？吴明终于开口了："这里人多不好说话，我中午在水云间等你。"说完就扭头走了。

一上午，璟瑜都心不在焉，制订的方案出错了好几个环节，被部长骂了好几次。她全然不在意，她满脑子都在想他那几天到底出了什么事情？

水云间那张靠窗的座位上放着一束火红的玫瑰，吴明正一脸愧疚地看着她款款而来。璟瑜在对面坐下，就直愣愣地看着，此时她最需要他的解释。

吴明说那天晚上喝醉了酒，迷迷糊糊睡了一个晚上，等第二天中午才醒来，想打电话却发现手机不在了，去饭厅找了，结果说被一个店员拿走了，等拿回手机已经第三天中午，发现手机没电早关机了。后来他觉得自己酒后头晕去也不好见她父母，就没有和她联系，他知道自己这次错了，希望璟瑜能原谅他。璟瑜看着他的一脸倦容，还是心疼他，原谅了他。

蓝枫果真如预料的那样，这次竞标出色的表现让总部对她有很高的评价，一下子升到设计部的部长，原部长的老李提前退休了。当璟瑜提出三人好好庆祝一下，吴明却拒绝了。只有蓝枫和璟瑜去高消费了一次，这是第一次蓝枫消费，璟瑜享受。璟瑜又问起蓝枫的心上人，蓝枫这次是甜蜜的，她说应该不远了，到时候会请她喝酒的，而且定下她当伴娘。这时的璟瑜有种不祥的预感，她突然觉得自己置身于孤舟之中，一阵阵海涛汹涌而来，随时都有掀翻小舟的可能，自己会顷刻间葬身于海中。可她又自我安慰，不会上天就这样捉弄于我吧？她马上又觉得自己多疑了，慢慢地释然了。

自从中秋之后，吴明总是加班出差，璟瑜见他的时间少了。璟瑜的工作也有了一个新项目，她作为项目的负责人也是加班加

爱从那个
Ai cong na ge
chu xia kai shi 初夏开始

点，两人除了短信电话，见面也总是匆匆的。蓝枫是不用说，新官上任三把火，现在想找她都不容易，璟瑜也很少找她了。

寒气逼人，不知不觉中已到了深秋。一天蓝枫约璟瑜在水云间见面。璟瑜赶往水云间，看到了一脸倦容且忧伤的蓝枫。"今天怎么想起找我了？当官了就不理人了是不是？最近都在加班完成大项目是不是，看你憔悴的。"蓝枫苦笑着说："最近是干了几个大仗，但荣誉最好也没有谁可以解我燃眉之急。璟瑜姐，我遇到大难题，希望你能帮我。"璟瑜看着蓝枫投递过来的求助目光，这目光里满是焦虑与哀求，她心里一惊："怎么了？"蓝枫低着头，久久才吐露一句话："我早就爱上一个人了，只是原来我觉得自己来自乡下高攀不上，不敢说出来，也从未向他表白过，所以我拼命工作。如今我几次向他透露心迹，他总是把话题错开。璟瑜姐，我怀孕了，就怀了他的孩子。我不敢确定他的想法，所以不敢和他说。你帮我想想办法吧。"璟瑜的内心真是波涛起伏着："那你不确定他的感情，怎么就会怀孕了呢？难道他就是这样一个不负责任的男人吗？这样的人还值得你去这样爱吗？"璟瑜有些咆哮着，她有些恨蓝枫的不争气，怎么就可以这样随便把自己给了一个不负责任的男人呢？蓝枫哭了："当时他是完全醉了，我也是半醉着，都糊涂了，再说就是他不爱我，我也是甘愿的，你不知我这么多年，我是多么的爱他。"璟瑜似乎理清了。她没有再听下去，她满心伤痛地走出水云间。

夜色拉开了黑幕，当她又一次急匆匆赶往水云间时，看到是一个胡须拉碴、双眸血红的他。待她坐定，吴明点燃了一支烟，这个从不抽烟的男人，不知何日抽起了烟，她就这样静静地等待暴风雨的来临，她自己是无法躲过的，干脆面对现实。

烟燃尽，吴明狠狠按灭了烟头。望向窗外，对她说："璟瑜，对不起，对不起，真的对不起，你打我吧！"突然他把烟头放在自己的手腕上，璟瑜赶紧夺下烟头，才发现他双手的手臂上有很多烫伤的烟痕。璟瑜泪眼模糊地望着他："我只想知道真相。"那天蓝枫竞标成功，很受总部的赞赏，那天的酒席上很多人敬蓝枫酒，而蓝枫是滴酒不进的人，这些璟瑜也是知道的，所以吴明就帮她挡酒，自然就喝了很多酒。后来不知道什么时候醉了，什么时候回的酒店都不知道，等他第二天中午醒来时，已经在酒店的床上，身边还有一个蓝枫。而蓝枫告诉他，她早就喜欢上他了，酒醉之中的吴明抱着她，她是心甘情愿的。后来蓝枫说不怪他，她只希望等他慢慢来喜欢她。他只想让蓝枫忘了他，却等来了蓝枫怀孕的电话。他一时无法接受，他做蓝枫的工作，蓝枫说如果不接受她和孩子，她准备离开这里一定要把孩子生下来。吴明坚定地看着璟瑜："你相信我，我没有对你感情的背叛，当时是你一定让我陪着去的，我一定会解决和蓝枫之间的事情。璟瑜，你一定要原谅我。"吴明近乎是哀求着，他望着璟瑜只想得一个她的答复。璟瑜没有说，她走出了水云间，她回望着这灯光灿烂的水云间，这真是水云之间的爱情，云水缥缈怎能真实？她笑了哭了，这就是她的爱情，含着杂质的爱情还能久远？

回家后，璟瑜一夜未眠，她回想了他们三人一起共度的时光，她觉得三人在这个城市打拼，互勉互励。蓝枫爱吴明，她是单身这是她的权利和自由，她没有错。吴明醉酒做错了事，也没有错，那么错在哪里？她想来想去，就只是自己错了，错就错在不该隐瞒他们的爱情，应该让蓝枫早些知道她和吴明之间的情感。但她又想，就是让蓝枫知道他们的情感，但这样蓝枫又置于何地呢，蓝枫来自农村，她本来就内向，不轻易表露自己的情感。既然她也是真心爱上了吴明，自己就该衷心祝福他们幸福。那么自己又

爱从那个
初夏开始
Ai cong na ge
chu xia kai shi

该置于何地，难道自己不爱吴明了吗？自从吴明向她表白以后，她是全身心爱着这个男人。但这又如何，如今蓝枫都怀孕了，就算自己和吴明结婚，她以后该如何面对这个孩子？自己又该如何面对这个孩子叫吴明爸爸呢？就算为了孩子她也该退出了，蓝枫爱吴明是毫无疑问，吴明也会爱上蓝枫的，就如自己当初也会接受吴明一样，时间久了，感情是会培养出来的，更何况他们在一起工作这么多年，对彼此的优点缺点都是那么了解，孩子成了他们之间的桥梁，他们会幸福地生活着的。璟瑜终于想通了，她决定退出这场三角恋爱，她给吴明发了几个短信，告诉他好好珍惜蓝枫的感情，她不责怪他们的过错，她觉得蓝枫爱上他没有错，蓝枫怀孕了，他该去负起这个责任，璟瑜郑重告诉吴明，她爱他就该让他过得幸福，她不愿意吴明一辈子活在自责中，她希望他们能幸福地走完一生，她最后说她会永远祝福他们的。

公司业务需要一个人去美国的分公司学习一年，璟瑜这次倒是很上心，竞争到这个名额，她想借这次机会离开这里换一个环境去忘掉这些她该忘的。蓝枫希望璟瑜做她的伴娘，璟瑜告诉蓝枫，她想在出国之前好好陪陪父母过个新年。其实她一直未走，从下午开始就一直等候着这一刻，她只想看着他们走进婚礼再离开。璟瑜终于看到他出来了，泪就在这一刻间倾泻而流，透过泪眼看着他牵着蓝枫的手走进了红地毯。此时璟瑜终于抑制不住自己的情感，啜泣不止。等平静下来，她整理一下自己的心情，走出了酒吧，淹没在人流中。突然远处传来许婉琳唱的《有一种爱叫成全》。

真爱面前没有对与错

　　这几天珂一直感觉肚子不舒服还有点出红，她想有可能这阵子工作压力太大了，造成"大姨妈"来得不正常，她也不在意。国庆长假临近，覃和朋友商量好了准备出去旅游，当珂告诉他自己身体不适时，他就说了，那你在家待几天吧，我和朋友出去玩几天。听到这句话，珂的心里很不是滋味，她想平时都忙于工作，很少有时间一起，却不料还能假期扔下来自己出去玩的，她转而又想，在家就在家，落得个清闲，正好趁这个假期睡个饱觉。假期开始，珂独自在家，做着方案，反正假期一结束就要上交这个方案，先做着，免得到时候完成不了又要加班。那天晚上肚子一阵阵绞痛，而且出红也多了，"大姨妈"真的来了，她一直不是很准确，工作压力大，有时候两个月都来不了，这次也有50来天了吧。痛经让她感到做女人真是吃尽了苦，她倒杯烫红糖水喝下，关掉电脑准备早点休息了。过了一会一阵阵绞痛如一把刀锥子刺锥她的肚子，满头的汗水从她的头上冒了出来。她终于拨通了电话，电话的那端笑声不断，有人说着粗俗的话。有人说，覃就知

爱从那个
初夏开始
Ai cong na ge
chu xia kai shi

道和老婆卿卿我我，电话那边的覃说忍忍吧，反正你也痛了好几天，电话那端嘟嘟电话之声传送过来，电话已经挂断了。

她感觉心底一丝寒意在这个初秋的深夜里弥漫开去，两行泪水漫上眼角，一丝绝望从心底升腾。她把这句发自内心的语言敲打在微信里，过了几秒钟，叮叮叮微信提示音响起，上面写着："你怎么了？"她按着肚角打下几个字："我身体不适。"对方说："赶紧去医院。"她颤颤抖抖地打下："我痛得下不了楼了。"对方不再有回话了。

过了半个多小时，清脆脆的铃声骤然响起，珂有气无力捡起电话，对方着急地说着："快告诉我，你家的详细住址，我已经到了你家附近。"珂虚弱地告诉对方家住址。不一会听到敲门声，她连滚带爬开了门。她迷蒙的眼瞳里看到一个满头汗淋漓的人出现站在她面前，他只说她别忘了家钥匙，她指指门后的挎包，他把包塞进她的怀里，然后抱着她出了门，咚咚咚下了楼直奔医院，幸亏医院不远。因为她的状态已经是急症病人，医生和护士检查诊断，一个医生把他叫去："你们年轻人真不爱惜身体，宫外孕都出血了，你怎么这么不在意老婆的？晚一点来可能连命都保不住了。"他红着脸一边听着医生的数落一边去办理住院手术。当医生让家属签字，他不知所措地望着她。她明白万一有意外怎么能连累他，其实他的心里却不是这么想的，他怕连累到她，他本只是以为来送她去一趟医院，却不曾想她是宫外孕。这确实有些意外，也有些尴尬。她没有说什么，让他把医嘱递过来，吃力地写下自己的名字。

她被推进了手术室，而他就在手术室的门外徘徊着，焦急地盯着手术室的大门里进进出出的医生和护士。手不停地搓着，甚至绞着衣角，汗从他的额头上细细密密地冒了出来，滚成了一颗颗珍珠般掉在他雪白的衣领里。突然一个护士走过来对他说:"吴敏珂家属,手术结束了,马上就推出来了,一切都好。"听完护士的话,他笑了,擦去额头上的汗珠,就靠在窗子边静静地候着她被推出来。

他在医院里守了她一个晚上,家里来了一个又一个的电话,他是一次又一次搪塞着,他也想回家,可他又怎能这样离去呢?看着病床上虚弱的她,他的心里竟有一丝疼痛,但他不敢再去深想。

他和她认识于一次设计大赛中,两人的作品各有千秋,让评委无法定论,最后二人并列第一,他很佩服她室内设计的高雅端庄,她很钦佩他设计的古建筑气势恢宏。

大概过了一个月,她们集团有个新项目设计,她设计了两个方案,可她无法定夺。可这个项目多家公司在竞争,对于她们公司来说是不同寻常的竞争,对她来说更是意义非凡,如果成功了,她将会得到晋升。就在她举棋不定的时候,她想到了一个人,就是和她并列夺冠的琨。然后又觉得不妥,因为她根本不认识他,除了比赛场中的交锋,比赛台上领奖时一个会意的微笑,就没有任何的语言交流。就是平时在设计的QQ群里,他们也没有任何的语言。今天这样大的事情请他帮忙,他会愿意来助自己一臂之力吗?

她抱着试试看的想法,给他的QQ留言,说明意思,过几分钟就有了回音,他说自己下班之后来看看,让她留下具体的地址。果真在下班时候,同事们刚走,琨就来了。他帮她看了看这两幅画,然后和她一起切磋,给两个平面设计都稍作修改,然后再加上说词。最后她的这两个设计方案都获得了通过,她也于此获得集团的肯定,成为设计部的首席,坐上了设计部那个最高的位置。

爱从那个
Ai cong na ge
chu xia kai shi 初夏开始

　　她为了感谢他，请他吃了一顿饭，在席间，他们彼此谈了自己的工作与对人生的追求，因为同是搞设计，也就是说有共同的语言，所以他们虽说第一次近距离地认识，却是一见如故。于此以后，他们就成为朋友，成了那种心灵的朋友，虽然是异性朋友，那种淡然如水却又是心灵相通的朋友；虽然忙于工作，但可以在网络中交流与切磋每一个作品，做到每一件都是精美绝伦的，这让他们的工作有了更好的提升。

　　不过他们除了对设计之外的话题从来都是缄默不语，他们好像都是心照不宣的。但今日琨上线后却看到她这样的留言，不得不去多问一句与设计无关的话。当他听说她病得厉害，且独自下不了楼时，他没有多想就来找她，他只想送她去医院看病，却不知她竟然是宫外孕，不免有些尴尬，但在生命面前，他觉得自己又不能把她扔在医院里不管。这个时候他完全没有觉得她是个外人，反而为她担心着。这个时候他的内心也甚是愤恨，觉得她这么一个优秀的女人，为何会嫁给这么一个劣质的男人，无论他有什么理由，一个长假都不能这么扔下女人不管，更何况这不是一个普通的女人，这是一个有着丰富内涵的女性，她的聪颖与娇羞是那么令人疼爱。此刻想着如果自己不送她来医院，后果就不堪设想了。

　　他一夜未曾合眼，就这样看着病中虚弱的她，他第一次这么认真端详着她，这是一张多么精致的脸庞，完美得无法找出缺点，只是病中太虚弱了，苍白的嘴唇，微闭的眼，也许麻醉过后，痛感明显了，汗珠从她的额头渗出，他抽出一张餐巾纸轻轻地拭去。她紧咬着双唇，也许这样可以减轻痛感。他伸出手去，想摸摸她的头，可伸出的手又如触电般地缩回来。血从她的唇边渗出来，凝结成滴，他的心里如一把刀在宰割。手又伸出去，这次不再缩了，他抓住她的手，发现她的手抓住了床单，她的手心里满是汗。当他的手抓住她的手时，她迅速地紧紧地抓住他的手，就如抓住了救命的稻草。

这一夜，他就这样握着她的手，不停地抚摸着她的手心与手背，给她疏通经络以减轻她的疼痛，更给她安慰给她鼓励。这一夜，他是在煎熬中度过的，手术的是她，可痛的却是他的心，他看着病痛中她的坚忍，感受着她的娇弱中的坚韧，他的心一阵阵揪痛。他在想她应该在自己身体不适的时候就给家人打过电话，可过了一夜，她的手机竟然是那样的安静，他是有些不可思议的。他觉得不可思议她怎么会去选择这样的人来伴自己的终身呢？难得这是有定数的吗？也许这都是上天安排好了的，就如自己为何找一个这样的人来折磨自己。

晨曦从窗缝中透进来，他看到她微闭的眼睛有些开开合合，他问她是否饿了，她摇摇头，过了一会儿，她用微弱的声音说："你给我姐姐打个电话吧，让她来照顾我几天。"他听从她的吩咐给她姐姐打个电话，说明事情的经过。她姐姐从临县赶来接替了他，他看着阳光洒满了她苍白而精致的脸，突然觉得自己有些不舍，可他却不得不走，他不知道回家该有怎样的风暴在等着他。

回家后自然是暴雨倾盆，他一贯都逆来顺受的，他不为自己分辩，任由她打骂，总是不避不躲，在河东狮子吼叫声中想着怎么会找这样一个人来，想着当初不是和病床中的珂一样的温柔吗？不知何时会变成这样了，有人说那是因为他太宠爱她，致使她肆无忌惮地骄横着，有人说打她一次就不会如此猖狂了。他觉得自己当初是真的太宠爱她，他总是觉得女人生来就是要宠爱，女人生来就是骄横的，女人生气的时候发发脾气就会好了的，可是没料到她后来就变成这样一个母老虎，称她母老虎是不为过的。

爱从那个
Ai cong na ge
chu xia kai shi 初夏开始

他想过离婚，可是她当初为了和他结婚和家人闹翻了的，就凭这一点他是无论如何是不会抛弃她的，就算她是河东狮吼。

后来有几次他到了医院的门口，想进去看看，但终是停步不前，他怕自己给她带来不必要的麻烦，毕竟珂的病是宫外孕。

长假结束，他正埋头整理资料，看到珂发来的信息，说了声谢谢，谢谢他来救她一命，救她一命是严重了，但如果没有及时赶去送她上医院，后果确实是不堪设想的。他淡然一笑，说朋友就是在关键时刻帮忙的。大概一个月后，一次他刚从外面出差回来，接到她的电话，说想请他一起吃个饭。他欣然答应了，大概她想还人情，就让她还吧，不然她在心里一定是记挂着的。

午餐就定在海天一色，她是海边姑娘，喜欢吃海鲜，正好他也在海边的外婆家长大，也是喜欢吃海鲜的。他看到珂清瘦了，他说这一个月你在家休养，应该是长胖，怎么反而瘦了呢？她说自己什么都不想吃，觉得没有胃口了，基本上没有吃过什么有营养的食物。她这样一说，他的心里一惊。心情是决定食欲的，没有食欲，那心情更不用说了。他没有说什么，他说那今天你是东道主，总该要吃点，不然他这个客人可就不敢多点了。她灿烂一笑，露出一口洁白的牙齿，说要把这一个月的食物都吃回来。席间，他们点了很多菜，一边谈笑一边吃着，全然没有以前的那般矜持，她看他的眼神里有感激、有崇拜、有仰慕，自然也有爱慕。红酒杯里荡漾着一种难以言说的情愫，但这是谁都不敢去触碰的。她的脸带着粉红，就如不胜娇羞的粉山茶。

他看着她吃，那一碗一碗，真是要把这一个月的食物都吃下吗？只要她喜欢，任凭她吃着，他突然觉得看着她吃饭也是一种享受，那种娇憨的小模样。她的嘴角有一个小饭粒，他自然伸手去为她轻轻擦拭。她歪着脑袋笑着看他，似乎是一个温柔的新娘，就这样定定地看着她，突然一颗泪珠从她的眼角滑落。他抽出一张餐巾纸伸出手去，她接住餐巾纸。没有去擦，而是禁不住啜泣不止。他没有说什么，任由她倾泻心中的怨愤。积攒在心中的愤恨不去发泄，也会变成一种病的。过了一会儿，她说声对不起，影响你的心情了，请你来吃饭，却破坏了你的好心情。他笑了笑，很理解她。

自此以后她每天都会给他问候，无论是工作还是生活中的事情都会去和他说说，他也一样，碰到有趣的事情也会告诉她。

突然有一天，他的女人来到她的公司找到她，在大庭广众中骂她是狐狸精，长着一双狐狸媚眼，专门勾引男人。珂任由她骂，没有为自己分辩，因为他们之间是清白的，她觉得自己没有任何对不起她的地方。最后大概骂累了，也觉得解恨了，他的女人在保卫人员的推搡中骂骂咧咧走出了公司的大门。但自此之后，公司里的人看她的眼神就不同了，有同情，也有鄙视，更多的是暧昧。

这些传到珂的老公的耳朵里，他狠狠地扇了她一个耳光，并吼了一声："滚，滚得越远越好！"珂并没有像别的女人那样涕泪连连，她很平静地看着眼前这个暴怒的男人，她仿佛是第一次认识这个男人。她很平静地收拾起自己的衣物，一大箱，两大箱，三大箱，她把属于自己的东西一件一件地收拾，她不想落下让别人来糟蹋。这些箱子都塞进自己的那辆车里，然后绝尘而去。

过了几天，她在民政局等候他，就这样一个本子，两人就脱离了任何的关系，没有任何的留恋，其实也无须留恋，反而这是种解脱，她思虑了好久，这些年，她从他那里除了这满身的伤痕到底得到过什么呢？她总结了，她就是他的赚钱机器，如今房款还清了，她自然也就该走了，他很理直让她走，因为这房子的名字是他，自然主人也是他了。她没有和他争过半分的财产，他也看准了她是不会和他争的。

走出民政局，她头都没回就走了，其实她不知后面那个人一直看着她的离去，听说她有别的男人时，他的心里很痛暴怒了。但收到离婚协议书时，他的心里痛得很无奈，他突然觉得她是一件精美的艺术品，自己从未欣赏过她，从未真正去估摸过她的价值，反正他觉得她是属于他的，突然要离他而去，他觉得心有些撕痛。他想和她谈谈，决意不计前嫌。可是她已经明确地告诉他不会更改结果了，她说这么多年从没有对不起他，但是他从未珍惜过。

珂辞去打拼了多年的工作与职务，决意要去远方重新开始。她没有告诉任何人，准备悄悄地离开。就在她一切就绪，觉得了无牵挂了。琨却来到她的面前，他说他离婚了。他来到她的面前，他告诉她其实从第一次见到她就喜欢上她，只是当时不允许有这样的想法，他也不敢有这样的想法。可如今他自由了，她也自由了，他觉得自己有权利去追求她。他告诉她，他很欣赏她的才华，他欣赏她对生活的平淡，对工作的执着，他懂得她的坚强，却又是脆弱的，他想保护她一辈子。

珂没有直接回答，其实她一直敬佩他，他从来都是对她很欣赏，从来都没有对她有玷污之想。如果是单身找对象，他是最好的伴侣，可是经历了这么多，也许他的婚姻破裂是与她有关的，她不想背起这个骂名，就如那个她说的那样，她勾引别人的老公，曾经沧海难为水，她不敢去接受他的感情，她不想活在人们的唾沫中。她走了，终于不留痕迹地走了。

她来到一个陌生的城市，自己开办了一个广告公司，重新开创自己事业。每天埋头于工作之中，她既是老板又是员工。工作让她忘记了伤痛，工作让她重新找回自己，这一回她不再有什么顾虑，因为她如今所有的计划都由自己来安排，所有的精力都可以由自己来掌控，不再去顾忌别人的心思。没有了家庭的牵绊，她是一匹脱缰的奔马，朝着她的人生方向不停地奔波而去。于是，她成了广告界的一颗闪亮的明珠，成了设计界一颗璀璨的宝石。

在一次聚会中，她还是遇到了琨，琨告诉她，他一直在等着她。告诉她他的婚姻的破裂与她是没有任何关系的。当初他在异乡打拼，碰到了他的女人，女人爱上了他，并不顾一切爱上他，孤寂与冷漠的陌生街头突然有这么一丝温暖，让他很感激，于是他们就结婚了。但结婚之后，她收起所有的温柔，他的每一次行动必须要用视频拍下给她，他的每一次远行都必须是带着她的。稍有不如她愿，非打即骂，他的头顶被手电筒砸出一个洞来，他的手指被她咬去指甲。半夜突然发疯就咬伤了他的手臂，他很怕她的喜怒哀乐。但每一次过后，她又会跪在他的面前认错。他知道她是爱他的，可这样的爱让他无法喘息。本来他也想就这样平静地过日子，谁料想她去珂的公司大闹，回家后竟然让他跪在走廊上不许睡觉。这样的折磨一天比一天升级，终于他提出了离婚，她的条件是让他净身出户。他就这样自由了，他走出了那个禁锢了心灵的房子。即使没有了她，他们也是迟早要走出这一步，他的女人觉得自己不能生育还有他的一部分责任，是他的祖宗不积德，这是什么逻辑呢？

他还是感谢珂，因为珂的出现让他对生活开始有了自信与希望。当她看到珂的生活与他的生活是那么的相似，他开始在心里为她不平，也为她叫屈。当他得知珂获得自由的那一天，他就憧憬着今日这样自由的相逢。

但是珂的心里始终走不出阴影，就是因为他们的认识才使两个家庭破裂的。她就是遭人的唾沫，哪怕她也是欣赏他的。最后他说那就让我们从朋友开始，如今我们都是自由身，如果在这一

爱从那个初夏开始
I cong na ge
chu xia kai shi

年里，你真的不能接受我，那我不会勉强你，因为有过一次失败的婚姻，其实他们的心里都有婚姻恐惧症的。

琨也来到这座城市，准备重新开创事业。珂说就来我的公司吧，我的公司正准备开个分公司，专门成立一个设计部，正缺你这样的人才，这一块就交给你了。琨还真留在珂的公司里，成为她分公司的负责人。他们每天都有对工作上的交流，对设计作品的切磋。他还是她的专职司机，每天到点来她的楼下接她，每天深夜送她到楼下。这半年里除了睡眠之外，基本上的时间都是一起的。她谈业务的酒席上，他来挡酒。他酒醉了，她来照顾。彼此间，在外人看来就是一对情深的夫妻，但她还是始终走不出那个禁锢圈。

一天，珂的姐姐来看她，看见琨时，她的眼睛里有一抹晶亮。几天后，姐姐问珂对琨的感觉，她告诉姐姐，其实她早就爱上了琨，只是她无法说通自己。姐姐告诉她，真爱面前没有对与错。他的第一段失败的婚姻与她没有关系，珂的婚姻破裂也是与他无关的。这就是人生，人生往往是你得到的，却不是你所要的。而最爱你的，往往不会在最适合的时间出现。如今你们两个都经历了一些情感的挫折，虽然上帝有些残忍，但还是对你们不薄的。在真爱来临就得抓住这人生的幸福，人生的幸福只是一瞬间，抓住了就是幸福一辈子，真心相爱谁也没有错，若说有错，就错在相遇时间晚了。

姐姐的话疏导了她堵在心头的一块障碍石，她开始接受他的感情，她终于走进了红地毯，走向红毯那边的琨。琨更加疼爱她，她更加依赖他，她把公司的重担交付给他，她只管她的设计，然后空出时间来当他的女人。她感到很幸福，她终于感悟了，真爱来临就得及时抓住，抓住这一辈子的幸福。

紫箫声里唤春归

阳春三月，青碧桃红金黄深紫点缀着烟雨江南，这三月的江南就像一幅五彩的画。细长的柳枝上缀满了新绿的嫩芽，在东风里微微轻荡着，如一个温婉的女子在绿藤上荡秋千。夕阳如一个大红球挂在西天的山头，那殷红如血，染红了西天的云彩，如一大朵一大朵的红玫瑰，一个小姑娘大声嚷着。

湖边的亭子上坐满了人，人们高声谈笑着。在亭子的不远处的一把椅子上，坐着一个蓬头乱发的年轻人，时而把一片片小石子掷向远方，石子是水面上跳跃几下沉入水中，那目光似乎有一团仇恨之火马上就要喷射出来。时而又埋头于双膝之中，看后背起伏似乎是在抽泣。看红日西沉，游人各自散尽，独留下伤情的他。他站起身来，目光流露出绝望，突然大笑一声。

这时一声悠扬的箫声由远而近，他在上大学的时候在酒吧打过工，酒吧里驻唱歌手，经常有箫笛之乐器，空闲之时向他们学过吹箫。他听出这是《平沙落雁》，箫声悠扬流畅，雁群时隐时现的雁鸣声声，在晴空中盘旋顾盼的一幅画面。这曲子给人哀伤

爱从那个
Ai cong na ge
chu xia kai shi　初夏开始

中富含生机，那是吹箫者对大自然的无限热爱与留恋。一曲吹罢又来一曲《碧涧流泉》，乐曲清音袅袅，潺潺清泉淙淙流淌在奇峰异石之间，跌宕起伏，曲折盘旋，时而缓缓而淌，时而激流勇进。他感叹大自然的勃然生机，他问自己为何独我这样的脆弱？他眼中的光芒逼退了消沉。

他循着箫声环湖疾步走去，一棵细柳下，一袭白色长裙，一头齐腰长发的女子正依柳吹箫。他定定站着，静静听着，一声声激昂有力的箫声给他带来生命的希望。夜幕已降垂，华灯初上，暮色如轻纱披在她的身上，随着箫声是如此迷人。

竹箫止声，他似在梦中，突然看到满脸梨花雨的她，她一脸惊诧，他是一脸歉意。她有些愠怒，他则真诚向她道歉，并向她道谢，晚一分钟，或许……

他叫纬，来自武汉，父母在他十五岁那年离婚，父抛妻弃子和女上司结婚后，他就再也没有见过。母亲含辛茹苦供养他上大学，只望他能一生幸福。上大学谈了一个女朋友，女朋友是家中独女，两人商量好，结婚后带他妈妈一起过来生活，所以他就随她来到这个小城工作。一年多了，她的父母依然不接受他，百般阻挠他们的交往，还好女友对他不错，总让他耐心等等。半年前他母亲得了肺癌，他赶紧回家陪母亲治病。母亲还是没能救回来，等他安葬母亲回来，她却和别人订婚了。他生命中深爱的两个女人都突然离他而去，觉得生命已毫无意义了，他不愿再独留这肮脏的尘世，父亲背叛了母亲，女友背叛了他的爱情，这情是这世上最不靠谱的东西。可却从她的箫声里，他感受到生命的珍贵，人生岁曲折跌宕，却也生机蓬勃。他正当年轻，正如这春意盎然的春天，人生正播种着希望，何能就此凋亡呢？这个世界有肮脏也有纯美，他决定重新振作回归人生的征途，不为别人就为自己。

她叫筱，和箫同音，她说也许正因这个原因，她从小就喜爱吹箫。在她上高二那年，父母双双车祸身亡，独留下她和姨妈一起生活。大学毕业后，她在一家公司上班，空余时间帮朋友的培训班教吹箫，在培训班认识了一个经常送外甥女学吹箫的男孩，并与他相恋。她以为他是最爱她的，却不承想他是最伤她的心。他们经常来这里坐坐，她吹箫，他静坐一旁倾听。前两天她独自来这里，却撞到一幕她不想看到的那一幕，她看到一个女孩的手挽着他的手，当迎面相碰，他不避不躲，很镇定地向筱介绍，挽着他的女孩是他的女朋友。当天晚上又打来电话说这是父母的意思，他无法抗拒父母之命。她什么都不想听，只把他的名字拉进了黑名单。

同是天涯沦落人，听完彼此的故事，他们都已是满脸珠泪滚落。都以为自己是最不幸之人，却不料想这个世界上还有比自己更不幸的人。他说古有牛郎和织女，还有七仙女和董永，天上人间困难重重都能如此相爱。他说相信这个世界上总有一个属于你我的知心爱人，为庆祝新生决定去吃一顿。两个人吃了一顿火锅，然后去唱歌，把淤积在心头的愤恨都吼出来。

筱依然安静地过着自己平静的生活，虽然单调却也充实，上上班教教箫。把那些忧伤都抛却身后，不再去想也不愿去想，虽然那个他几次来找她，请求她的原谅，说因为他母亲嫌弃她命太硬，克父克母，将来还会克夫克子，所以他只能放弃这段恋情。每个人都有自己追求的权利，他也一样。她不再恨他，但也不会去原谅他。倒是经常去安慰纬，背井离乡的他是孤独的，她常常是这样想着。他说做完这个月拿了工资就准备回武汉了，或许他们以后就再也彼此不认识了。他们约了星期天一起去爬山，她只带她的箫，他负责两人的零食和水。

爱从那个
I cong na ge
chu xia kai shi 初夏开始

星期天如约爬山，却在爬山途中发生了意外，她不小心踩偏了，滚下山坡，当时不省人事。他背着她走下山送她去医院，检查后小腿骨折了。他很自责没有照顾好她，每天一下班就来医院照顾她，他说这一切都因他而伤。经常陪她到深夜才回去，帮她洗衣服，帮她擦脸，喂她吃水果，经常讲笑话逗她开心。只有他来了，整个病房就笑声不断，同病房的人都很喜欢他，他们说他是个开心果，都羡慕筱找了好男友。每当听到这样的话时，筱的姨妈看一眼筱，筱从不在乎病友的话，总是静静地笑着。半个月后，筱出院回家休养。纬仍然一下班就来她家里，他说自己接了几个重任，却不再说回武汉了。筱也不问他何时走，只是享受他的照顾。几次他把电脑带回家来工作，他说怕她一个人闷着，或者想喝水没人倒，或者饿了也没人帮她做吃的。几次夜深忘了走，公司那边关了大门，就睡在她家的客厅里。人家说伤筋动骨最难好，这话一点不假。她在家躺了一个多月，自己沿着床沿走动。他说这样怕对愈合有反作用，一定要等他回来，他背着她到小区的凉亭里走走透透新鲜空气，她几乎是整个人趴在他的身上，不用一点劲只是脚步迈开就行。开头的一个月，姨妈都在筱家帮她做饭，后来姨妈家里忙来不了，就托付给纬了。纬中午一下班就来给她做饭，然后拖地洗衣服，他带来电脑就在她家工作。因为他是设计的，只要完成任务，领导对他的坐班制倒不是很严格。

纬从小就帮妈妈做饭，他最喜欢吃面条，也最擅长做面条，他每天变着花样做，西红柿鸡蛋面、榨菜肉丝面、炸酱面、海鲜面、排骨面……简直开面馆的，她喜欢他做的面条。就连她的闺蜜都迷上他的面条，经常来她家蹭饭吃。她在他的精心照顾下，消瘦的脸盘有些椭圆了。三个月来，每天晚饭后，只要不下雨，他就带着她去小区里走动，由原来扶着走，到后来能自己独自下地走动，由原来走几步停歇一下，到现在也能健步如飞了，只不过他不愿意她太累。他们之间由原来的拘谨到一切都很自然，她对他由戒心到现在的依赖，她现在似乎一切都由他做主，你要是问她晚上吃什么，她肯定会说不知道，等纬来了就知道了。你要是问她有什么安排，她肯定会说，你问纬吧。她似乎没有自我，一切都听他的安排。

她完全康复后重新上班。他只要不加班，一下班仍来她家，一来家就做晚饭。她则是坐在一旁上网、看书或吹箫，总是那样娴静做她想做的事情。偶尔她会来捣乱，铲子掉地上了，刀切到手了，后来他不准她进厨房了，不过允许她来厨房拿筷子或者抱着他的后背靠一下。

平淡的生活里只有柴米油盐酱醋茶，他一切都想着她爱吃什么，她一切都想着他喜欢穿的衣服，只是都觉得是一种责任和义务，他买菜做饭，她洗衣拖地，他总是在十点整就回宿舍，日子就这样平静地过着一天又一天。转眼间入冬了，她从未给谁编织过毛衣，却学着为他编织毛衣。她经常打电话请教闺蜜，经常错了拆又重新编织。闺蜜说买一件算了，何必这样伤脑筋。她总是笑笑，仍然编织，功夫不负有心人，毛衣总算编织而成，穿着还挺合身的。毛衣能穿了，过年也临近了。一个星期六，闺蜜突然问纬，什么时候回去过年，纬的脸色片刻之间变白了，忧伤神情浮上脸庞。筱笑着说，家不就在这里，不是天天都回家吗？瞟了闺蜜一眼，意思说她多嘴。又顿了一下说，过了春节一起去给他妈上坟，清明假期太短不一定能回去。他没有说什么，这次倒是静静地听着她的安排。

除夕之夜，他们都聚集在姨妈家吃团圆饭，突然表妹问筱，什么时候结婚？姨妈看了两人一眼说，你们两个也差不多了，可

爱从那个
Ai cong na ge
chu xia kai shi
初夏开始

以结婚了。姨夫说，你们都是苦命的孩子，以后要懂得珍惜对方。筱迎上纬的目光，似乎有征求。纬说："我们都没有父母，请姨妈出席代表我们的双方父母。"姨妈点点头，眼里却含着泪花。

又是一个春暖花开的日子，在用箫吹的婚礼进行曲中，他们走进了婚礼的殿堂。看着她披着洁白的婚纱缓步而来，他的亮眸中满含泪水，他想起第一次见到她也是一身白裙，他想要不是她的紫箫声里唤春归，他可能早就人迹消亡，何来今天的幸福？她是他的命中贵人，他觉得一定要让她幸福，做她一辈子的守护人。

最美的一路风景

晚饭后，我带着小丫头走出小区散散步，只见西边一轮红日正如一个大红球挂在天边，西边的天空如同着了火般的通红。那一片殷红又宛如妙龄少女穿着火红的裙子在翩然起舞，舞着舞着又变成了一朵硕大的石榴花在西天绽放着。好漂亮的夕阳红呀，夕阳无限好，只是近黄昏，不禁让人发出无限地感叹。

正当我和小女看得惊叹的时候，一阵阵爽朗的笑声吸引着我挪移了脚步，我循声望去，宽阔的公路上来了一大群散步的人们。我和小女嬉笑着也加快脚步融入人群中，当这一伙人像风一样从我们身边刮过。我们就这样慢慢踱着步子往前迈去，突然迎面走来一对相互搀扶的白发老人，那满头银丝如雪在如血的夕阳映照下特别显眼。我顿时驻足不前，眼睛一眨不眨地盯着这对老人。老太太是走几步就停下来歇会儿，而当她要停下步子的时候，她的眼睛总是望一眼身边的老伴，然后老伴笑着在她耳边说了句什么，然后俩人就停步望一下周围的景物。不知老爷爷说了笑话，把老太太逗得笑出了眼泪，虽然我看不清她是否流泪，但我看到

爱从那个
A I cong na ge
chu xia kai shi 初夏开始

老爷爷从上衣口袋里掏出一块手帕，给老太太的眼睛是擦了又擦。笑过之后，他们又搀扶着往前走，老太太的步子很小很小，几乎可以用挪移来形容。我就这样呆呆地看着这对年迈的老人在这如血的夕阳下携伴而行。不知不觉中，他们从我身旁经过，女儿紧了紧我的衣服，示意我开步。不知是羡慕还是好奇，还是觉得这更是一道夕阳下最迷人的风景，本来我们是自东往西去，我的步子竟不知不觉跟随着老人自西而东而行。老人走走停停，我们也是走走停停。偶尔听到这对老人的谈话，老太太说："美国差不多天亮了，不知他们今天会去哪里玩？"老爷爷说："这两人现在都退休了，也该好好去玩玩。不过美国人生地不熟，终究不如我们这里，一出门都是老邻居。"老太太也叹了一口气："去这么远，想见都见不着面。"老爷爷又说："也快了，半年的时间马上就到了。只要毓婷在美国的工作结束了，马上就会回上海来的。""聪聪还有一个月就能回来了吧？""十来天就会回来了。""那能回来过端午了。""他要回部队，哪能回家过端午？不过他回国了，就能随时给我们打电话的。不像现在一年了都没有和我们通过话。"

我听得入神，竟然忘了身边的女儿，女儿一脚踩在石头上打滑摔了个跟头，一声大哭惊醒了梦游中的我。我连忙把女儿扶起来，抱起来揉了揉。老人定定地看着我，我的脸一下子热辣辣烫起来。老人问我孩子有没有摔伤，一脸关切地看着我挺不好意思的。我把孩子的裤脚拉上来给他们看，没有任何的破皮，他们才舒了一口气。就这样我们认识并聊了起来，老人都已经90出头了，老爷爷参加过抗日战争，还曾经在朝鲜的战争上立过功，左腿上还留有一颗子弹。老奶奶祖上是清朝的武状元，出生于书香世家，当初他们的认识也是非常巧合的。当年老奶奶还正是一个18岁的大学生，参加反日游行活动，差点被抓了，正好碰到一个年轻小伙子，小伙子引着她躲进了一个弄堂，原来那个小伙子是个地下党，他们就这样认识，同样的志向深深地吸引着对方。尽管女孩的家中认为门第的悬殊绝不同意这门亲事，但女孩却做下一生的决定，今生非他不嫁。家中终止了她的学业断绝她的经济后，她依然跟着他去了西安，投奔了共产党。这一跟就是70多年的相濡以沫呀。他们经历了抗日战争，解放战争，参加几次战役，他差点魂归西天。"文革"动乱，她被整得受不了差点自杀，是他一次次鼓励，给她活下来的勇气和力量。战乱年代，相扶相持一同走过。"文革"期间，不离不弃携手并肩。到了二十世纪八十年代，他们的好日子也开始了，都退休在家，带孙子、送外甥女上学，忙得不亦乐乎。如今女儿随着外甥女毓婷去了美国，孙子聪聪去维和了，儿子和媳妇也去苏州带孙子去了。家里就只剩下这对90多岁的老人，幸好他们的身体还都很康健，只要不下雨，他们都会一起出来走走，这样的饭后散步一走就是30多年，以前是老太太挽着老伴的胳膊，如今是老爷爷扶着老伴。30年的脚步如果来丈量，不知道绕地球多少圈了。这每一个脚步里，深藏着一对老人牵手70多年的爱情。这一牵手，蕴藏着这对有着70多年爱情故事的老人多少的幸福。青年的爱情容易变迁，中年的爱情容易走形，只有这老年的爱情才是这久酿的醇香，经历了70年的风风雨雨，坎坷人生，还坚持着一路牵手人生。这是多么不易的幸福，人生的幸福莫不过于两个人历经风雨、一路坎坷还能这样扶持着走过人生的每一天。

听着他们的故事，我不禁感慨万千，这时我又听到一个声音："老陈，怎么你骑车，叫你老太走路呀？""她病了好一阵子，好几天没出来走走脚痒痒，但身体还很弱，我怕她走累了，骑个

爱从那个
Ai cong na ge
chu xia kai shi 初夏开始

三轮车出来跟着她，等她累了就坐三轮车回去。"没有甜蜜的话语，多么朴实的语言。我循声望去这对不同寻常散步的老夫妻，年龄在70开外，穿着朴素，就是一对普通的农民夫妻。妻子在前面走着，而且还带些节奏的，丈夫骑着三轮车在她后面跟着。这哪里是夫妻散步，我觉得这就是一幅人间最美的风景画。

　　转身抬眼再望向西天，红日已坠入天际，留下的是一片七彩的云霞，橙红、橘黄、葡萄灰、深紫色……是谁在天际泼洒的水彩呢，这是一幅多么迷人的水彩画。飘游了一天云彩，要在这黑夜来临之前拼尽所有的魅力。夕照洒在这两对散步的老夫妻的身上，顿时我看见他们都被披上一道最美的金光，真是"此景只应天上有，人间能得几回观"。谁说夕阳无限好，只是近黄昏呢，这一路夕阳下的风景，就是人间最美的壮景。

左手牵右手的幸福

半月前的一个清晨，我在一个路口等人，约等的人久久不来赴约，凛冽的北风一阵紧似一阵，不停地往我的领口里钻，冻得我瑟瑟发抖，我不由得拉紧领口把寒风挡住。在初冬的清晨我感受着这个冬日的清冷与寂寞，感受着这个清晨行人的匆匆。正当我百无聊赖之际，却看到这么一道美丽的风景：一对50开外的夫妇从北面的路口迎面而来，穿着黄色运动情侣服的他们在这个十字路口显得特别引人注目，男人的左手紧紧地拉着女人的右手，女人则小鸟依人般紧贴着身边的男人，而男人却略带紧张地观察着各个路口，看东面来了一辆疾驰的奔驰，则迅速拉紧女人的右手，身子向前护住女人，女人得到了感应也加快脚步。这一幕让我看到男人的责任和担当，这一幕让我看到了左手牵右手的幸福。

当他们经过我的面前时，脚步已然缓慢多了，我清楚看到女人的脸上红里透亮，眼角眉梢都是笑的。也许是被他们的幸福感动了吧，我不由得对她微微一笑，女人也对我盈盈一笑，这个笑里有着惊讶也带些羞涩。我们素不相识，她自然显得惊讶，被我

爱从那个
Ai cong na ge
chu xia kai shi 初夏开始

这个陌生人看到他们那相依相偎的一幕，她自然是羞涩了。她的笑如寒冬里的一抹骄阳，温暖而热烈，一下子让你浑身包裹着温热。

他们慢慢远去，但那左手却始终紧紧地牵着右手，没有丝毫放手的意思。我的目光就这样始终追随着他们远去的背影，直至消失在远远的拐弯处。

今天是周末，我和朋友去爬凤凰山，来到山脚下，踏着朱红漆木台阶往上走。正当我们气喘吁吁走至凉亭处小歇，小凉亭里坐着一对俊男靓女，两人非常亲密地坐在凉亭的石凳上，男孩的左手紧握着女孩的右手。女孩看我们来了，涨红了脸羞涩地抿嘴一笑，小手在男孩的大手中挣脱，但男孩似乎不受外界侵扰，似乎更加紧握女孩的手。不经意间瞥见的这一幕，我装作没有看见转身和朋友搭讪着，女儿和朋友的女儿在互相吵闹着。突然一声惊叫打断了我们的闲聊，我和朋友转身一看，女儿红着脸惊呆在一旁，那个女孩紧紧地眯着双眼，头上渗着一层细密的汗珠，苍白的脸上褪尽了刚才的红润，我看到她脸上写满了痛苦。男孩则是双膝跪地，不停地搓揉着女孩的右腿。当我的眼睛一下子扫到女儿的身上时，她哇地一下就哭了，我明白那是女儿闯的祸。俗话说，父债子还，而今天我是女债母还。我一脸歉意走上前，帮男孩一起揉女孩的腿，当我触摸的一刹那，虽然穿着厚厚的毛裤，但那触感还是很明显，她的腿不同于常人的腿，那是一条皮包骨头的细腿。男孩对我笑笑，我更感到不好意思了。我狠狠瞪了女儿一眼，孩子躲到朋友的身后去了。

"姐姐，你别责怪孩子，她也是无意的。再说也不全是她的缘故，我自小落下的病。"我抬眼正对上女孩的那双含泪的双眸，清亮澄澈的眼睛里顿时滚下两行热泪。我真诚地道歉着："不管怎么说，孩子碰着你，都是她的不对。我当母亲就有管教不严的责任，是难辞其咎的。"女孩浅浅一笑："她也不是故意的，再说也是我心太急，没有和小妹儿打个招呼再起身，一站起就被她碰上了。"然后男孩告诉我，他们从小学开始就是同学，一起学习一起玩耍，一直相伴到高中。在上高三的那一年，一次夜自修放学回家，女孩骑车不慎跌入池塘，从那以后，每逢下雨天，她的腿总是酸痛至极，只要一碰触便是疼痛难忍，看了很多名医也说不出个所以然。大学毕业后，两人一起来台州一家私企上班，几年来每个周末只要不下雨总会带她出来走走，以增强她的身体素质。年前结婚，准备等身体好些，再要个孩子。

　　这几天阴雨连绵，脚也痛了好几天，今天是周末天终于放晴，于是一起出来走走。在这里小歇片刻，看我们来了，他们也准备继续往上到凤凰山的广场去看看，没料到因我女儿的淘气撞了她一下，出了这么个小插曲，也让我们受惊。面对他们的歉意，我更加觉得不安，于是我拉女儿过来向他们道歉。女孩的双颊也逐渐红润起来，像两朵粉玫瑰飞上了白皙的脸颊。她弯身摸摸我闺女梨花带雨的脸，细声安慰了一下。

　　看着他们缓步走上红漆的木质台阶，那男孩的右手又紧紧地拽住女孩的左手，一步一步缓缓挪移上去，男孩不时欠身与妻子说着什么，女孩开心地笑着，那笑如银铃。那清灵的声音响在整个山野的上空。那声音是如此的清脆，那声音是如此摄人心魂。我对朋友说，这就是幸福的心音。我像个泥塑木雕似的站立在小亭中，看着他们逐渐远去的背影。此刻此景我相信人间有真情，问世间情为何物，直教人生死相许。

　　虽然她的身体不属于正常，虽然他很清贫，虽然他们背井离乡，但他们却是这样真心相待对方，那是最令人羡慕的相濡以沫。

爱从那个
Ai cong na ge
chu xia kai shi 初夏开始

当左手牵着右手的时候，那是点燃诗人的浪漫多情。当有了这左手牵着的右手的信诺，她的人生就绽放了满园的幸福。当男人伸出左手牵住女人的右手时，那就是一种责任与担当，当女人伸出右手握住男人的左手时，那是一种依赖与信任。执子之手，与子偕老，看似平淡，却是多么的温馨与浪漫。谁说婚姻是爱情的坟墓，这样左手牵着右手何尝不是甜蜜与幸福？